白俄罗斯文学译丛

[白俄]
阿列斯·卡尔柳克维奇
著

韩小也
译

阿列斯·卡尔柳克维奇 中篇小说选

Избранные повести
Алеся Карлюкевича

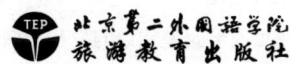

图书在版编目（CIP）数据

阿列斯·卡尔柳克维奇中篇小说选 /（白俄）阿列斯·卡尔柳克维奇著；韩小也译. -- 北京：旅游教育出版社，2025. 1. --（白俄罗斯文学译丛）. -- ISBN 978-7-5637-4783-2

Ⅰ. I511.445

中国国家版本馆CIP数据核字第2024NW0722号

北京市版权局著作权合同登记图字：01-2024-5833

白俄罗斯文学译丛

阿列斯·卡尔柳克维奇中篇小说选

[白俄] 阿列斯·卡尔柳克维奇 著
韩小也 译

责任编辑	陈卫伟
出版单位	旅游教育出版社
地　　址	北京市朝阳区定福庄南里1号
邮　　编	100024
发行电话	（010）65778403　65728372　65767462（传真）
本社网址	www.tepcb.com
E - mail	tepfx@163.com
排版单位	北京旅教文化传播有限公司
印刷单位	唐山玺诚印务有限公司
经销单位	新华书店
开　　本	880毫米×1230毫米　1/32
印　　张	11
字　　数	200千字
版　　次	2025年1月第1版
印　　次	2025年1月第1次印刷
定　　价	52.00元

（图书如有装订差错请与发行部联系）

走在中白文学友谊的最前沿

在过去三十年中，白俄罗斯作家联盟主席、作家、记者、地方史学家和出版商阿列斯·卡尔柳克维奇（亚历山大·尼古拉耶维奇·卡尔柳克维奇）的名字与白俄罗斯的出版和文学进程紧密相连。由于阿列斯·卡尔柳克维奇在文学和社会活动领域的卓越成就，他被授予弗朗西斯科·斯卡里纳奖章。他还获得过白俄罗斯共和国总统"精神复兴"奖、白俄罗斯国家文学奖、独联体国家"联邦之星"奖、瓦伦丁·皮库尔奖（俄罗斯联邦）、普罗霍洛夫斯基田野奖（俄罗斯联邦）和"阿拉什"国际文学奖（哈萨克斯坦）。阿列斯·卡尔柳克维奇的作品已被翻译成俄语、英语、汉语、塞尔维亚语、亚美尼亚语、立陶宛语、乌兹别克语和哈萨克语等多种语言。

阿列斯·卡尔柳克维奇1964年出生于明斯克州普霍维奇区扎季托娃·斯洛博达村。父亲在集体农场工作，母亲是小学老师。他从小就酷爱白俄罗斯文学和历史课程，热衷于对故乡的研究，并很早就开始在报纸投稿。上高中时，他开始在共和国儿童刊物、地区报纸《普霍维奇新闻》和报纸《红色接班人》上发表文章。正如亚历山大·尼古拉耶维奇本人所说,他对新闻工作产生了兴趣,并对写作和寻找新闻热点感到兴奋。

1985年,阿列斯·卡尔柳克维奇毕业于利沃夫高等军政学校新闻系,随后在部队服役,为乌兹别克斯坦、土库曼斯坦、古巴的军事报社及白俄罗斯国防部机关报《为了祖国的荣誉》工作。退伍后,卡尔柳克维奇曾在《文化报》《星报》《苏维埃白俄罗斯报》等报社工作,担任《红色接班人报》《文学与艺术报》及《星报》的主编工作。2017年至2020年担任白俄罗斯共和国新闻部长。现如今,他是白俄罗斯作家联盟主席、《星报》出版社社长兼总编辑。

阿列斯·卡尔柳克维奇的第一本书《返回……白俄罗斯》于1994年出版,是讲述祖国的历史的图书。随后陆续撰写了历史和文学研究方向的书籍:《普霍维奇的文学地图》(1999年)、《伊古缅笔记》(2005年)、《扎季托娃·斯洛博达村》(2007年)、《布隆村》(2007年)、《祖国学》(2010)、《我将释放我的梦想》(2011)、《伊古缅县(故乡行)》(2020),《诺沃格鲁多克——白俄罗斯的文学之巢》(2023)等。这位热爱自己家乡的作家在一次采访中回忆起他文学热情的源头,他说:"本地的历史从小就伴随着我。首先,这源头来自我的父亲。他很擅长讲寻常百姓的故事……而学校也为研究地方历史提供了强大的推动力。特别是在四年级历史老师瓦西里·马尔科维奇·拉普科的课程中。如果我没记错的话,我们当时用的教科书的名字是《苏联历史故事》。不知为什么,并非所有历史故事中都提到了我们这一地区。这给我留下了深刻的印象。

事实证明,当我们谈到1812年的卫国战争时,原来它也曾发生在我们周围。关于十月革命、集体农场的创建、伟大的卫国战争,更不用说……在学校里,与作家们的会面直接激发了我对文学及地方历史的兴趣。诗人和小说家到学校与学生们会面,这是一个很好的做法……我开始从本地区和国家媒体中收集剪报,其中就包括与普霍维奇区有关联的作家的诗歌和短篇小说。事实上,我在高中就开始筹备创作我的书籍——《普霍维奇的文学地图》和《我将释放我的梦想》。"

之后,阿列斯·卡尔柳克维奇作品的主题和兴趣逐步扩大并超越了白俄罗斯的边界。他开始研究现当代白俄罗斯文学及其与土库曼斯坦、乌兹别克斯坦和俄罗斯文学的交往,以及白俄罗斯文学在世界上的传播。他发表了《文学的兄弟情谊:白俄罗斯—土库曼斯坦》(2016)、《友谊的教训——世界上的白俄罗斯文学》(2017)、《天朝之路:白俄罗斯与中国文学关系的新篇章》(2022)等。

卡尔柳克维奇的另一个文学创作重点是儿童文学。这位作家写给年轻读者的书充满了对祖国的热爱和对其他国家的好奇。白俄罗斯著名作家阿列斯·巴达克曾这样评价:"对本地历史的热情自然对阿列斯·卡尔柳克维奇撰写儿童故事产生了巨大的影响。毕竟,除了有趣的情节外,他的儿童作品信息量非常大——无论是历史方面还是地理方面。卡尔柳克维奇经常把他的人物送到远离祖国的边界,这使得这些书更加有趣和有启发性,因为作者通过他们表达了对当今脆弱的世界而言无比珍贵的价值观——和平、友谊和善良。"

随着白中关系进一步深化，白俄罗斯在中国的影响也在显著增长。白俄罗斯文学正逐渐成为中国学者和翻译家关注的焦点之一。在中国，他们不仅熟知雅库布·柯拉斯、扬卡·库帕拉、马克西姆·唐克、伊万·沙米亚金、瓦西里·贝科夫等20世纪下半叶被译成中文的白俄罗斯作家的作品，而且还积极了解白俄罗斯当代文学发展状况。而《阿列斯·卡尔柳克维奇中篇小说选》则成为白俄罗斯当代文学结缘中国的延续。近年来，阿列斯·巴达克、安德烈·费多连科、奥列格·日丹·普希金、尤利娅·阿列伊琴科、赖莎·波罗维科娃、维克多·施尼普、雷戈尔·波罗杜林、列奥尼德·德兰卡-莫伊休科等作家的中文译本也相继出版。这归功于中国才华横溢的翻译家韩小也、辛萌、张惠芹、孙凡奇等人的努力。

白俄罗斯方面也正在进行类似的进程，卡尔柳克维奇在其中发挥了重要作用。白俄罗斯的出版社和期刊社积极出版白俄罗斯文学作品中文译本和中国文学白俄罗斯语译本。《今日白俄罗斯报》已成为积极出版白俄罗斯作品的著名平台。该报纸刊载了弗拉基米尔·卡罗特科维奇、卢德米拉·鲁布斯维娅、叶卡捷琳娜·哈达塞维奇-里索娃雅、杨卡·卓巴、阿弗里扬·哲祖鲁辛斯基、雷戈尔·波罗杜林和瓦西里·维特科的作品的中文译文。将中国文学翻译成白俄罗斯语的大规模项目的典型例子是《龙翼之下》一书。在阿列斯·卡尔柳克维奇坚持不懈的努力下，《中国诗人百人》、"诗歌丛书"《明象：中国诗歌》、"20世纪中国诗歌选集"《莲瓣菊花》等作品在白俄罗斯顺利出版。阿列斯·卡尔柳克维奇成为白俄罗斯和中国之间，以及更广泛的白俄罗斯和世界之间文学友谊的大使。

《阿列斯·卡尔柳克维奇中篇小说选》包括"马克西姆卡在祖国及他国历险记""舒布尔顺和他的朋友们"及纪实故事"祖国故事"。这些作品由俄罗斯和白俄罗斯文学翻译家、北京第二外国语学院俄语系主任韩小也翻译成中文。期待中文版早日与读者见面！

维罗妮卡·卡尔柳克维奇（韦兰妮）
明斯克
2024年8月

目 录

马克西姆卡在祖国及他国历险记

致读者	3
埃尔斯基领主家族的泉眼	7
举国寻找运动员	10
古巴集邮家的意外关注	14
爸爸的建议	20
时间中旅行	25
认识大夫	29
古巴教授暗示解决方案	36
普季奇河仍然有水	42
几句告别的话	48
热尔那（黑啄木鸟）是如何为森林居民建住宅的	49
马克西姆卡发现……拉丁美洲	58

与热尔那（黑啄木鸟）会面 ……………………………… 64
致罗德里格斯教授的信 …………………………………… 70
热尔那（黑啄木鸟）的决定 ……………………………… 74
邮票之旅 …………………………………………………… 77
意外的冲突 ………………………………………………… 81
波奇托维克（邮差）来救援 ……………………………… 86
明信片上的旅程开始了 …………………………………… 94
马克西姆卡在祖国和他国的奇遇 ………………………… 99
王子与马克西姆卡的相识 ………………………………… 103
马克西姆卡和埃塞俄比亚王子相互理解 ………………… 110

祖国故事

曾有个城市伊古缅 ………………………………………… 117
非洲……维捷布斯克郊外 ………………………………… 122
杜科拉的舞会 ……………………………………………… 126
权力和财富是如何掌控在他们手中的 …………………… 128
我们最好还是快点去舞会吧 ……………………………… 130
过去的痕迹 ………………………………………………… 134
白俄罗斯大公园 …………………………………………… 135
白俄罗斯土地上伟大的收藏家 …………………………… 139
本地史……将军 …………………………………………… 144

大自然曾经也有朋友。真正的朋友！ ⋯⋯⋯⋯ 149
一个白俄罗斯人如何把母语还给了雅库特人 ⋯⋯ 153
脚下的宝藏 ⋯⋯⋯⋯⋯⋯⋯⋯⋯⋯⋯⋯⋯⋯⋯⋯ 157
孔卡驾到！ ⋯⋯⋯⋯⋯⋯⋯⋯⋯⋯⋯⋯⋯⋯⋯⋯ 163
小镇：达维德-戈罗多克、切尔文、科列沃 ⋯⋯ 167
沼泽里的窗口。奥维德、亚历山大·勃洛克和阿列
克谢·托尔斯泰都曾来过 ⋯⋯⋯⋯⋯⋯⋯⋯⋯⋯ 172
奥维德在波列西耶（林间沼泽） ⋯⋯⋯⋯⋯⋯⋯ 173
"区报编辑部"里的旅行社 ⋯⋯⋯⋯⋯⋯⋯⋯⋯⋯ 175
祖国——悲伤的地方，世纪的荒凉 ⋯⋯⋯⋯⋯⋯ 177
沿着斯维斯洛奇河的旅行。19世纪 ⋯⋯⋯⋯⋯⋯ 183
善良地主之家 ⋯⋯⋯⋯⋯⋯⋯⋯⋯⋯⋯⋯⋯⋯⋯ 188
拉科夫的荣耀就摆在餐桌上 ⋯⋯⋯⋯⋯⋯⋯⋯⋯ 192
维捷布斯克行走的百科全书 ⋯⋯⋯⋯⋯⋯⋯⋯⋯ 195
"学富五车之人"，这个普鲁扎内的仲马，可能是
法国间谍 ⋯⋯⋯⋯⋯⋯⋯⋯⋯⋯⋯⋯⋯⋯⋯⋯⋯ 201
普霍维奇子午线 ⋯⋯⋯⋯⋯⋯⋯⋯⋯⋯⋯⋯⋯⋯ 205

舒布尔顺和他的朋友们

舒布尔顺回到小河边 ⋯⋯⋯⋯⋯⋯⋯⋯⋯⋯⋯⋯ 210
舒布尔顺成了骑车人 ⋯⋯⋯⋯⋯⋯⋯⋯⋯⋯⋯⋯ 213

阿列斯·卡尔柳克维奇中篇小说选

舒布尔顺是如何沿着斯维斯洛奇河旅行的 …………… 216
舒布尔顺准备成为一名伞兵 …………………………… 220
舒布尔顺梦到了什么 …………………………………… 224
舒布尔顺被波浪吓了一跳 ……………………………… 228
舒布尔顺在梦想着什么 ………………………………… 233
维罗妮卡想念舒布尔顺 ………………………………… 238
舒布尔顺上岸 …………………………………………… 241
舒布尔顺进入蚁丘 ……………………………………… 245
老索菲娅的秘密 ………………………………………… 249
舒布尔顺正在寻找走出迷宫的方法 …………………… 253
舒布尔顺了解外来蚂蚁 ………………………………… 259
舒布尔顺听外来蚂蚁的故事 …………………………… 262
舒布尔顺带领外来蚂蚁去斯维斯洛奇 ………………… 268
舒布尔顺羡慕外来蚂蚁 ………………………………… 273
舒布尔顺创建河上学校 ………………………………… 277
舒布尔顺介绍白俄罗斯语 ……………………………… 280
舒布尔顺讲述美洲的发现 ……………………………… 284
舒布尔顺飞向星空 ……………………………………… 288
与闪电相遇 ……………………………………………… 291
舒布尔顺遇见彩虹 ……………………………………… 295
小船出了个洞 …………………………………………… 299
舒布尔顺认识了一只蝴蝶 ……………………………… 303

目 录

舒布尔顺为斯维斯洛奇河担忧 …………………… 307
旅行者们蹚过别列津纳河 ………………………… 310
蚂蚁对河狸的管理能力感到惊讶 ………………… 313
旅行者们到达第聂伯河 …………………………… 318
第聂伯河畔好客的厨师 …………………………… 321
蚂蚁们踏上家乡的河岸 …………………………… 326
舒布尔顺失去了船 ………………………………… 330
舒布尔顺正在思考新的路线 ……………………… 332

马克西姆卡在祖国及他国历险记

致读者

我亲爱的朋友!

谢谢你打开这本书。现在,我将努力为你讲述,在这本书里,等待你的将会是与哪些人怎样的不期而遇。

不知道你如何看待旅行,但我本人的确是旅行的忠实爱好者。我甚至买了专门的地图,可以铺在地板上,也可以挂在墙上。在这张地图上,我用小旗子把世界上旅行过的国家都做了标记。准确地说,我有两张这样的地图:一张是我们祖国白俄罗斯的地图,它的轮廓像一片枫叶。第二张是世界地图。在第一张地图上,虽然我甚至在第一次去过的、远离明斯克的地方标上了日期,例如佳特洛沃①或奥斯特罗韦茨②,但我只标记第一次旅行的日期。因为,一旦深深爱上某个地方,我就会一次又一次地再去那里。相信我,亲爱的朋友,我们国家的一些小地方,甚至小村落都很有趣。你可以在那里待上一两天,不会感到无聊!……多年来的事实证明,我乘车出行比坐在家里或在首都的街道上漫步的时间更多(顺便说一

---

① 白俄罗斯格罗德诺州城镇。镇上有历史博物馆。第二次世界大战期间,纳粹德国在1942年4月30日和8月6日曾屠杀当地的犹太人。

② 白俄罗斯格罗德诺州城镇。2011年10月11日,白俄罗斯政府和俄罗斯公司签署协议,计划在该城附近兴建全国首座核电站。

句，应该说，这样的漫步会带来一些惊险并发现许多秘密，但关于这些我们将下次再谈）。另一张地图上的小旗子要少很多，因为我很少去别的国家。尽管如此，我仍然自认为是一个周游世界的旅行者。在我的书桌上，除了留给电脑的一席之地，总有堆积如山的书籍和杂志，还有不同国家的精美相册。这些都是有特色的介绍世界各地名胜的书籍。贝加尔湖湖水的颜色、一个人能

否游过安加拉河、帕米尔高原上空飞过什么鸟，还有骆驼滴水不沾可以在卡拉库姆沙漠里行走多少公里，所有这些内容都深深地吸引着我。我常常想象乘着船航行在越南的湄公河上；常常看着不同国家人们的面孔，寻找着他们身上的相似之处。有时我的想象力如此丰富，仿佛自己就站在尼亚加拉大瀑布旁边，或与北极熊面对面，或在棕榈树后面，躲避一头愤怒的大象。是的，你猜对了：我喜欢足不出户的旅行和对另一些未知

世界的探究……在这方面，书籍——这些载着人类智慧的船——帮了我大忙。还有一点——就是幻想，它可以让我想象任何人都无法独自战胜的、无

边无际的辽阔天地。相信我,有时愿望和梦想与你所做的和你所发现的一样重要。根本没必要坐飞机飞到另一个大陆。人的一生有很多事要做。有些时候,某些困难似乎无法克服。但我认为,甚至坚信,如果一个人能放眼世界,到最高的山峰和最深的海沟去"旅行",那么他的生活就会更轻松、更有趣,哪怕只是在想象之中……

我在白俄罗斯和全世界旅行的过程中,就遇到了这样一位英雄,他喜欢在思想、梦想,甚至梦境中旅行。他叫马克西姆·明斯基。这个充满好奇心的男孩就读于明斯克一所学校的四年级。他喜欢在学校的操场上踢球。他坚信,可以把21世纪大胆地称为足球世纪。有时他甚至会忘记回家。冬天他打冰球。而让马克西姆卡[①]感兴趣的还有,物理班紧关着的门里,那些比他大三四岁的同学们在寻觅着什么。晚上,在爸爸关掉电脑准备睡觉的时候,我的这位朋友会翻看那些集邮册。马克西姆卡甚至还在学校与求知欲和好奇心同样旺盛的朋友们一起,创建了一个少年集邮爱好者小组。

[①] 马克西姆的爱称。

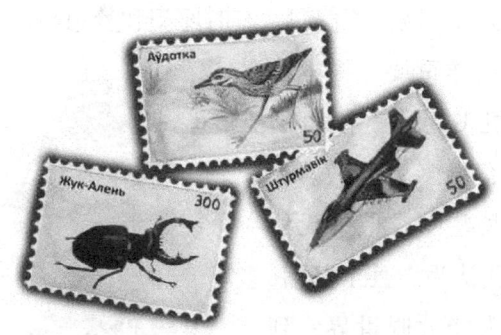

不过，我必须马上提醒你，马克西姆卡的年龄不仅比我，而且比你，亲爱的朋友，要小很多。原因是马克西姆卡生活在我们的家乡……21世纪末的明斯克。事有凑巧，我也来到了不远的未来。未来会是怎样，时间会告诉我们。但认识马克西姆卡会为我们稍稍揭开某些东西的面纱。在我看来，人们的美好时代即将到来，善良和正义、富于同情心和乐于助人将和从前一样受到赞扬。如果一个人有任何灾难，街坊邻里、友人知己、熟人亲戚总会来助他一臂之力。

马克西姆卡是一个普通男孩，也许他比同龄人更多一点好奇。而这种好奇心会带来什么，这正是我要给你讲述的，亲爱的年轻读者。所以，才邀请你和我一同踏上一段旅程！

埃尔斯基领主家族的泉眼

马克西姆·明斯基放学回家;四年级学生的任务;明斯基父子的惊叹;一个新的奥运项目;《奥林匹克报》轰动的消息。

马克西姆卡升入四年级后,从父母那里接到了一项新任务。到目前为止,他只有两项主要任务。放学回家的路上,必须顺道去商店买半个圆面包。通常父母会提醒他买"纳洛奇"或"拉齐维乌"……

去年,除了去面包店,父亲还给儿子布置了一项新任务。由于父亲去工厂很早,那时报摊还没开门,所以他让马克西姆卡去买《奥林匹克报》。这份报纸每周一和周五发行。通常,爸爸下班回家时,马克西姆卡已经读完了两三篇简讯。他尤其喜欢关于白俄罗斯湖泊和河流上比赛的报道。去年,独木舟比赛被列入了奥运项目。这个提议是美国人提出的,他们在古印第安文化中找到了这种比赛的渊源。而在白俄罗斯,人们立即想起,在我们从前的生活里,独木舟也曾占有过举足轻重的地位。

现在呢，马克西姆还被委托从单元里的金属报箱里取邮件。这个男孩和父母一起住在一座五十层的大楼里，这座大楼的第一单元住着两百户居民，单元门口一共才四个报箱。显然，摩天大楼的其余居民早已忘记了何为纸质邮件。马克西姆的父亲是一名程序员，他学的就是这个专业，在一家汽车和拖拉机控股公司的设计室工作。他有一个过时的爱好：收集邮票。为此他经常与世界各地的收藏者通信。通常每天都会收到两三封信。每个信封上都贴着一枚漂亮的彩色邮票。周六早上，爸爸会带着马克西姆去首都的邮政总局，或是参加集邮爱好者的聚会——都是像他一样的、热衷于集邮的邮票收藏者。到了晚上，就坐下来写信。

周五那天，马克西姆打开单元门的时间比平时晚了。放学后，他去几个报亭转了一圈。在其中的第四个报亭他才找到了《奥林匹克报》。报纸已经成了罕见之物。人们通常会从电子信息门户网站上获取各类消息，这些网站从早到晚都在吸引着人们的目光。一般来说，人们（年轻人也好，老年人也好）即使在乘车时也不会忘记浏览互联网，以免错过一些全球性新闻……如果你比别人晚了解到某件事，事后就会感到羞耻。但还是有一些怪人会阅读纸质的出版物。

马克西姆正要把一期《奥林匹克报》塞进挎包里，他无意间瞥见了最后一页，也就是第96页。你们知道他在那里读到了什么吗？!……"在普季奇河上举行的独木舟比赛，由于紧急事件的发生而终止。由白俄罗斯运动员索博尔操控的7号独木舟陷入一个漩涡,在诺沃波利耶村至贝尔科维奇村赛段从电视摄像机的视野中消失。这些摄像机每隔一百米就会有一个。那些被终止比赛的运动员们展开了搜索,但一无所获。他们直到早上也没有找到索博尔。"这可是新闻!"马克西姆很吃惊,对这位不知名的索博尔感同身受。虽然,怎么能说不知名呢?近几个月来,他的肖像不止一次登上《奥林匹克报》的头版。而且,看样子,他很可能会在下一届奥运会上与美国运动员同台竞技。

伏谢维特(万事通)爷爷的提示

集邮是对与邮政相关的付款票证进行收集和研究的活动。集邮起源于邮票最早出现的英国,邮票取代了邮寄信件时的现金支付。白俄罗斯邮票于1920年首次在拉脱维亚印制。

邮票:是由国家邮政部门发行和销售的特殊票证,通常是一张边缘有齿孔、反面带胶的小纸片。

独木舟:用树木挖空做成的小船,通常由橡树、松树和白杨制成。尺寸为长度从2.5到10米,宽度大约1到1.5米。独木舟由单桨控制。20世纪初,它被小船所取代。

举国寻找运动员

有人提议拦截河流;后果会怎样?运动员索博尔还活着吗?

在那一期《奥林匹克报》准备付印的时候,国家奥委会和水资源保护总署正在召开一次联席会议。与会者将一个问题提上了议程:"是否应该改变普季奇河水的流向,将河水引入田野和草地,以便找到运动员并澄清真相?……"就在讨论这个问题的时候,报纸上已经出现了两篇小文章。兴奋的马克西姆卡没动窝就看完了两篇文章。其中一篇文章的作者是河流专家、首席水利顾问斯捷潘·巴甫洛维奇·涅曼斯基。他告诉读者说:"现代机械可以在几个小时内让河水断流。只需一声令下,就可以关闭建在诺沃波利耶前面的几道水闸。已经流过这个界限的河水就会继续向前流淌,但处理那些将被引到田野和草地的河水,就要复杂得多。这不仅是因为靠近河流数百米的土地会变成泥潭,也不仅是因为鱼会困在草丛中缺水而死。目前还不清楚河狸、河虾和普季奇河里其他生物会怎样。大家都知道,如今地球上这些生物已为数不多。我们一直以我们洁净的普季奇河给了它们一个可靠的栖身之所而自豪……"

当马克西姆读到河狸的故事时,他特别难过。在学校里,他们曾谈论过,在白俄罗斯,过去一百年里,河狸的种群被成功恢复,以至于它们的数量并不比两三百年前少。在波列西耶①的一些地方,河狸甚至感觉自己就是那里的主人。它们建造了一座座河上小城,筑起了很多水坝,把洪泛草地隔开。外国电影制作人喜欢到这些地方拍摄,因为在欧洲没有其他任何地方能拍摄到河狸的管理才能。当时,白俄罗斯有近10万只河狸。当然,也还有其他说法……据说两百年前,河狸在白俄罗斯就已经完全灭绝了。直到20世纪30年代初期,人们才在别列津纳河上发现了这些有趣而勤劳的动物的一个小群落……马克西姆卡从历史书籍中了解到,世界上有许多居住区的居民,几个世纪以来一直把河狸视为他们最主要的朋友和守护者。在莫吉廖夫州的博布鲁伊斯克,甚至在一百年前就立了一块河狸纪念碑。在不同国家市镇的盾形纹章上,都有这种勤劳动物的形象:德国—贝沃恩、挪威—奥姆利、瑞士—比贝尔施泰因、波兰—洛姆扎、俄罗斯—伊斯基蒂姆、法国—韦伯龙……

---

① 白俄罗斯南部及乌克兰西北著名沼泽区。地形呈盆状,北部及东部较高,西部低洼,多沼泽、湖泊。局部有垄岗、沙丘。普里皮亚季河横贯全境。非沼泽地带森林茂密。

第二篇是《奥林匹克报》记者对著名救生员米哈西·谢尔盖耶维奇·波列斯基的采访，他们决定以此对这一非凡事件发表评论。马克西姆卡以前听说过这个人。他知道，波列斯基为挽救已经消失的沼泽做了很多工作。还是在上三年级的时候，在《保护自然》课上，波列斯基的学生——年轻女老师奥列萨·巴甫洛夫娜·柳班斯卡娅为此还做过一个讲座。

"……如果把普季奇河截断，我们就可以尝试救出这个运动员。而且无论独木舟还是索博尔本人，配备的装备都相当精良。运动员穿的橡胶夹克在发生危险时会膨胀，并变成一个真正的橡皮艇。此外，运动员是靠轻型锁扣固定在独木舟上的。在发生危险、独木舟可能倾覆的时候，运动员是来得及跳进水里的。锁扣上的安全带可以延伸几米长。迫不得已时，运动员还可以再回到独木舟上。像索博尔这种情况，我很难给出明确的答案。但我认为，是卷走索博尔的漩涡把运动员的独木舟吸到了河底，吸到了地下，电视摄像机关闭之前，把这一切都记录了下来。然而，是否是这样，只有当我们把河流排干后，才能知道。"

思索着这位著名救生员的话，马克西姆卡试图想象出运动员此时正在做什么。也许他自己也正试图以某种方式从河底的淤泥中，或者从地下深处挣脱出来。当然，索博尔是一个体能非凡的人，这一点毋庸置疑，但土和水的力量也很大。一个人不是什么时候都可以战胜它们的。

伏谢维特（万事通）爷爷的提示

普季奇：是白俄罗斯的一条河流，全长421公里，流经明斯克州、莫吉廖夫州和戈梅利州。普季奇河是普里皮亚季河右岸的支流，普里皮亚季河又流入第聂伯河。这条河发源于明斯克州捷尔任斯克区诺雷卡村以西1公里处。在春季洪水期，普季奇河的部分河水通过季托夫卡河和特列姆利亚河流入斯维斯洛奇河。

古巴集邮家的意外关注

熟悉最新的信件；地方史网站"Dudutki.by"；罗德里格斯教授的来信。

马克西姆卡走到邮箱前，拿出几个信封。如果这种情况，比如，发生在周四，男孩在电梯那就会立即开始翻弄寄给他父亲的信件，并仔细检查那些外国邮票了。马克西姆特别喜欢从拉丁美洲国家寄来的信封。来自委内瑞拉或巴西、哥斯达黎加或秘鲁的集邮者们，总是有某些新的故事让他惊喜，寄来他不认识的邮票。巴西的第一枚邮票是1843年5月19日印制的。马克西姆卡之所以记住了这个日期，还因为这些邮票被称为"牛眼"，因为每枚邮票的形状都是椭圆形。后来发行的邮票的名称也少不了异国情调——"羊眼""猫眼"……马克西姆卡和父亲也曾认真地寻找过那枚引发了英国和委内瑞拉之间邮政战争的委内瑞拉邮票。1896年，为了纪念委内瑞拉人民解放斗争80周年，印制了一枚带有米兰达将军肖像的邮票。邮票上还绘制了地图，将当时英属圭亚那的部分领土划入了委内瑞拉的疆界……英国政府提出了抗议……然而，到目前为止，马克西姆卡和他父亲还没有找到这枚已有近两个世纪历史的邮票。

来自古巴的邮票，似乎带来了一个未知而遥远国度的浩瀚海洋、树木和植物的绿叶以及炽热的五彩图画。为什么说是未知呢？马克西姆几乎每天晚上都会和父亲一起翻看一本大大的古巴集邮册，就像是离开白俄罗斯，到数千英里外去旅行。马坦萨斯、关塔那摩、马埃斯特拉山脉、卡马圭和其他古巴大小城市，对这个男孩来说，熟悉程度似乎并不亚于奈斯维兹[①]或科列利奇。马克西姆卡还有一个梦想，那就是去哥斯达黎加。在那里，在首都圣何塞，当地中央邮政总局的二楼，有一个集邮博物馆。这是世界上为数不多的集邮博物馆之一。这个男孩就是这样度过了很多的愉快时光……

但今天，邮票已经退居其次了。最主要的是："普季奇河上发生了什么？索博尔还活着吗？怎么处理普季奇河里的水？河狸和鱼会怎么样？！河虾会怎么样？！"

马克西姆卡在自责，因为他没有浏览新闻网站。在人人熟悉的 Yandex 上，关于此事可能什么都没有，因为在某些人看来，这只是一个普通事件。但 Dudutki.by 网站可就不一样了。它是不久前为纪念一个著名博物馆的百年诞辰才开通的，去年曾举国隆重庆祝。像 20 世纪末时一样，普季奇河附近建起了仿古风格的面包坊、风车、奶酪厂、冰川、小酒馆、农家谷仓、干草棚和马厩、铁匠铺和木匠作坊。河边有一个井然有序的古老的水上公园。在普季奇河的另一岸，有一口漂亮的、用琥珀松木原木围起来的泉

[①] 奈斯维兹城堡是白俄罗斯奈斯维市的拉齐维乌家族的一座住宅城堡。

眼。从埃尔斯基领主时期，这个泉眼就为人所知，这个家族在整个19世纪主宰着杜迪奇和邻近的扎莫斯季耶……该网站有一个漂亮的屏保页面：作曲家米哈伊尔·埃尔斯基和历史学家亚历山大·埃尔斯基的肖像。肖像的作者是画家弗拉基米尔·斯特尔马肖诺克。马克西姆卡从父亲那里了解到，埃尔斯基家族和画家都是我们祖国从前的名人。此外，还有伊古缅的旧徽章，伊古缅曾是该地区的中心，其中包括杜迪奇的周围地区。现在伊古缅叫切尔文。它的徽章是一片明亮的蓝色，五只蜜蜂在金色的花束上飞舞。

"我一定去Dudutki.by上看看，"马克西姆卡大声地给自己下达了一个任务。"然后给爸爸的智能手机打个电话……也许他会抽出时间和我聊聊……我们得做点什么……"

马克西姆把信封放在门廊里的小木桌上。他脱下衣服，跑进浴室去洗手。然后径直来到爸爸的书房，打开电脑，准备上网。他输入了名称……在需要的窗口还没打开时，他又回到了门廊里，拿起邮件和最新一期的《奥林匹克报》。当马克西姆卡的视线停留在最上面的信封上时，他愣住了。他的目光被一枚神奇的邮票吸引住了。根据文字来看，这是一枚古巴邮票，发行年份为2094年……简短的解释是西班牙语的，但不用费劲去翻译：一看就懂，这枚带有风车图案的邮票是为纪念"杜杜特基"物质文化博物馆成立100周年而发行的。真是奇迹！……你故意想都想不出来，所有事情都发生在一天之内！独木船带着全国最好的桨手在杜迪奇附近的普季奇河上失踪，古巴集邮家寄来一封信，信上贴着一枚杜杜特基博物馆的周年纪念邮票——该博物馆离杜迪奇村只有约1公里。"不,这里有点不对劲!"马克西姆激动起来。"得给爸爸打个电话!……"

伏谢维特(万事通)爷爷的提示

古巴:是西印度群岛的一个国家,包括古巴群岛、青年岛和邻近的一些小岛和海礁。首都哈瓦那。

杜杜特基:是一个物质文化博物馆,1994年由作家和企业家叶甫根尼·布迪纳斯在杜迪奇村附近建立。在不同的年代,在博物馆所属的土地

上建造了木制风车、铁匠铺、奶酪厂和面包坊。在这里,不仅可以惊叹于古时风情,还可以尝试自己做一回铁匠、陶工和面包师。

杜迪奇:是普霍维奇附近的一个村庄,距明斯克40公里。是埃尔斯基家族亚历山大和米哈伊尔兄弟及雕塑

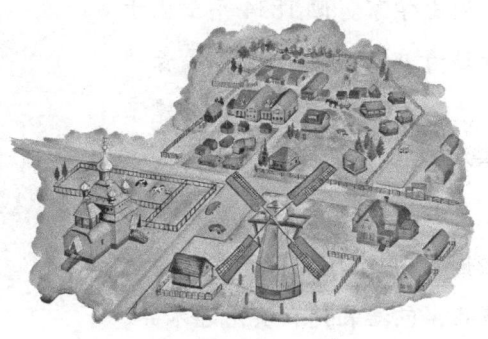

家卡尔·埃尔斯基的故乡。它自1600年就为人所知。1785年，它开始属于埃尔斯基家族的领主们。19世纪时，村里有一座木结构的代祷教堂、一个植物园和一个暖房。

埃尔斯基家族：是拥有佩莱什纹章的立陶宛大公国的一个贵族家族，自16世纪末起名声显赫。很多军事家、教育家、艺术家和政府官员都出自该家族。

米哈伊尔·埃尔斯基：是亚历山大·埃尔斯基的亲兄弟。是作曲家、小提琴家和音乐作家。1831年生于杜迪奇。创作了许多音乐作品：波洛涅兹舞曲、幻想奏鸣曲、马祖卡舞曲、小型曲。创作的作品有《明斯克省民间舞蹈》。曾在许多欧洲国家举办音乐会。

亚历山大·埃尔斯基：是一位历史学家、民族志学家和本地史学家。他1834年出生于杜迪奇庄园。他度过了漫长的一生，于1916年去世。创建了一个独特的私人博物馆，位于距离杜迪奇不远的扎莫斯季耶庄园内。他收集了很多有趣的藏品，包括装饰和实用艺术品、

绘画、名人签名，以及大量的藏书。他走遍了白俄罗斯，写了几千篇关于白俄罗斯村庄的文章。直至今天，要想了解白俄罗斯已被人们遗忘了的城市和小镇遥远的过去，人们还会去阅读这些文章。

爸爸的建议

新闻——全是关于索博尔；格拉多夫院士和斯维斯洛奇斯基教授担心会发生环境灾难；埃尔内斯托·罗德里格斯是白俄罗斯大自然真正的朋友。

……电脑屏幕上出现了"Dudutki.by"。马克西姆卡输入了在那一河段失踪的运动员的名字。关于这个话题的新闻很多。原来，几乎全国所有的报纸都报道了昨天的事件。马克西姆卡迅速浏览了这些报纸的电子网站。关于救援人员计划如何寻找索博尔，沃达电台的报道中已经

介绍了。这家电台是现场直播的，虽然它在互联网上发布消息的时间不超过十年，但全国人显然都在收听这个电台的节目。也许甚至在邻近的国家也有听众。该广播电台之所以赢得了威信，首先是因为它特别关注全世界岌岌可危的水资源状况。今天，世界上大约有100个国家正在经历淡水短缺。即使是中国这样的飞速发展、可以解决很多问题的国家，也有300座城市面临缺水问题。没办法，火可能是祸殃，水也可能是祸殃，而

没有火和水会比祸殃更糟糕。

今天上午,沃达电台举行了一次会议,参加会议的都是院士,他们的知名度不亚于广受尊重的《奥林匹克报》撰稿人。普季奇河话题的讨论完全没有引起争议。广受尊重的学者们几乎异口同声地表示,这些措施不仅会导致干旱,还会导致真正的灾难。格拉多夫院士回顾了一些有趣的历史事实:"……十一个多世纪前,俄罗斯土地上,可能,这片土地,不言而喻,也包括我们白俄罗斯,发生了一场特大旱灾,许多公国的庄稼都死掉了。而当时的编年史中做了这样的描述:'食物艰难。'还说:'干燥且闷热'。干旱也席卷了西欧。雨水根本见不到……河流干涸。五年后,灾难又再次降临。之后一年,在公元1000年,全世界发生了地震。这个日期——3月29日,曾被我们的祖先世世代代铭记在心。成千上万的木石建筑被摧毁……"

斯维斯洛奇斯基教授回忆道:"……也许,每个人都记得,我们的社会为清理斯维斯洛奇河,尤其是它流经城市的河段,花费了多少精力和金钱。为了纪念这条美丽的河流,我甚至改了我的姓氏,现在我叫斯维斯洛奇斯基,对此我感到无比欣喜。每一条大小河流对祖国的自然环境、对其土地的状态、土壤的肥沃程度,甚至,如果你愿意,可以说对天空的美丽和色彩,对草地上和森林里的空气都有着深远的影响……"

马克西姆卡对这些聪明人所说的一切都深表赞同,但他无法不去想索博尔的命运。他仿佛现在就站在男孩的眼前——强大有力、有着发达的肱二头肌。可怎么去救他呢?!马克西姆拨通了爸爸的手机号码。

"你说,儿子,"传来了爸爸亲切的声音。

"爸爸,关于昨天普季奇河上的悲剧你听到什么消息了吗?"

"是的,我们设计室的人也都在谈论这件事。你,看来,现在正在'Dudutki.by'上搜寻新的消息吧?对了,我一回家,咱们就通过电子邮件联系古巴的埃尔内斯托·罗德里格斯教授,他虽然住在古巴岛上,但却在研究河流。那里周围都是海洋,而他这个怪人却在研究河流。更确切地说,是研究河流的历史。而且不仅是古巴的河流,他也研究全世界的河流。埃尔内斯托给我寄的不仅有古巴的邮票,还有他的书。最后寄来的是多卷百科全书《世界河流》的第一卷。我想,教授一生都会继续研究这个问题。有趣的是,埃尔内斯托的文章中不仅有河流的长度、深度和流速等一般信息。每篇文章中,还有那些有时已被人们遗忘了的古老的故事、传说……所以我在想:也许,那里也会有关于普季奇河的内容、关于它的秘密……"

马克西姆卡认真地听完了父亲的话,马上就想起了那封古巴的来信:

"爸爸,今天从哈瓦那来了一封信。信封上,是一枚纪念杜杜特基博物馆的邮票。而且,邮票上还有一张带风车的图片……"

"真是太巧了!我早就听说过这套邮票。看来,埃尔内斯托在信封里把所有纪念博物馆的、有关杜迪奇历史的邮票都寄来了……你等着我，我们今天将做一次穿越时空的长途旅行……"

电话那头没了声音……马克西姆卡还是坐立不安。索博尔的命运，还有河流的命运，都让他越来越无法平静。

伏谢维特（万事通）爷爷的提示

编年史：是古代文学的一种历史体裁。记述的开头通常是"在……年。"由此得名编年史。在白俄罗斯，编年史始于12—14世纪。历史记述是在平斯克和斯卢茨克进行的。已知的编年史还有斯摩棱斯克编年史、阿夫拉姆卡编年史和其他文献，了解这些文献对学者们挖掘从前的历史很有帮助。

百科全书：是面向广大读者的学术参考资料、各种主题的学术信息和参考文献的集合。早在20世纪，白俄罗斯就出版了多卷本的《白俄罗斯通用百科全书》，共12卷。有行业百科全书，也有人物和地域百科全书。在白俄罗斯，人物百科全书有弗朗西斯科·斯科林纳、杨卡·库帕拉和马克西姆·博格达诺维奇百科全书。

世界上的河流：是在形成的洼地中流动的天然水流。河流的水源来自地表水和地下水。世界上最大的河流有：亚马孙河长 7100 公里、尼罗河 6650 公里、长江 5800 公里、密西西比河和密苏里河 5969 公里、[①] 黄河 5464 公里、阿穆尔河 4440 公里。白俄罗斯最大的河流是第聂伯河、德维纳河、涅曼河、普里皮亚季河和别列津纳河。

[①] 通常认为尼罗河的长度为 6670 公里、亚马孙河 6440 公里、长江 6363 公里、密西西比河（从源头密苏里州算起）6021 公里。——译者注

马克西姆卡在祖国及他国历险记

时间中旅行

古巴邮票讲述着白俄罗斯的故事；令人印象深刻的邮政发现……；埃尔斯基领主家族的泉眼；一个新的空间。

马克西姆拿出一把剪刀，小心翼翼地把信封从一侧剪开，然后拿出一张对折的纸。他没有看信，而是把邮票倒在了桌子上电脑的旁边。这套邮票一共五枚，其中一枚和信封上的邮票是一样的。第二枚面值是3森塔沃，上面是"杜杜特基"水磨坊。第三枚的面值更贵——5森塔沃，上面描绘的是扎莫斯季耶的亚历山大·卡尔洛维奇①·埃尔斯基的庄园：一栋普通的木屋。也许比马克西姆曾祖父相册中的照片或弗拉基米尔·阿列克谢耶维奇·利霍杰耶夫教科书中明信片上的那些平房更宽大一点，当时首都三年级小学生上《老明信片讲述白俄罗斯》这门课用的就是这本教材。第四枚是杜迪奇的东正教代祷教堂。第五枚——比其他的价格都贵——15森塔沃，也让男孩感到特别震惊。邮票上是埃尔斯基庄园的泉眼。不过，它和马克西姆去"杜杜特基"游览时所了解的并不完全一样。它没有现在耸立的盖顶，原木似乎已经陷入了土里。不知道古巴邮政人员在哪里找到的这样的图片？……因为总的来说，保存下来的和埃尔斯基家族及其在杜迪奇和扎莫斯季耶庄园相关的

---

① 埃尔斯基的名字和父称。

照片并不多。

男孩盯着泉眼的图画看了很久。过了几分钟,他感觉从那张邮票上散发出一股特别的凉意。这位年轻的集邮家想起了一个关于泉眼的谜语:"干干净净又漂亮,整个夏天都有它,没有种子也开花。"

马克西姆卡在祖国及他国历险记

突然——至少男孩感觉是这样——透明的蓝色泉眼开始荡漾起来，有了活力。一条条阴影掠过水面，但实际上它们竟然是……一些字母。马克西姆真想掐自己一把。"难道真会有这样的事吗？怎么会这样：在古巴邮票上，字母竟然组成了白俄罗斯语的单词……"马克西姆极其惊讶，大声念道：

"泉水会揭开秘密……"每个单词都独成一行。过了一会儿，整列单词都变成了波浪，然后出现了新词。它们飘动着，颤抖着，虽然不是马上，但还是逐渐变得清晰："埃尔斯基领主家族，普季奇河……档案里隐藏着谜底……"那然后呢？难道这些邮票能扭转一切？

从幼时起就被教育不要急于下结论的马克西姆卡有点蒙了。周围发生的事件虽然感觉不完全明白，但仍然在推动着他去付诸一些行动。但是，往哪里，朝哪个方向走呢？……男孩再次目不转睛地凝视着阴影，凝视着他收到的最令他惊叹的邮票上的色彩。爸爸讲过多米尼加的邮票，它们竟然引发了边界争端：1900年多米尼加共和国邮票的图案中，画家"切掉"了海地的部分领土。智利、秘鲁和玻利维亚之间的1879—1883战争也是"集邮造成的后果"。他还想起了英国和委内瑞拉之间的"邮政战争"……但如果邮票被电报所替代，甚至成为历史！……想象这样的事情就令人痛心！……

伏谢维特（万事通）爷爷的提示

森塔沃：古巴的一种小面值硬币。一森塔沃等于百分之一比索。

邮票价格：印在邮票上的标记。它表示当您出示此邮票时将提供邮政服务的金额。

泉眼：是地下水流向地表的出口。有淡水泉和矿泉、温泉和冷泉、热泉和沸泉。

认识大夫

在"杜杜特基"磨坊；了解埃尔斯基家族的活植物标本室；大夫的关注；泉水的神奇力量。

马克西姆盯着蓝色泉水的时间越长，就越感觉自己被这个陌生的空间所吸引。房间的墙壁消失得无影无踪，展现在眼前的是新的、从前不熟悉的景色。虽然，不……有些东西马克西姆感觉还是很熟悉的。仔细环顾四周后，他明白了，他是在埃尔斯基杜迪奇庄园水上公园的岸边。而且他的肩膀好像被什么东西推了一下，似乎一股秋天的寒意从他的背后袭来。但抬起头，马克西姆卡看到了一片明亮的天空，太阳的光芒正在穿过高大树木的枝叶。是啊，秋天，天气是一天八变。小伙子又环顾四周几分钟，用脸庞捕捉九月的太阳。曾经的那些谜语说的就是它吧："城里盘子水上漂"……马克西姆卡又想起了另一个关于太阳的谜语："不声不响，不把门敲，透过小窗往里瞧"……

他的目光停留在一棵粗壮的橡树上。旁边美女般的花楸树正轻轻摇曳着枝条。离它几米远的地方，还躲着它的一个小姐妹。这就是博物馆工作人员重建的水磨坊。

这次水磨坊里看来没有人。这很好理解：游览已经结束了。磨坊就是为游览的人们开的，是为了向他们展示，过去，两三百年前,麦粒儿是怎么变成面粉的。是的,马克西姆卡这才反应过来,在水边的轮子上,坐着一个姑娘。他朝她跟前走了走:"难道是美人鱼吗?"女孩转过头,甩了甩美丽的长发。马克西姆卡惊恐地环顾了一眼四周,拐到了通往草地的小路上。过了一两分钟,他已经来到了开满鲜花的一大片空地上。

"这就是那个埃尔斯基家族创造的自然植物标本室!和干燥植物标本室的花朵不同,这里都是真的鲜花,"马克西姆卡回忆起很久以前的"杜杜特基"之旅。这时他不得不将目光移开,身后传来了呼哧呼哧的声音。马克西姆卡转过身来,发现眼前有一位老人。他坐在空地边缘的一块大石头上,个子不高,但精神饱满,不像这个年龄的人,而且,从长满灰白胡须的面容来看,他很友善。

"你是谁?"马克西姆卡胆怯地问。

"他们都叫我大夫!我就住在这里,在埃尔斯基领主辛勤收集来的这些药草和鲜花之中。尊敬的亚历山大·卡尔洛维奇偶然在奥泽里奇诺附近的草地上见到我,便邀请我来这片空地。当时,当地村庄的居民根本不熟悉这些药草和漂亮的鲜花。亚历山大·卡尔洛维奇非常担心人们会受到伤害。经常是这样，一种花可以治愈一种疾病，但它会加重另一种疾病……而一个身患多种疾病的人，他需要的是那些只适合他，而不适合其他人的专门药物……我要做的就是不让这些美丽的花朵给人们带来麻烦。而至于我们的领主，他一直努力为社会，为当地的人们做事。这里曾有过上天的恩典，而且一直不愿离开。这就是由埃尔斯基所做的、所培养的、他从普通人那里所看到的、在书中所学来的东西。这种恩典让这块静谧之地只能被称为圣地。因此杜迪奇、扎莫斯季耶和其他普季奇河沿岸村庄的居民们，是如此喜爱在这些鲜花丛中休憩，以至于有时我都来不及躲起来或跑到别处去。"

"难道您不是一直住在这里吗？"习惯并平静下来后，马克西姆问道。他和大夫以"您"相称，因为对成年人和陌生人应该这样称呼。

"不，马克西姆卡，我的户籍有三个地址。"

"？？？"

"你对我知道你的名字感到很奇怪吧？我知道很多东西。我的头脑里，就像一本书一样，什么都有—大地、天空和水。我知道你为什么从城市的喧嚣中来到这里……但你现在是问我的户籍情况。如果我有护照的话，那么里面会同时有三个地址：林间空地—这块大石头、河边—水磨坊，还有严寒冬天里的澡堂。我的职责就是看护这些绿草和鲜花。我现在在磨坊休息。有时我甚至还会和水精灵争论，谁应该睡在轮子上。一句话，如果有水，我就会喝酒，水流走了，酒也就飞走了……"

"您总算说起水了。没有了水，磨坊也算不上磨坊了……那河里的水要是没了，会怎么样……普季奇河里的水要是没了，会发生什么呢？"

"你知道为什么我们的河流叫这个名字吗？……她看起来像只鸟①！弯弯曲曲的，流得很快……感觉它马上就要飞到温暖的地方去了……"

"第一次听到这种说法……但是，亲爱的大夫，我不仅担心河流的命运，还担心在神秘的旋涡中消失的桨手索博尔的命运，他和为胜利而战的独木舟一起消失了。救援人员有一个主意，就是要把河流截断……"

大夫用疲惫而粗糙的手抓住他灰白的胡须。犀利的目光穿透了小伙子的身体，马克西姆觉得自己的心跳加快了，脉搏也加快了。

"亲爱的朋友，我喜欢你，既因为你为人们担忧，也因为你的内心因河流的命运而痛苦，但我就不再为你唱赞歌了。毕竟，说实话，如果说付诸行动是金子的话，那说的话只能是银子。而拯救善良的人们，才是我的首要任务，"大夫直视着马克西姆卡的眼睛。"但做这件事必须有智慧，以免伤害他人。而且水也想活下去！为什么要阻断河流？！我们必须设法去救那个人……在我看来，我们的担忧是同样的，而一切都必须按部就班地去做……你自己想想，马克西姆卡，我们制定这样一个计划怎么样？首先，需要下到地下——汹涌的河水把桨手卷

---

① 白俄罗斯语中，鸟这个词的发音是"普季察"。

进去的地方。然后，就是让运动员苏醒过来。之后再把他送回普季奇河的岸上。"

"您说的对。但说起来容易……到底该怎么做呢？"

"我也不是什么都知道，但我确信一点：泉眼和埃尔斯基家族应该会给我们帮助。而你，据我对你想法的猜测，对此已经有了思路……泉水的神奇力量，正如在这里生活这么多年我所看到的，帮助许多人恢复健康，为许多人取得各种成就提供了力量。至于怎么才能找到桨手，让我们试着去问问埃尔斯基家族的人吧……"

"这怎么可能？两个世纪前曾经主宰过杜迪奇的埃尔斯基家族已经没有人健在了。"

"但有他们收集的知识和记录。重要的是如何巧妙地运用它们。我们别浪费时间了，去找泉眼吧。"

大夫从大石头上欠了欠身子。他摆了摆手，招呼着身后的马克西姆卡。那条穿过天然植物标本室，然后沿着小桥穿过普季奇河的路一共也没多远——差不多半个小时。泉眼附近，令人惊讶的是空空如也。一个专门的钉子上挂着一个精美的陶瓷碗，碗上是一个工匠的浅浮雕，他正在圆形的磨石上凿着沟。这颗钉子和为纪念这位天才工匠而制作的碗都来自"杜杜特基"工作室。几个世纪以来，陶工和铁匠们一直传承着他们的技艺。大夫专注地看着马克西姆卡：

"我想再送给你一个谜语……如果你能猜出来，就证明你又获得了新知识。还有比这更珍贵的礼物吗？……你听着：

我在黑暗中来到世上，

没见过太阳,也没见过月亮;
人们来到我的身旁,
他们刺穿了我的胸膛,
用铁箍把我捆绑
并命令我翩翩起舞,神采飞扬。"

"这是磨上的石头,磨盘,"马克西姆卡喜出望外……

他舀起清澈如泪的水,喝了半碗,想把碗放下来喘口气。但大夫手一挥阻止了他,说这是不行的,必须喝完。马克西姆卡不作声地把冷水喝干了。

"现在你神清气爽了,可以做很多事了,"大夫突然开始缩小,从他眼前消失了。小男孩还想问些别的,但没来得及。只传来一个平静的声音:"仔细看看泉眼周围,你自己就会发现其余的秘密。仔细观察,认真推理。"

伏谢维特(万事通)爷爷的提示

水磨:是靠水的能量来驱动的磨面的磨。它建在河岸或流动的湖泊上。两块加工过的圆形石头和一个垂直旋转的轴,这是主要的工作机制。上面的石头由水轮驱动——靠水落差的力量。

植物标本室：是干燥植物的收藏室。有时，活的植物环境也被称为植物标本室，那里有目的地收集各种植物。亚历山大·埃尔斯基的"活植物标本室"就是一个例子。

磨石（磨盘）：是一种手工磨，由两块凿出的、光滑的圆形石头组成，用它可以将麦粒磨成面粉。

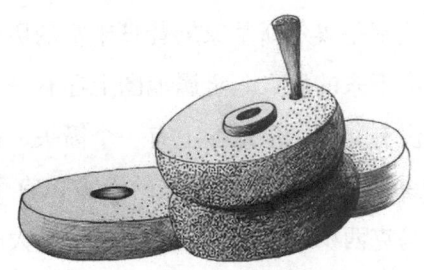

阿列斯·卡尔柳克维奇中篇小说选

古巴教授暗示解决方案

助手是一台读取思想的计算机；和罗德里格斯先生的线上谈话；埃尔斯基的物候日记被发现了！普季奇是哈瓦那教授喜欢的河流；埃尔斯基家族的记录暗示秘密所在；马克西姆卡知道该怎么做了！

马克西姆抬起头。泉眼的左边矗立着一些巨大的木桩。他们支撑着一张嵌在橡木框架里的金属地图。城市的名字被涂上了可能不怕雨雪的涂料：华沙、克拉科夫、圣彼得堡、莫斯科、维尔纽斯、加里宁格勒、布拉格、利沃夫、明斯克、伊万诺-弗兰科夫斯克、卢茨克、奥斯特罗格、普斯科夫、里加……

这些，可能都是埃尔斯基家族昔日丰富的历史档案和藏品或多或少被保存下来的地点。金属地图上还有一个小红灯在不断闪烁。下面没有文字。但地图上有一个箭头，指向一个被涂成柔和的花楸果颜色的小屏幕。它的上方，有个亮着的电子牌："密码"。马克西姆思索了一会儿。要么是大夫寸步不离地对他每一步的关注，要么就是泉水在帮他……他刚一想："埃尔斯基家族博物馆的秘密"，泉眼上方的电脑屏幕就亮了起来。男孩看到了熟悉的"Dudutki.by"网站。他一想："如何救索博尔呢？"网站窗口的文字就亮了起来："谜底会为懂得感恩之人而来"。马克西姆明白了,他正在与能够读取思想的超级计算机进行网上对话。但,很显然,男孩的交谈对象还处于这样一个水平,就是不能和它进行长篇大论,而是要言简意赅。马克西姆"发送"了一个新信号:"我需要进入普季奇河索博尔失踪的旋涡。"电脑比以前停顿了更长的时间,告知说:"物候日记的主人亚历山大•埃尔斯基知道路"。物候的含义,马克西姆是从学校的爱护自然课程中知道的。甚至他自己也试图去记录有关雨雪的信息,以及关于把他祖母菜园里的洋葱砸烂的大粒儿冰雹的信息。这样的观察,持续几个世纪,有助于构建出气候的总体图景,有助于提高天气预报的准确性。但是日记……"埃尔斯基家族的观察记录早已遗失……"停顿的时间更长了。窗口上亮起一个令人不太愉快的提示:"说法错误。"马克西姆继续推理道:"否则日记早就出版了。""你今天曾感到惊讶,竟然在古巴都专门发行了纪念杜杜特基和埃尔斯基家族的邮票……""难道罗德里格斯教授知道什么吗……""我只能让你和古巴取得联系。其余的就靠你自己了……"

"Dudutki.by"网站上闪烁着五颜六色的图画。仅仅一分钟后,屏幕上出现了一张大照片。照片上一个陌生人看着马克西姆卡,他坐在一张桌子旁,桌子上放着电脑……现在他们开始用 Skype 交谈……

"我们认识一下吧。我是你爸爸集邮圈里的朋友,"屏幕上传来的是最地道的白俄罗斯语。"我叫埃尔内斯托•罗德里格斯。我在哈瓦那大学担任教授。我们不用翻译……我精通白俄罗斯语和十种斯拉夫语言。我们大学特别重视白俄罗斯这个独立的国家。而且我们古巴人，也是很不容易，经历了许多考验才实现了自己的独立……"

"爸爸告诉过我，说您研究河流的历史，研究它们在不同时间的表现。"

"是的，我很了解你们的普季奇河。我甚至还有它流经多罗加诺夫和波列奇耶最宽的地方的照片。就是奥希波维奇那里，如果我没弄错的话，就在普霍维奇区与斯塔罗多罗斯克区的交界处。论美景，那些地方是独一无二的！"

"是的，我爸爸给我讲过，说就在不久前，那里还有巨大的鲇鱼……"

"直到现在，你们的许多河流甚至湖泊中都有鲇鱼……顺便说一句，是我说服了古巴邮政局出版的那套'杜杜特基'周年纪念邮票。有两点促使我做了这件事。第一，我们这里也在恢复古人类居住地。例如，古巴附近小岛上的印第安人村落。第二，一年前，在苏富比拍卖会上，我们哈瓦那大学从一位波兰老移民那里购买了一个笔记本，上面记录着埃尔斯基家族很久以前做过的物候观察。几个月来，我一直在阅读这些笔记，破解'其中的秘密'。如果我的破译对白俄罗斯、波兰、俄罗斯或斯拉夫世界的任何其他国家能派上用场，我会非常高兴……普季奇河上发生的悲剧，如果仔细想想，并没有那么可怕。我会告诉你怎么进入到运动员掉进去的地方。在埃尔斯基家族的物候日记中，也有来自古代编年史的原始资料。你听听这段话：'……大地在震动'。这说的是在第二个千年之初发生在杜迪奇周围的地震。那时在普季奇的河岸上形成了很多裂缝。如果找到其中的任何一个，那换上水文服，就可以通过这样的缝隙进入一个真正的洞穴。这就是亚历山大·卡尔洛维奇·埃尔斯基亲自绘制的地图。"屏幕上出现了一幅富有表现力的图画。洞穴的三个入口标有蓝色箭头。

"我找到桨手时，怎么才能让他苏醒过来呢？很显然，在没有足够氧气的洞穴里他不可能活下来吧？"马克西姆卡问教授说。

"非常遗憾，我也不知道。但我认为这个谜在现场可以解开。在埃尔斯基家族的记录中有关于水的治愈能力的信息……"

"看来，您说的是泉眼，"马克西姆卡打断了古巴教授的话。"对不起，埃尔内斯托先生，我得抓紧。谢谢您保存了埃尔斯基家族的日记……"

"祝你成功，孩子！……如果你有好的目标，那就不要怀疑，什么事都会成功的……"

"现在能找到大夫就好了！"马克西姆卡焦急地自言自语道。他还没开口，白发老者已经拄着拐杖站在了他的身旁。

"看得出，小伙子，你已经有了新发现，已经知道如何拯救可敬的运动员索博尔。还需要我的帮助吗？"

"罗德里格斯教授谈到了水的治愈能力。他指的不是泉水做的芳香酊剂吧？"

· 39 ·

"可能就是。但你找桨手要用多长时间还不得而知。泉眼里的水应该收集在一个专门的巴克拉加①里面。水里还需要放一种提神草,这种草能长久保持泉水的生命力……"

不仅得到了大夫的建议,还外加一个漂亮的陶制容器,马克西姆卡从泉眼里盛了水,将爷爷送给他的几片草叶放进了巴克拉加,然后就去了中心博物馆庄园。在租赁站那里,说出自己的账号和密码,男孩取了需要尺寸的水文服。没有任何人对此表现出特别的好奇。然而,租赁站的老板警告说:"如果想去普季奇河的深处旅行,观察它的水下世界,那得快点,也许,这条河马上就没了。""您先别急着去听那些坏消息,我们有时间来拯救这条河,"男孩心想。但很显然,他的想法表现在了脸上。租赁站的老板意识到自己说错了什么话,脸色变得很阴沉,马克西姆出去后,他赶紧关上了门。

① 木制或金属制的带盖或塞子的小水罐。

伏谢维特（万事通）爷爷的提示

苏富比：是一个以最高价格出售艺术品和珠宝的拍卖会。

物候学：是一门研究自然界中生物季节性现象的科学，跟踪植物和动物世界中与季节和天气条件变化相关的季节性事件。

普季奇河仍然有水

　　马克西姆卡出发去寻找;小船的踪迹将他引向水下王国;和索博尔会面;这条河由一个鱼贩守护;考官的友善;马克西姆卡和索博尔回到普季奇。

　　马克西姆很快就在普季奇河上找到了正确位置。河流急转弯处挤着很多手拿相机的记者。从他们胸前的徽章看得出,这些来自不同国家的记者正在河边坚守工作岗位,等待着某个特别重要时刻的到来。为了不引起对自己太多的注意,马克西姆卡顺着河流往上走去。他选择了一个被高草和小柳树丛遮蔽着的地方。他换上了衣服,胸前抱着盛满泉水的巴拉克加,勇敢地跳进了水里,顺着水流游过去。他用手电筒照着路,凝视着河岸。在一个地方,他发现了一块涂有红绿两种颜色的木板残片。仔细一看,看见了三个字母"SOB"中"B"有点残缺不全了。年轻的冒险者猜到他眼前的就是索博尔的一块儿船桨。"那就是说,一切就是在这附近发生的,"他想。仔细观察后,马克西姆卡在河一侧的岸上找到一个相当狭窄的缝隙。"划着独木舟怎么可能进去呢?"但刚一碰到挂在缝隙边上的一根枯树枝,一股莫名的力量就把马克西姆卡抓了起来并直接抛进了一个洞穴,一个明亮宽敞的大厅!水下王国留在了身后。墙上挂着崭新、漂亮的渔网,还有鱼笼、围网、捕小鱼的底网、三棱柱形捞具。捕鱼的用具这里应有尽有！角落里还有好多七齿鱼叉。简单说，就是捕鱼博物馆。房间中间是独木舟和疲惫地把头靠在手上的桨手，他似乎睡着了。马克西姆卡跑到索博尔跟前，一边跑一边解开胸前的衣服扣子。他拿出装着泉水的巴克拉加，把水捧在手心并润了润索博尔的嘴唇。他感觉，运动员的肩膀动了动。于是马克西姆卡把巴克拉加的瓶嘴儿对准了索博尔的嘴唇。索博尔开始大口大口地喝起来。他抬起头，想站起来，但有什么东西阻止了他。

"您的救生衣呢？每个人都希望您能借助专门的防水服活下来……"

"一切都发生得太突然了，我根本没反应过来。应该是拽那根小绳子，这样我的夹克才会变成救生艇……对了，你是谁，怎么找到我的？"

"我叫马克西姆。至于您的遭遇和我是怎么来到这里的，我们以后再说……我们现在需要尽快回去，走上普季奇河岸并通报您还活着……否则，如果我们晚了，白俄罗斯就没有普季奇河了！"

"你糊涂了，孩子。这是永远都不会发生的……这条河可不是什么太阳能晒干的水沟啊！一条河一经诞生，就永远不会消失……它的生命很长久，比我们之中的每一个个体的生命要长几百万倍。"

"但我们还是快点吧……"

桨手意犹未尽地喝完泉水。马克西姆明白，现在所有的责任都在自己身上，他正在绞尽脑汁，寻找必要的解决办法。他甚至想过,把他的衣服给运动员。"只是我的尺寸他是否能穿进去。"

但他的思绪却被天花板上某个地方传来的声音打断了。听起来声音像是从扩音器传出的:

"别担心……你,马克西姆卡,你也别费脑子了。我会帮你们离开这里,但你得猜出三个谜语。这个声音对男孩来说似乎很熟悉,然而,他的思绪转到了谜语上。"听好了,黑乎乎,大肚腩,漂浮在水面。"

"这是小船!"男孩很高兴。他没有去猜是什么声音在考验他们,最重要的,是要给出正确的答案。

"第二个谜语……没轮子的大车,没沙子的道路,用哨子赶车,冒着生命危险。"

给马克西姆卡感觉,天花板里像是大夫的声音。

"马克西姆卡,想想谜底,但我根本不是大夫,"未知的声音读懂了男孩的想法。"虽然我和你最近认识的那个人关系很亲密。我们俩都是在亚历山大·卡尔洛维奇·埃尔斯基时期出现在这里的。他们叫我雷布尼克(鱼贩)。两个半多世纪以来,我一直在承担守护河流的任务。我给人们提供如何与自然和谐相处的建议。然而,现在我的建议更经常地是给鱼类和河流本身的,如何与人类共同生存,以及如何在必要时逃离他们……那么,兄弟,谜底怎么样了?"

"没轮子的大车是船,没沙子的道路是河,用哨子赶车就是用桨操纵……所以,答案是划船。"

"好样的,小伙子。从种种迹象看得出来,你虽然是城里

马克西姆卡在祖国及他国历险记

人,但你了解生活,了解自然。如果你能猜出第三个谜语,你和桨手马上就能回到岸上。只是要把独木舟留给我,我想好好看看它,它会为我增添力量。当人们尊重过去,那么,也许,并不是一切都失去了……你听这个谜语……来了一个人,拿走一个东西,我想去找东西,可看不见痕迹。"

"这个我也知道,"马克西姆高兴地喊道。"人和船……"

男孩还想说点什么。但这时房间开始旋转。看来,谜底已经完成了自己神秘的任务……桨手和马克西姆卡相互拥抱着……上了岸。阳光轻抚着草地,闪耀着滴在花儿的身上。马克西姆在柳树丛旁找到了一个隐蔽之处,很快就换好了衣服。然后他和索博尔一起跑到记者们那里。那里的人已经比他下河时多了很多。电视台的人也到了。而在一辆车上用大大的字写着:"水资源保护总署。"一个身材魁梧、头发花白的男人正在接受一群记者的采访。

"已经决定截断普季奇河。大约十分钟后,事发现场上游的所有闸门都将关闭。再过几个小时,就能准确地确定带着运动员的独木舟失踪的地点,并开始具体的搜寻工作……我

· 45 ·

们相信，我们会成功的。"

"但我已经回来了，"索博尔从后面朝那群记者走了过去。

这得眼见为实！所有的麦克风、摄像机、照相机都似乎先于他们的主人而转向了运动员。而马克西姆开始朝救援行动的领导那边挤过去。那位领导努力表现出一副极其了不起的样子，因此没有引起特别的好感。但有必要紧急通知某人，河流不能动……过了区区几秒钟的时间，这位皱着眉头的、负责杜迪奇周边事件报道的大个子领导，疯狂地按下手机的按钮，对着话筒喊道："立即停止所有工作！我不许任何人触碰河流！我们已经把运动员救上来了！救援行动成功！你们很快就会在电视屏幕上看到他！索博尔还活着，安然无恙！上级的任务已经完成！"

马克西姆开心地笑着。今天是谁救了索博尔和普季奇河并不重要，重要的是：一切都以最好的方式圆满结束了。

伏谢维特（万事通）爷爷的提示

鱼笼：是一种由柳树条编成的捕鱼用具，呈长锥形，入口狭窄。鱼笼也叫鱼篓。

围网：是一种捞鱼的网。它由两个（雪橇上）滑木形状的、一端翘起的木框和一根杆子组成，这根杆子被称为"兵头儿"。在"滑木"和杆子上固定粗线织成的网。"滑木"的下面末端与"兵头儿"相连，可以形成任何角度。用围网捞鱼需要三个人。两个人抓住"滑木"翘起的两端并拉网，第三个人借助杆子将网往河底压。要想查看捞了多少鱼，就将滑木合到一起并将围网提升到水面之上。

底网（捕捞小鱼的）：是一种捞鱼的网。通常它是一个弯曲成弧形的锥形网，前面有一个洞，把网放进水里，然后将鱼往洞里驱赶。用底网捞鱼可以一个人去，不需要助手。

三棱网：一种传统的白俄罗斯捕鱼装置，其形状就像用网覆盖的三棱柱，其中一面无网。网安装在由柳树枝制成的框架上。用三棱网捞鱼一般是两个人。把网放入水中，然后把鱼赶进去。

阿列斯·卡尔柳克维奇中篇小说选

几句告别的话

　　……至于后来发生了什么,马克西姆·明斯基是带着怎样的想法回到了家,你们会在另一个故事中找到答案。有一点我需要赶紧说明:等待你们的将是再次与我们主人公一起踏上的旅程,而且不一定在白俄罗斯。不过,我必须告诉你们,在我们国家旅行,在明斯克州或遍布湖泊的维捷布斯克州、在斯洛尼姆或布列斯特的波列西耶寻求冒险,其吸引人之处并不亚于发现美洲或初识印度……

马克西姆卡在祖国及他国历险记

热尔那(黑啄木鸟)是如何
为森林居民建住宅的

与金橡子相遇。

乘坐"阿尔巴"的提议;马克西姆卡在梦中遇见了杜博维克(橡树人);来自哈瓦那的集邮家的新想法:古巴邮票上的白俄罗斯学者。

父亲提议去涅斯维日过周末。他们说好了,星期六一大早就出发,他们决定把车留在家里,乘坐"空中小电车"去首都郊外。虽然不是很快,但坐在玻璃车厢里,在一百米的高空驶过很惬意,可以从空中俯瞰清晨的城市。城市当局认为,早就应该用更现代化的交通工具取代空中小电车了,更何况,市民们使用它的次数越来越少。但这样的出行也会带来很多乐趣。

到了城外，马克西姆卡和他的父亲需要换乘弦轨。它已经运行多年。许多人仍然忐忑地注视着那些沿着固定在塔架中间的钢丝快速飞行的小车厢。在立着塔架的地方，索道会略微上升。钢丝支撑在一个小杆儿上。给人的印象是，这就像是铁轨接头儿的地方。小车厢通常会抖动一下，然后继续平稳行驶，就像在琴弦上一样。而在扎米尔耶——不久前戈罗杰亚火车站恢复了旧的名称，"博物馆之路"就是从这里开始的。这是"阿尔巴"老爷车所走的游览路线的名称。这些车还是一百年前生产的，怎么也不会少于一百年。汽车狭窄的车轮整个儿隐藏在宽宽的挡泥板下。长方形开放式车厢的一半是一个带栏杆的观景台。晴天时，可以用透明的遮阳篷遮住车厢。阿尔巴的马达是一个太阳能电池发动机。这种用拉齐维乌家族大公们所建造的、美丽的涅斯维日公园的名字命名的汽车，早就停产了。但经过这么多年，仍然保留下来了几辆！

"坐在'阿尔巴'上不用急于去任何地方。我们去看看斯诺夫庄园公园，"爸爸在周五晚上计划着第二天的路线。"那里太美了！有枫树、椴树、桦树林荫道。据说甚至还有一棵300年树龄的橡树。"

"它长什么样？"马克西姆卡情不自禁地问道。

"它又高又大，甚至一个人抱不过来，这是肯定的。更好地了解它肯定要等明天早上了，"妈妈回答说，道了句晚安，就让马克西姆卡去睡觉了。"儿子，去吧，攒点力气。很多要看的、有趣的东西明天还在等着我们。"

不是很困，但马克西姆卡还是乖乖地回了卧室。他通常在睡觉前会打开笔记本电脑,哪怕半小时。上上网,浏览一下当天最有趣的新闻。他特别喜欢体育和自然科学网站。四年级每天都有保护自然课。老师奥列萨·柳班斯卡娅在课堂上总是要花几分钟时间讲述看过的最重要的环保新闻,讲讲某些濒危动物、植物和树木的生命状态。今天奥列萨·巴甫洛夫娜①讲的就是橡树的生命。马克西姆卡了解到,有些树木的寿命长达2000岁。所以晚上特别想在"自然世界"网站上读一读关于这个主题的内容。但他不想欺骗父母。另外,明天还要早起……

虽然明天的涅斯维日之旅让他很兴奋,但他还是很快就睡着了。还做了一个梦……"你做完功课了吗?"一个坐在奶奶家门外的长椅上的、矮小的老头儿问道。"我们,好像,没有作业,"他开始为自己辩解。"还真是——看来……如果奥列萨·巴甫洛夫娜不让你把作业记在电子日记上,你就会认为什么都不需要知道?……我告诉你:如果你想在生活中有所成就,那你自己,不是被迫,就要去寻找知识。生活中要多关注书籍。有一个谜语就是这么说的:'打开花苞——叶子长高,谁把它们多瞧——他就会多知道。'所以呢,我亲爱的,有时长辈的话还是要听。我,杜博维克(橡树人),对你不会有任何不好的祝愿的……"

"你是什么杜博维克(橡树人)?!我感觉,你很像奶奶的邻居——康斯坦丁爷爷……"

---

① 奥列萨·柳班斯卡娅的父称。

"我认识你奶奶和她的邻居,她们的父亲和祖父,甚至曾祖父我也认识……我被称为杜博维克(橡树人),因为我被指派看守树木之王。我做这件事已经有一个世纪了,我是心甘情愿的。我看到,我的橡树以自己的力量和伟岸的身姿让所有见到它的人心旷神怡。而在收获的夏天和初秋,孩子们摆弄着橡子,脸上洋溢着幸福的笑容。""我也喜欢橡子……我可以收集一点放家里吗?有一次,我爸爸和我甚至要用橡子做小动物。这样的提示是我们从古巴的埃尔内斯托·罗德里格斯教授给爸爸寄来的邮票上找到的。爸爸的这位集邮家朋友寄来了一整套邮票。一张邮票上是一只由橡子做的猴子,第二张邮票上是一只由坚果做的龙虾,第三张邮票上有一只由芒果核儿拼成的鳄鱼。还有一只用牛油果核儿做成的啄木鸟……但我们用这张邮票换了一套印有杜宁-加尔科维奇肖像的中国邮票……"

"杜宁-加尔科维奇(杜宁-戈尔卡维奇)是谁?姓氏似乎是我们的,白俄罗斯的……几乎和著名作家杜宁-马尔钦科维奇的姓氏一样……"

"这是东西伯利亚托博尔斯克北部[①]的林务员和研究员。是的,是白俄罗斯人。为了研究俄罗斯、俄中边境地区,他收集了很多资料。这就是中国邮政尊重他的原因。我们把这套邮票寄给了罗德里格斯先生。"

"古巴教授要印有白俄罗斯人形象的中国邮票有什么用呢?"

---

① 托博尔斯克北部的概念,指的是当时包括别列佐夫斯基和苏尔古茨基县、托博尔斯克省托博尔斯克县的萨马拉沃洛斯特在内的西西伯利亚的广阔领土。今天,这是亚马洛-涅聂次和汉特-曼西自治区的很大一部分区域。

"我不知道这位哈瓦那学者藏品中白俄罗斯的东西一共有多少,但我确信埃尔内斯托·罗德里格斯先生非常热爱白俄罗斯,他收集了带白俄罗斯本地史学家、旅行家、地理学家肖像的小型张。他有很多不同国家出版的纪念亚历山大·埃尔斯基、伊格纳齐·多梅科、叶夫斯塔菲·泰什克维奇、米科拉·卡斯佩罗维奇的邮票。这些邮票已经展出过,展览名为"古巴集邮家收藏的邮票上的白俄罗斯学者……""

"应该在白俄罗斯给这样的古巴人竖立一座纪念碑……杜博维克,我可以收集一些橡子吗?"

"为什么不呢?"

马克西姆卡走到路的另一边,朝着通往河边的小路走了下去。橡树前的整个空地上铺满了橡子,像盖着一床被子。于是他开始选择最漂亮、最成熟的橡子。

"你知道吧,有一种说法,如果有人找到戴着小金帽儿的橡子,"马克西姆卡的身后传来橡树人的声音,"那么等待他的将是一段美妙的太空之旅。但只是找到它是不够的,小金帽还得能摘下来。就像谚语说的:'阁楼上,小不点,丢了帽子摔下来。'"

马克西姆卡环顾四周,杜博维克没了踪影。他开始捡橡子。已经装满了一个口袋,这时,地上一片枯黄的小树叶下,一个光溜溜的小橡子一闪而过。"哇,小帽子是金色的,"马克西姆卡想起来了,"说不定这个小帽子就可以摘下来呢!"他用指甲小心翼翼地抠了一下,小帽子掉了下来,落在了满是橡子的地上,像是掉在铺路石上一样。瞬间,林间空地上闪烁起五彩的光芒。一棵巨大的橡树矗立在令人惊诧的太阳光团的中心,仿佛撑起了蓝色的天空。马克西姆卡也与整个充满阳光的空间一起闪闪发光。突然,他像火箭一样,飞上了金色的高空。

伏谢维特(万事通)爷爷的提示

涅斯维日:是明斯克州涅斯维日区的城市,也是该区的中心。距离明斯克112公里。有公路与巴拉诺维奇、克列茨克、新格鲁多克、斯托尔布奇以及明斯克—斯卢茨克公路相连。最早关于涅斯维日的书面记载始于1223年。当时,在与鞑靼-蒙古人在卡尔卡河之战中,和六位大公一同战死的还有尤里·涅斯维日斯基。从1523年起,该村庄归拉齐维乌家族所有。1583年开始兴建涅斯维日城堡。16世纪上半叶,曾有超过30种职业的工匠在这里做工,其中有铁匠、木匠、陶工、鞋匠、屠夫等等。涅斯维日著名的古迹有斯卢茨克门、市政厅、工匠之家、耶稣会教堂、城市防御塔……

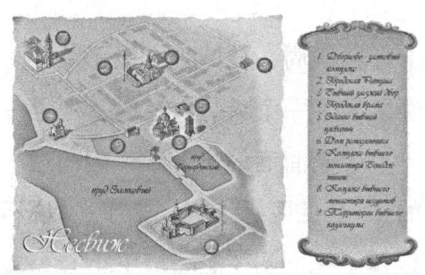

拉齐维乌家族:是白俄罗斯、立陶宛和乌克兰最大的权贵

家族。其代表人物在15—18世纪曾担任过立陶宛大公国最高的国家和军事职务。拉齐维乌家族的"号角"纹章,是吹嘴儿连接的三个黑色的狩猎号角。拉齐维乌家族属于立陶宛大公国最古老的家族。该家族成员曾是白俄罗斯、立陶宛、乌克兰、波兰领土上的大地主.他们不仅在涅斯维日和周围,还曾经在科佩希、休钦、克列茨克、切尔诺夫策和其他城市和村庄拥有过庄园。阿尔布雷赫特·弗拉迪斯拉夫·拉齐维乌曾率领自己的部队参加了波兰-立陶宛联邦与瑞典的战争。安东尼·亨利克·拉齐维乌是作曲家、音乐家。他会演奏许多种乐器,还会唱歌。他与作曲家贝多芬和肖邦是好友。他为歌德的《浮士德》谱写过乐曲。在与拿破仑的战争中,他赞成普鲁士、俄罗斯和奥地利结成联盟。弗兰蒂什卡·乌尔舒利娅·拉齐维乌是一位作家、戏剧家。她为启蒙运动的发展付出了巨大努力,促进了涅斯维日印刷厂业务的拓展。这些只是拉齐维乌家族的几颗耀眼的明星。

阿尔巴公园:是位于涅斯维日南郊的一个建筑群,位于乌沙河右岸,是白俄罗斯最大、最古老的公园,面积超过200公顷。是由拉齐维乌家族在16世纪末以意大利公园和乡村别墅为样板修建的。"阿尔巴"从拉丁语翻译过来的含义是"白色的、纯洁的"。公园里,拉齐维乌家族修建了夏季休闲行宫。将乌沙河用堤坝拦截,形成了一个湖泊系统。沿着湖岸开凿了一条大型人工渠。这个特殊的水系呈圆形,其中心是一个带亭台楼阁的圆形池塘。8条宽8~10米、长200~800米的人工渠从中辐射出来。公园的这一部分被称为"园囿",人工渠之间饲养很多鹿、熊、狼、野猪和野牛。拉齐维乌家族甚至把骆驼和狮子也引进了阿尔巴公园。公园里还有一个野鸡场，鹧鸪和野鸡共同生活在这里，这让公园更显独特。

阿尔巴公园里的树木简直令人叹为观止！有巨大的橡树、冷杉、白蜡树、鹅耳枥，甚至还有韦茅斯松和班克斯松……

斯诺夫庄园：是位于斯诺夫村的宫殿和公园建筑群，距离涅斯维日几公里。庄园占地约6公顷。斯诺夫宫殿和公园的建造始于19世纪上半叶。公园呈长方形，中间矗立着宫殿。宫殿的主立面前曾有一片草坪，装饰有花坛和观赏灌木。公园的第二部分以景观为特色。斯诺夫庄园里生长的主要是落叶树，有椴树、枫树、白蜡树，还有带刺的云杉。公园里有许多人工河和池塘。

橡树：是树木的一个属——栎属，包含600多个树种。它们主要生长在北半球。分布的南部边界是热带高地。有些种类在赤道以南也可以见到。通过橡子，人们就能识别橡树。其实，橡子就是果核。在英国民间口头文学中，有冬青王和橡树王，他们把一年分成两半，各自在自己的季节里掌管大自然。

弗吉尼亚橡木制成的船帮甚至能把炮弹弹飞。法国有一棵橡树，树洞里有一个三米半高的小房间。据说这棵橡树的树龄已经大约2000年了。橡树也被称为雷神佩伦之树（树王）。喀尔巴阡山脉的斯拉夫人在多神教时代就确信，自创造世界之时起，就有橡树。在波列西耶有这样一个传统，哪家生了儿子，都要种上一棵橡树。

伊格纳齐·多梅科（1802—1889）：智利地质学家和学者。他一生大部分时间都生活在拉丁美洲。他组织人们对安第斯山脉、阿塔卡马沙漠和智利南部阿劳卡尼亚省的地质和矿物进行了研究。曾任圣地亚哥大学校长。矿物质砷和堇青石以及阿劳卡尼亚的一座城市都以他的名字命名。

叶夫斯塔菲·泰什克维奇（1814—1873）：是历史学家、考古学家、本地史学家、白俄罗斯科学考古学的奠基人之一。他曾对戈尔沙尼、德鲁茨克、扎斯拉夫尔、斯卢茨克、明斯克、米尔的古代城邦进行过研究。

米科拉·卡斯佩罗维奇（1900—1937）：是白俄罗斯著名的本地史学家，著有多部致力于组织本土研究工作的书籍。是20世纪20年代中央本地史学研究室的组织者之一。

马克西姆卡发现……拉丁美洲

新的风景；马克西姆卡发现自己来到了远离白俄罗斯的拉丁美洲；认识橡子啄木鸟。

不知过了多久，小伙子周围的一切都变成了另一番景象，是在此之前完全不熟悉的。太阳似乎还是那个太阳，蓝天也和白俄罗斯的一样，橡树林也不亚于戈梅利州或布列斯特州的，但还是觉得有些不对劲儿……阔叶草比马克西姆卡爸爸还高。还有一只和其他蝴蝶截然不同的、特别漂亮的蝴蝶，长着一对深褐色接近黑色的、天鹅绒般的翅膀，还带着鲜红色的条纹……"这是普罗博纳·普罗涅斯塔，生长在拉丁美洲的一种白天出来活动的蝴蝶！更确切地说，是在秘鲁……难道它真的远渡重洋飞到我们这里来了吗？一旦要是……"马克西姆来不及多想，他紧盯着眼前的一棵完全不像橡树的树。也不是松树和桦树，而是一棵普通的……棕榈科树木。高高的树干，最上面是稀疏的、绿色的树冠。在阳光穿过的叶子之间，有几个巨大的椰子。

欣赏着他曾经只能想象的全新的景色，马克西姆已经开始明白，这不是普罗博纳·普罗涅斯塔飞到了白俄罗斯，而是他自己不知怎么来到了拉丁美洲。"然而怎么？……"他被发生的一切所震惊，想思考一下，还没等他开口，这个与湛蓝的天空和阳光明媚的绿地相映成趣的、淡淡的宁静,就被一阵急促的敲击声打断了——这是一只落在橡树杈上的啄木鸟。

马克西姆欣赏着这只大啄木鸟背部的羽毛,12根羽毛看起来就像强壮的肌肉。也许,就是它们帮助橡子啄木鸟啄破坚硬的橡树皮。过了一会儿,啄木鸟停了下来,转过头。然后又快速地用喙啄了起来,一秒钟十二次,甚至更多,尖尖的喙大声地敲击着树皮。马克西姆卡心想:"它敲击的一定是关于爱情的华彩经过句①吧。"

他陶醉地望着这只鸟。他从未奢望过这样的邂逅。以前只见过一次活的啄木鸟,那是在首都的中央植物园去年开放的鸟语林里。在一个巨大的、一个房间大小的笼子里有一些杆子,每个杆子上蹲着两三只鸟。在他们走过一个个鸟笼子的时候,爸爸给他讲解过,让他认识了每一只啄木鸟。当时鸟笼里至少有五十只。有松树啄木鸟和帝啄木鸟,还有白嘴啄木鸟、环颈啄木鸟等等,其中有些啄木鸟在地球上已经所剩无几。也有漂亮的白俄罗斯啄木鸟——白背啄木鸟、大斑啄木鸟、绿啄木鸟,还有其他的。也有像这只这样的、他又有幸再次见到的橡子啄木鸟。

橡子啄木鸟也注意到了马克西姆。"你干吗这么忧伤地看着我?"他用喙啄着橡树皮。"看样子是个外国人?"可马克西姆卡怎么听得懂这种敲击声呢?!……但小伙子猜到,啄木鸟是在和他说话,但说的是什么,有什么事——搞不懂。那怎么

---

① 指音乐中音阶式或琶音式急速的、装饰性的滚奏。

回答啄木鸟,用什么语言回答它呢?西班牙语?可是啄木鸟也不懂这门语言。马克西姆卡曾经学过一点西班牙语会话。这都要归功于爸爸与古巴集邮家的友谊,归功于他对罗德里格斯教授寄到白俄罗斯去的那些邮票的了解。如果……会怎么样……

年轻的冒险家在所有其他橡子里摸索着从奶奶家村子里找到的那颗橡子的时候,他竟然就有了解决办法,简直出乎他的意料。依照橡树人的暗示,这颗没有小帽子的橡子在生活中的各种场合,都应该成为他的参谋和救星。马克西姆卡轻轻地用手指捻了捻那颗热乎乎的浅色橡子。过了一分钟,他就听到了低沉的吱吱声:"……马克西姆,我会在旅行中给你帮助。在成千上万颗橡子中遇见我的人,都能得到这样的奖励——几分钟内穿越几千公里,瞬间飞越海洋,从北方到达南方。但我不能什么都管,不能负责你所有的事情。我只有一种上天赋予的能力,就是帮助那些能干的、勤奋的人……"

"谢谢你,橡子。我会自己找到出路的。我还得想办法回家。明天早上我和爸爸妈妈还要去涅斯维日……我不想让父母为我担心……"

"别担心。橡子啄木鸟会帮你的。也许它还会邀请家族里更多的啄木鸟来帮你。你可以和它交谈的语言很简单,仔细听听啄木鸟是怎么用它的喙啄树的。有时敲得很用劲儿,有时只是轻轻地碰碰树皮……将啄木鸟的敲击与周围发生的事情进行比较,然后编一个鸟语字母表。做这门学问不要吝惜时间。凡事都是这样:开始时难,往后就容易了……最重要的,是要认真……而现在呢,马克西姆卡,对不起,我的能量快用完了。

请帮我戴上帽子，让我休息一下吧。我们还会再见面的！"

男孩按照橡子说的做了，然后把它放进了口袋深处。而自己在一棵树下坐了下来，开始专注地听啄木鸟的敲击。一个小时后，这位年轻的旅行者发现了如此多的声音和旋律，以至于自己都感到惊讶："难道这一切都是一只橡子啄木鸟敲出来的吗？！"啄木鸟不停地发出当当、咚咚、嗡嗡、噼啪声……马克西姆卡从不知名的灌木丛中揪下一片宽大的树叶。声音重复一遍，他就用细树枝在叶子上划上一个印记。很快一片树叶变成了几片。马克西姆卡把它们都连在一起。一会儿工夫，这本绿色"字典"就变得如此丰满，以至于年轻的旅行者已经准备和啄木鸟进行交谈了。可是啄木鸟似乎已经准备休息了。马克西姆卡绕着树走了一圈，在茂密、高大的草丛中看见了一条狭窄的小路。走了四步，发现了一根干竹笋。他从口袋里拿出一把小刀，削出一根小长棍儿。回到橡树旁，马克西姆往上看了一眼。在九层楼的高度，啄木鸟正把头缩进外层的羽毛里，看着马克西姆卡。他感觉，这只鸟张大了嘴巴朝他微笑了一下。虽然这个高度的啄木鸟很难看清。

男孩跪在橡树前，把"绿色字典"放在左手边，不时地瞟一眼字典，开始用棍子敲出一些简短的华彩经过句。"等等，啄木鸟，我叫马克西姆卡……"

从高处传来："很高兴能欢迎你的到来，我的朋友……你是从哪里来到我们这里的？"

"我的祖国是白俄罗斯。但在秘鲁，人们未必知道这样一个国家。我们现在是在秘鲁吗？"

"是的,在秘鲁。但你认为你的国家在我们丛林中无人知道是不对的……在棕榈林里,在椰子树和藤本植物间,你们白俄罗斯的热尔那(黑啄木鸟)一直在医治着这些树木以使它们免受害虫侵袭。我从未在任何地方见过如此勤劳和热心的啄木鸟……你可以见一见热尔那(黑啄木鸟)……"

马克西姆甚至有些激动,他的手心都冒汗了。男孩担心他无法正确地在橡树皮上"敲出"给啄木鸟的回答,但他还是调整好了自己的情绪,冷静下来,开始"发电报"。

"我很高兴你对热尔那(黑啄木鸟)的评价这么好。我承认,我在白俄罗斯从未见过它,但在保护自然课上,我们听过很多关于这种鸟的故事。我会很高兴见到热尔那(黑啄木鸟)的……"

上面静了下来,橡子啄木鸟也停了下来。马克西姆卡不知道该怎么办。突然,他看到那只鸟从树上飞了起来。几分钟过去了。棕榈科树木和其他树木的树梢上仍是一片寂静。只有从远处传来流水的声音。"也许在由树木和草丛形成的绿色屏障后边藏着一个瀑布?"男孩心想。"要是能站在冷冷的水流下,感觉一定很好。就像在最炎热的季节在爷爷的别墅一样……"

伏谢维特(万事通)爷爷的提示

啄木鸟:属于须䴕科拟啄木鸟属,分布于欧洲和北非。它们是中小型鸟类,大多生活在树上。它们用喙从树皮下捕捉昆虫为食。有时啄木鸟会把空罐头盒或铁片当作鼓,以使它们的声音能传得更远。它们就是这样召唤其他啄木鸟的。

橡子啄木鸟，迹象表明，过冬时会做大量的储备。秋天，它会在橡树、桉树、梧桐的树干和大的树枝，甚至电线杆上啄出成千上万个小洞。然后把橡子紧紧地塞进去。这样的例子很多，曾经有一个啄木鸟往一棵大松树里塞了五万个橡子。橡子啄木鸟群居，每个鸟群三到十二只不等，互相帮助，共同保护自己。

秘鲁：是南美洲国家，正式名称是秘鲁共和国。与厄瓜多尔、哥伦比亚、巴西、玻利维亚和智利接壤。按国土面积是南美洲第三大国家（仅次于巴西和阿根廷）。秘鲁的名称曾因弗朗西斯科·皮萨罗和迭戈·德·阿尔马格罗的第一次探险而首次被提到，可以追溯到1525年。秘鲁最早的居民出现在公元前1万年。12世纪，出现了印加人的国家。印加人是所谓的统治国家、拥有主要财富、掌握普通人生杀大权的人群。在印加人统治期间，秘鲁人从事的主要活动是农耕。他们用木棍松土。印加人甚至不知道犁。他们种植玉米、木薯、土豆、西红柿、豆类和烟草。1535年，秘鲁首都利马建立。

棕榈科树木：一种热带树木。树干笔直光滑，顶部是一簇簇又大又硬的叶子。已知棕榈种类约有1000种。椰子树和椰枣树最为著名。

与热尔那（黑啄木鸟）会面

热尔那（黑啄木鸟）给马克西姆卡讲述它的旅程；一只白俄罗斯鸟救了一只松鼠；"哎哟"帮忙找到出路。

突然，一个高高大大、满脸大胡子的人直接从地底下窜到了马克西姆卡面前，个头儿大约是他的三倍。他甚至都没给他惊恐的时间，就连珠炮似的开始了：

"哎哟——哎哟，所有人不是啊呀就是哎哟……他们自己都不知道自己想要什么。哎哟——哎哟，你有什么要求？"然后他就直盯着男孩的眼睛。

"给我一杯冰冷的泉水吧！"男孩立即想起了"母语"课，课上不止一次讲过各种恶魔和魔鬼。"哎哟"就是那些住在地下的魔鬼之一。如果你在森林里大声叹息，魔鬼就会马上出现，就会让你倒霉。

"也许你还想再喝点埃尔斯基领主家族的泉水？"看来，"哎哟"还没有放弃，想证明他才是这里的主人。如果你的表情给他感觉你不怕他，那他自己就会不知如何是好，并满足森林客人的任何要求，只要是在他的热带雨林里。

"对，只能是埃尔斯基家族泉眼里的！别的不要！"男孩坚决地说。

"哎哟"像他出现一样，又突然消失了。棕榈附近一个小土包上留下了一个木瓢。马克西姆卡看着这个带柄的木瓢,心里想,这一定是来自埃尔斯基家族庄园,来自很久以前的杜迪奇。因为这种树皮勺子,很显然,已经两个世纪,甚至更久,没人制造了。马克西姆卡拿起木瓢,开始贪婪地喝起来。全身都获得了新的力量。脑子也清新了。

"马克西姆卡,认识一下吧,你家乡的热尔那(黑啄木鸟)来了!"橡子啄木鸟用喙"咯咯"地敲了几下。

男孩环顾一下四周,寻找着那根能让他和啄木鸟对话的小竹棍儿。那本带着刻在绿色棕榈叶上的"笔记"的字典躺在一棵树旁边的小土包上。他还没来得及回答,一个声音就从上面传了过来,甚至比橡子啄木鸟落的地方更近:

"马克西姆卡,在白俄罗斯,连啄木鸟都能听懂我们的河流和湖泊、花朵和树木的语言……我是偶然来到这里的,并没有忘记母语白俄罗斯语。无论你说什么,我都能听懂。"

"你在别人的国家做什么?在自己家乡的森林里生活不是更好吗……"

"这事很偶然。我们的'森林邮箱'来了一个消息,说秘鲁有很多黑啄木鸟失踪了,它们可是我们鸟类家族中的近亲。所以,我们就召开了一个别列津纳河老树洞黑啄木鸟会议,会后我就被派遣,踏上遥远的征途……"

热尔那(黑啄木鸟)给马克西姆卡讲了它远渡重洋的所有细节,讲了它如何与一小群橡子啄木鸟成了好朋友的经历,但这花去了很多时间。啄木鸟不喜欢彼此就近居住,所以橡子啄木鸟就成对居住,彼此保持一定的距离。啄木鸟天生勤劳,两只啄木鸟"医生"可以负责方圆300~400公里内的工作，但它们却不吝时间、夜以继日地消灭着害虫。

"的确，我在这里一只黑啄木鸟也没见过，但我却为自己找到了一份长期工作，从简单的事开始……"

准备冬天的食物就是一件简单的事。尽管橡子啄木鸟有家有室，却对此很不重视。冬天，它说，在它们这里并不难熬。于是热尔那（黑啄木鸟）就花了一两个星期时间，在离窝不远的一棵老橡树上啄了很多洞：每个洞里能放一个橡子。这是一棵老树，有些地方已经腐烂了。热尔那（黑啄木鸟）也吃了好多树皮甲虫，累得够呛！当整棵橡树的表面都布满小洞时，它就开始往那里塞橡子。看着橡子啄木鸟和它同伴们惊讶的眼神，它只是回答说："有备无患啊……你们土地上的灾难还少吗？！要是来一场可怕的倾盆大雨，就会把地上能吃的东西都冲走，到时候你们吃什么呢？！"

为了表达感激，橡子啄木鸟在附近的森林里，沿着只有它知道的线路飞了一遍，以便寻找黑啄木鸟们，或者哪怕是一只本地的黑啄木鸟。但非常遗憾的是，所有飞行都是徒劳的。而白俄罗斯的客人并没打算为自己构筑一个固定的居所，而是加入了建设者的行列。一天，它正在棕榈树上吃早餐——树皮下捕获到的一些非常美味的害虫。它低头一看，下面的草地上躺着一只松鼠。松鼠在自己周围放了一些细细的小树枝，爪子抱在一起，懒洋洋地躺在那里。热尔那（黑啄木鸟）开始训斥它："你干吗浪费时间？你应该向你的白俄罗斯姐妹们学习。这样的秋天，它们从来不会闲着。它们会往洞里运送坚果，会晾晒过冬的蘑菇……"而松鼠还是一动没动。热尔那（黑啄木鸟）往低处飞了飞，仔细看了看，而松鼠甚至没有睁开眼睛。热尔那（黑啄木鸟）在树上咯咯地啄了起来，松鼠这才动了动。它想站起来，但马上又倒了下去。看来，松鼠的腿出了问题。它嘴唇皱了皱，都要哭了。

虽然热尔那（黑啄木鸟）在地面上行走并不容易，它总是需要用趾甲抓住一些东西，就像抓在树上那样，但它还是飞到了松鼠身旁。它轻轻地碰了碰它的爪子，看到了那只无助地垂着的爪子，就是因为这只爪子小家伙才站不起来。它从地上捡起几根小树枝，把断了的腿围上，再用干草缠住。然后用两只爪子抱起松鼠，把它抱到了在旁边树上找到的树洞里。这个蓬松美丽的松鼠又活了过来，热尔那（黑啄木鸟）感觉，它的嘴角又绽开了笑容，欢快地唧唧着什么，但一双小眼睛却向下望着。在这片森林里，热尔那（黑啄木鸟）和所有动物之间都没有任何隔阂，它与所有的森林居民都找到了共同语言。但这里是秘鲁的森林，是一个完全不同的空间，是完全不同的语言……起初，热尔那（黑啄木鸟）是这样理解的：松鼠不喜欢这个鸟窝。于是啄木鸟就开始往窝里叼树枝，然后还叼了橡子。来来回回飞行的时候，这个热心的助手、来自白俄罗斯的啄木鸟医生突然听到地面上发出尖锐的吱吱声，并看见草丛里有两只小松鼠。"这就是我的病号所担心的啊！"小鸟默默地想，并立即把刚刚丢了妈妈的松鼠孩子们从草丛中抱了起来。它把孩子们带到妈妈身边，而自己飞到更高的地方并开始盖一个新房子。小松鼠长大后，好让它们有一个自己的窝。

"热尔那（黑啄木鸟），你在这片土地上还有什么事要做吗？"马克西姆卡问。

"我给松鼠们盖好了房子，就继续去寻找兄弟姐妹们……寻找他们已经不是一天两天了，可还是一个也没找到。我担心会两手空空地回家。"

"你听我说，我认识一位教授——当然，他不在秘鲁，而是在美洲的另一个国家，在古巴。更确切地说，他是我爸爸的熟人，是他集邮圈的朋友。要是能和他联系上就好了，也许还能飞到古巴去……"

"马克西姆卡，古巴可不近啊。而且问题甚至不在于时间，问题是这得需要我们多大的力气啊。这么漫长的道路我们能坚持下来吗？！"

"那'哎哟'不能帮忙吗？哎哟——哎哟！……"

"哎哟——哎哟，所有人不是哎哟就是啊呀……而他们自己也不知道想要什么，"就在男孩的鼻子底下，马克西姆卡已经认识了的高个子大胡子从地底下爬了出来。"哎哟——哎哟，你有什么要求？"

马克西姆卡丝毫没有惊慌：

"我们需要哈瓦那大学埃尔内斯托·罗德里格斯教授的建议。"

"你们仔细听着！你们这样做：数三棵棕榈树，然后右转。走一千步，蹚过一条小溪。再经过三棵棕榈树，那里有一片空地，空地上有一个玻璃小屋。它是半个世纪前建的。那个小屋里，是即时邮政通信枢纽。关键是要知道怎么用……"

马克西姆卡在祖国及他国历险记

小鬼儿"哎哟"怎么出现的，又怎么消失了。无论马克西姆卡往草丛里怎么看，都看不到一丝痕迹。剩下要做的只有一件事，按照这个善良魔鬼的建议去做。马克西姆卡沿着地面，而黑啄木鸟沿着它了解的曲折的空中的路，按照指定的路线出发了。很快，他们就找到了那片空地，也找到了玻璃小屋。

伏谢维特（万事通）爷爷的提示

热尔那：是一种森林鸟类，也叫黑啄木鸟。其特征是体型巨大，黑色羽毛，红顶。常单独活动。在成熟的、树干高大的森林中筑巢。常选择无枝的病树或枯树，敲出树洞居住。体长为42~49厘米，体重250~400克，翼展64~85厘米。按照白俄罗斯的传说，黑啄木鸟原本是一个养蜂人，因为没有庆祝礼拜天，而是在松树上给蜜蜂挖蜂洞，所以被上帝变成了一只鸟。

古巴：正式名称是古巴共和国。是加勒比海西北部的岛国。该国国土包括大安的列斯群岛中的古巴岛、青年岛和其他小岛。首都哈瓦那。

松鼠：是松鼠科的啮齿动物。它是一种小动物，身体细长，尾巴蓬松。体长19.5~28厘米，尾长13~19厘米。体重250~340克。圆头，眼睛黑且大。脚趾抓力强且趾甲锋利。松鼠大多是棕尾松鼠，也有红尾松鼠。有时也能发现灰尾和黑尾松鼠。

· 69 ·

阿列斯·卡尔柳克维奇中篇小说选

致罗德里格斯教授的信

熟悉即时邮政通信枢纽；魔鬼"哎哟"的新提示；马克西姆卡给古巴集邮家寄信。

即时邮政通信枢纽的环境非常简单。在玻璃支架上立着宽大的面板，面板上是一组彩色透镜：黄色、红色、绿色、蓝色和黑色。上面还有一个很宽的长方形透镜，用金属支架固定在天花板上。带拉丁字母的键盘和面板之间有小玻璃管连接。

热尔那（黑啄木鸟）在一根玻璃管上为自己选择了一席之地，玻璃管里有透明的液体在循环流动。小鸟非常喜欢这根温暖的玻璃管，有一两分钟它甚至闭上了眼睛。马克西姆卡没有浪费时间。虽然这是他第一次来到即时邮政通信所，但他意识到，其中的奥妙就在于以下几点：在键盘上用某种语言输入的文本信号，一般是用拉丁文，通过彩色透镜的闪烁传递到上部透镜。这些信号集成一个明白易懂的代号后，从上部的宽透镜飞向空中。信号的速度是如此之快，以至于在空中盘旋的磁波马上就能将"玻璃"空中信件发送到正确的地址。有一点很重要：玻璃邮政通信所之间的距离不能超过1500公里。

马克西姆卡坐在桌前，开始快速键入写给哈瓦那教授兼集邮家的信件文本。"亲爱的埃尔内斯托先生，我在秘鲁。我也不知道我是怎么来到了这里。和我一起的还有一只黑啄木鸟热尔那。也许您知道这种鸟，这是一种长得像乌鸦一样的黑色的鸟。事情是这样的，从白俄罗斯飞来的热尔那在为自己在美洲、特别是在秘鲁失踪的亲戚而忧心忡忡。但无论它怎么努力，都没能在这里找到任何同类的鸟。我们担心：黑啄木鸟在你们的世界里永远消失了吗？这不会破坏雨林的自然平衡吗？这种情况该如何补救？满怀敬意和希望的马克西姆卡"。

男孩紧张得满头大汗，没有注意到黑啄木鸟热尔那已经用嘴在玻璃管上敲击了好几分钟："你还没打地址呢！这封信怎么能找到教授呢?!"

"哎哟，的确如此！"马克西姆卡变得更加紧张起来。

"哎哟——哎哟，你们总是打扰我的安宁！"熟悉的善良魔鬼"哎哟"紧贴着天花板直起了腰。"你又想干什么，孩子？"

开心的马克西姆差点喊了出来：

"亲爱的魔鬼啊！我忘了地址……"

"永远要记住！我的提示只有聪明和机智的人才会受益。我原谅你第一次，但从现在起我不会再来了。没有你添麻烦我的事已经足够多了……首先是，你不专心。单靠技巧，再聪明也没用。你看看四周，会看见墙上挂着很多邮票薄。"

"我发送的是电子信件！"

"有点耐心，我的朋友，请把我的话听完。首先，你可以通过光电电报的方式发送'玻璃'空中信件。这种通信方式虽然历史很久远，但在你们这种情况下它是最便捷的。其次，邮

票是打开通信线路的密码。你看,你输入的这封信,还在天花板下透镜旁边的玻璃盒子里。点击'Wjptanne'键,就会再返回到你的文本。邮票应放在空白的'Znak poshtu'窗口中。文本本身在收件人所在国家就会被处理。唯一重要的是不要出错,正确输入姓氏和工作地点。和其他人一样,罗德里格斯先生也有一台个人电脑。无论学者在哪里,他一定会收到信号并阅读这封信。然后,可能,他就会回复。"

"但我该选择哪枚邮票呢?也许,'世界鸟类'系列中的这枚……带漂亮的橡子啄木鸟的这枚。"

"千万不能选!和纸质邮件不同,这里你需要的是收信国家的邮票,而不是寄信的。有橡子啄木鸟的是秘鲁邮票……你该找一张古巴邮票,""哎哟"回答完就消失了。

而马克西姆卡在白俄罗斯黑啄木鸟沉默的目光下,把一切都按部就班地做完了。现在给哈瓦那教授的信应该真的开始飞在空中并寻找着正确的磁波,而没有留在玻璃电子"垃圾箱"里了。剩下的只有等待……

伏谢维特(万事通)爷爷的提示

古巴邮票:古巴岛上最早的邮票是1873年作为西班牙殖民地时期印制的(对比:白俄罗斯邮票的历史始于1920年)。直到1876年,古巴邮票上还保留着"海外领土"的字样。自1877年起,出现了"古巴"字样。1899年起,开始发行标有

"古巴共和国"字样的邮票。①1939年,为纪念第一次利用火箭运送邮件发行了"火箭邮寄邮票"。今天,古巴共和国的邮票是邮票当中最有趣的。

---

① 美扶植成立"古巴共和国"是在1902年5月20日,托马斯·埃斯特拉达·帕尔马就任总统。(译者注)

热尔那（黑啄木鸟）的决定

罗德里格斯先生的回信；哈瓦那和整个古巴都对这只白俄罗斯啄木鸟的善良和真诚大为赞赏；向热尔那（黑啄木鸟）发出访问古巴的邀请。

马克西姆卡让自己梦想了一下，在想象中用埃尔斯基领主家族的泉水解了渴，还给热尔那（黑啄木鸟）也喝了点。啄木鸟的眼睛甚至微笑了一下，好像它真的品尝到了冰冷泉水的味道。

但放松的时间不能太久，啄木鸟先是焦急地跳了跳。它落着的那根玻璃管不比在橡树或棕榈树上差，玻璃管开始闪烁着不同的颜色。黑啄木鸟惊讶地看着马克西姆卡，等待着他的反应。而就在这时，一束彩色的火花从上边的小孔飞了出来，散落在旁边的一个高大的、像打印机一样的玻璃柜上。一分钟后，机器就像印刷机一样工作起来，在白纸上用蓝色的字母打印着一封信。不安的流浪者们明白了，这是罗德里格斯先生的信。"快读，"现在开始紧张的已经是热尔那（黑啄木鸟）了。

"你好，马克西姆！同时也向你不知疲倦的同伴黑啄木鸟热尔那致以诚挚的问候！我已经知道它到访秘鲁的事了。不要惊讶。我们古巴有一份报纸叫《自然之光》，"小伙子读着哈瓦那教授的信。"这份报纸已经多次报道了黑啄木鸟热尔那在雨林中的活动。特别是，哈瓦那的每个居民都对这位别列津纳河居民的善良和真诚感到钦佩。是的，热尔那，我知道你来自哪里……，你的近亲黑啄木鸟们，在我们广阔空间里，真的很少。我们也非常担心它们未来的命运。今天能做的事情，因你的到来已经给了我们提示。我知道我的建议完全不是一件简单的事。我们很想邀请你，热尔那，和你的家人到我们岛上来。在古巴一个最好的公园里，我们将为你的生活创造所有条件。你来了以后，黑啄木鸟家族将会增添新的成员。明年夏天新的雏鸟就会出现。也许它们会想永远留下来……也可能，你会在我们这里逗留上不是一年，而是两三年。接受我的邀请吧，热尔那！马克西姆，请帮帮我们实现这个请求……"

哈瓦那的来信让马克西姆和热尔那都兴奋不已。

"马克西姆，写信给埃尔内斯托先生，说我同意。只是我要回一趟家，欣赏欣赏别列津纳河的景色，然后一定会回到秘鲁。而古巴，难道不是我们共同的家园吗？特别是当这个事业需要拯救的时候？"啄木鸟像打鼓似的啄着。

"儿子，醒醒，"卧室门外传来爸爸的声音。"涅斯维日和阿尔巴在等着我们。如果你快点穿好衣服，我会让你开'阿尔巴'一直到公园。"

马克西姆卡睁开了眼睛，黑啄木鸟热尔那依然清晰地站在他面前。它还要回到美洲去吗？无论如何离开故乡都不是一件容易的事，而且那里也在等待它的帮助。不，黑啄木鸟会信守诺言的……

伏谢维特(万事通)爷爷的提示

　　古巴的鸟类:数量众多。咬鹃被视为国家的象征,是咬鹃科鸟类。

　　咬鹃的羽毛为红、蓝、白三色,这是古巴国旗的颜色。咬鹃鸣叫的声音是:"朵克——阔罗"或"朵克——阔——罗罗"。古巴还有蜂鸟,如苍蝇大小的鸟,这是全世界最小的鸟。自由岛上栖息着最大的火烈鸟群落,约有七万只……

马克西姆卡在祖国及他国历险记

邮票之旅

埃塞俄比亚王储马康南·孟尼利克维奇·泽雷洪同意与白俄罗斯集邮家们成为朋友；来自埃塞俄比亚的通信集邮家；埃塞俄比亚国王和他的儿子收集哪些邮票？

马克西姆卡通常会在放学回家的路上给妈妈打手机，并告诉她自己几分钟后就会到家。阿列西娅·米哈伊洛夫娜很关心儿子的心情，她会问他这一天学校里都发生了什么事，她还会告诉儿子午餐吃什么。后者并不是多余的。马克西姆卡有时会忘记去厨房，因为他通常不休息，而是花上半个小时，甚至更多的时间去翻阅爸爸的信件。给他父亲，这个狂热的集邮家，写信的人来自世界各国。写得最多的就是古巴的埃尔内斯托·罗德里格斯教授。和爸爸通信的新结识的人之中就有一个马克西姆卡的同龄人，他们已经通信一年多了，这个人就是埃塞俄比亚总统孟尼利克·泽雷洪的儿子。因为埃塞俄比亚统治者和他的继承人都是狂热的邮票收藏家。马克西姆卡的父亲与总统先生曾交换过建筑题材以及体育和太空题材的邮票。当马克西姆表示想收集动物邮票时，爸爸就开始通过集邮爱好者朋友打听，是否有谁的孩子对全世界或本国动物及各种鸟类邮票感兴趣。孩子们之间相互交流会更轻松。碰巧的是，他们找到的年轻集邮者寥寥无几。来自哈瓦那的埃尔内斯托·罗德里格

· 77 ·

斯教授没有结过婚。波兰农民康斯坦丁·阿列克尼克是白俄罗斯血统，住在别洛斯托克，有两个孙子——瓦茨拉夫和雅罗斯拉夫。但他们还小。潘·阿列克尼克还只是梦想他的孩子们将开始收集体育题材的邮票。最主要的就是足球和冰球邮票。也许他们还能找到乌拉圭邮政为纪念其足球运动员在1924年巴黎奥运会上辉煌的胜利而印刷的黄金丝雀系列，发行量只有500套。现在，一个世纪后的今天，这些邮票的价值不亚于奥运奖牌。爸爸还想把儿子介绍给其他集邮家的孩子们的愿望，也都因为某种原因没有实现。过了一段时间，埃塞俄比亚王储，埃塞俄比亚总统和国王（一个人同时拥有两个宝座的事常有）的儿子马康南·孟尼利克维奇·泽雷洪有了回应。装着他信件的信封如同大糖果盒子那么大，甚至不能算是一个信封，而是一个漂亮的软纸板包裹。当时马克西姆卡和爸爸正好在家，他们迅速打开了包裹。他们惊讶地发现，里面只有一张纸。真的，纸像牛奶一样白，上面写着金色的字母。在页面的顶部是用闪亮的玻璃石压印的一个埃塞俄比亚小国徽：蓝色的球面上一颗黄色的五角星。信是用英文写的，好在明斯克集邮爱好者家里这门语言掌握得并不比他们的母语白俄罗斯语差。马克西姆卡至今仍然对信中的每一个字记忆犹新，因为这封信让他很震惊：

"尊敬的白俄罗斯集邮家先生！

以埃塞俄比亚马康南·孟尼利克维奇·泽雷洪王储殿下的名义告知，我们对您关于交换动物题材邮票的建议颇感兴趣。王储被居住在贵国的许多动物和鸟类深深吸引。我们允许您把在白俄罗斯发现的动物邮票寄过来。反之,我们也将通过邮票向您介绍非洲独特的动物、埃塞俄比亚及其邻国的在地球上无与伦比的丰富的动物世界资源。

而且我们还必须提醒您,根据总统及其家人现行官方礼仪以及《王室行为宪法》,我们不能与非官方人士建立友谊。然而,由于已连续四十年兼任国王的总统对您十分尊重,您将成为一个例外。因此,我们将与您通信。

我们期待来自白俄罗斯的信件及邮票……"

随后是一个长长的签名,列出了王子和总统儿子的各种公职和国家职务。马克西姆记住了一个:埃塞俄比亚首席自然科学集邮家。之所以能记住,显然,是因为很惊讶:"王子还是一个孩子,而竟然是——首席……"而马克西姆卡也对这封信非常反感。他和爸爸是在寻找一个有共同爱好的朋友,可回信写的怎么具有侮辱性!然而,爸爸对此事的态度却不同:

"你知道,儿子,很难用你的地位去衡量别人的事情。看来,这个非洲大国的习惯就是这样,他们尤其重视领导与普通人之间的关系。我们也不能违反外交礼仪……但如果我和王储通信,也不会有什么事。而且,你也会同意我的观点,没有人能妨碍我们一起观察和研究邮票的……"

于是就决定了……

伏谢维特(万事通)爷爷的提示

埃塞俄比亚:该国的正式名称是埃塞俄比亚联邦民主共和

国,是东非的一个国家。该国没有出海口(1993年5月,厄立特里亚脱离埃塞俄比亚后)。埃塞俄比亚人口约有1亿人,占非洲第二位。国土面积占世界第27位。官方语言为阿姆哈拉语。

　　埃塞俄比亚邮票:埃塞俄比亚的第一枚邮票于1894年印制。更准确地说,当时埃塞俄比亚的邮票是在法国巴黎印制的。四种面额的邮票上描绘的均为孟尼利克二世国王。1980年,社会主义埃塞俄比亚[①]邮政部门为庆祝莫斯科第二十二届奥运会发行了特别系列邮票。

[①] 指社会主义埃塞俄比亚劳动人民党组织委员会——译者注

马克西姆卡在祖国及他国历险记

意外的冲突

一封亚的斯亚贝巴新来的信；埃塞俄比亚首席自然科学集邮家的愤慨；是否能将鸟类分开？

……今天的邮件中，有一个来自埃塞俄比亚的漂亮的大信封。马克西姆仔细研究了落款，确认回信人是王子，而不是他的父亲，这才小心翼翼地从右侧剪开信封。他掏出一张信纸，信是写给他爸爸的。紧挨着的是一小张集邮册夹页，上面有五枚色彩鲜艳的埃塞俄比亚邮票，都是鸟类的。邮票上的文字是一种不认识的语言。马克西姆卡知道这种语言叫什么——阿姆哈拉语，它是埃塞俄比亚的官方语言。而要是阅读……当然，有些鸟类他立刻就认了出来。你看，顺便说一句，最便宜的邮票上是红顶的织布鸟。看起来很像麻雀。而第二张是沼泽织布雀，它体型特小。爸爸讲过，虽然它们叫沼泽鸟，却住在山上。它们优雅、小巧，还没有手掌大。而在另一张邮票上，是一种类似于马拉布鹳鸟的鸟。它可不仅生活在童话故事里——这是一种长着丰满的彩色羽毛的美丽的鸟。马拉布鹳鸟在美丽程度上不亚于神话里的凤凰或火鸟……

马克西姆卡尽情地欣赏完这些邮票，放下了集邮册夹页，这才想起了妈妈的话——每当父子俩长时间观赏邮票时，妈妈经常重复的一句话："我勤于思考的集邮家们，难道摆在你们面前的是一本真正的书吗……"爸爸会说："不止一本书。我们刚从……回来……"他们会说出他们正在看的邮票相对应的国家，或者他们看的邮票所纪念的国家或城市……但埃塞俄比亚王子新寄来的信还没读，好在他是用英语写的……

"亲爱的白俄罗斯集邮家先生！"这是马康南·孟尼利克维奇·泽雷洪对马克西姆卡父亲的称谓，尽管他对他父亲的名字和父称都很熟悉。他们通信已经差不多一年了。呼语中唯一变化的是，王子开始用"亲爱的"，而不是"尊敬的"。但我们还是继续往下读吧。"我们很高兴收到你们新寄来的邮票。不过，我想指出的是，'别洛韦日森林'这个系列向我们介绍的动物形象在埃塞俄比亚印刷的邮票上也有。作为首席自然科学集邮家，我有启迪埃塞俄比亚上亿国民的义务。因此，在预先得到总统爸爸支持的情况下，我们命令国家邮政印制'外国动物'系列邮票。我们还没有进行过专门的盖销。我们建议元旦当天在亚的斯亚贝巴邮政总局组织一次这项工作。届时我们还将向您寄送印有野牛、海狸、北极熊、海豹和松鼠形象的邮票。我们希望这些邮票不仅会引起非洲许多国家的兴趣，也会引起那些邻近白俄罗斯的国家的兴趣。

但您之前寄来的'白俄罗斯鸟类'系列邮票，不得不承认，不仅令我们，同时也令整个埃塞俄比亚邮政委员会都感到震惊。其中一张邮票上有一只黑鹳。这种鸟为什么是你们的？我们不能忽视这一事件。我国许多居民已经知道，有人要夺走埃塞俄比亚几乎最主要的鸟类，他们要求我们发出抗议照会。我决定在新年第一天就举行邮政委员会和自然科学委员会联席会议，会上将就贵国邮政的错误作出决定。我们对您本人非常尊重，在与您的通信中，我们了解了善良并富有同情心的白俄罗斯人民。但贵国邮政还是给我们带来了侮辱……"

"这还当王子，"还没等读完信，马克西姆就开始愤愤不平地说，"要知道鹳只是一种鸟。它的祖国是大地，更是天空。春、夏和初秋，它生活在白俄罗斯。而冬天，它就会飞到非洲或印度……学校是怎么教他们的？！"

马克西姆卡想上网看看埃塞俄比亚学校的情况，但马上就想起来，自己答应过妈妈，每天准备完功课，只使用这个世界电子"蜘蛛网"一个小时，并且，还得是在之前积攒了很多问题、在纸质的百科全书和词典里很难找到答案的情况下。起初，这让马克西姆卡感到有些不自在，无论如何使用互联网似乎更轻松一些。令人惊讶的是，父母虽然也是互联网时代的宠儿，却表现得像退休的老年人一样。但是，已经习惯了信守诺言的马克西姆卡咬着牙走到了书架前。除了纸板装订的纸质图书，他还可以使用电子藏书中的 CD-ROM，最重要的是不要在互联网上浪费时间。

随着时间的推移，阅读书籍、翻阅百科全书就成了一种好习惯，而且有益于健康，反正眼睛不会像在电脑前那样疼。

在介绍世界各民族和国家的百科全书里，马克西姆找到了一篇相关的文章。当读到埃塞俄比亚的新年是在 9 月 12 日庆祝时，他非常惊讶。这都是因为埃塞俄比亚人使用科普特历。根据这种历法，一年有十三个月。为什么叫科普特呢？是以卡普特东正教会的名称命名的。根据科普特教会的教义，基督虽然有神性，但仍被视为俗世的人。"每个国家都有自己的习俗,"马克西姆卡心想。他还了解到,新年前夜亚的斯亚贝巴的街道上会点燃桉树或云杉篝火。最大的篝火是在首都的主广场上,国王会亲自用火把点燃篝火。篝火的中央是一根五六米高的柱子。篝火一点燃,人们便开始跳舞。你可以认为,这就是我们白俄罗斯的库帕拉节。

马克西姆卡回到了他的埃塞俄比亚同龄人的信上来:"……你们的邮政必须纠正错误,否则,可能会引起最不可预测的后果。在邮政委员会和自然科学委员会的联席会议上,很可能会提出宣战的问题,即使不宣战,至少也会禁止黑鹳越过埃塞俄比亚边界。"

"这也叫王子……"马克西姆卡无法克制自己,"难道他不明白,对埃塞俄比亚而言,黑鹳只是一种候鸟,只是一个过客吗?这里根本没有发生邮政战争的理由!"

马克西姆卡走到第二个书架前,那里有一排排整齐的集邮册,里面很多夹页里都是鸟类邮票。马克西姆卡拿起一本最厚的集邮册开始翻阅。这里都是一个世纪前的邮票,每张邮票的底部都有一个落款:"苏联邮政"。在一枚邮票上,是来自马察卢保护区的黑猴潜鸟。第二枚是来自阿斯卡尼亚－诺瓦保护区的鸵鸟。另一枚邮票上是来自阿斯特拉罕保护区的苏丹鸡。马克西姆卡收藏的邮票中很多都是鹤的题材,尤其是白鹤,羽尖黑色,喙为红色,头和腿上的部分羽毛是雪白的。马克西姆知道,一个半世纪前,白鹤曾濒临灭绝。全世界人民都开始关注,甚至成立了国际白鹤基金会,建了孵化箱,并开始人工繁殖白鹤。现在白鹤已不再面临灭绝的威胁。所以用白鹤的形象印制了很多邮票，以引起人们对保护这种鸟的重视……

其中一页上面全是鹳。不同国家的邮票上，有白鹳、鞍嘴鹳，甚至和它们属于同一科的黑鹳……这种真正美丽的鸟印到了俄罗斯、乌克兰、哈萨克斯坦、西班牙、希腊的邮票上，印到了亚洲和非洲国家的邮票上。"那我们为什么要打仗呢？"马克西姆卡心想。无论在生活中，还是在邮票上，鹳都飞遍了世界各地，飞到哪里人们都欢迎它。

伏谢维特（万事通）爷爷的提示

黑鹳：一种鹳科鸟类。它被列入了俄罗斯、白俄罗斯、乌克兰和哈萨克斯坦的红皮书。主要分布在欧亚大陆的森林地带，在南亚越冬。非洲也有分布。最大的种群位于白俄罗斯的波格列莫克（鼻花）自然保护区。

马拉布鹳鸟：属于鹳科秃鹳属。其名称源于阿拉伯语"马拉布特"，在阿拉伯语中意为"穆斯林神学家"。马拉布鹳鸟的体长大约110~150厘米，翼展210~250厘米。身体和翅膀的上半部分是黑色的，下半部分是白色的。头秃，喙大而粗。有非洲马拉布鹳鸟、印度马拉布鹳鸟和爪哇马拉布鹳鸟。

桉树：桃金娘科常绿乔木或灌木，属种繁多。树高可达100米。桉树在2~10岁时开始开花。主要生长在澳大利亚、新西兰、塔斯马尼亚，只有15个品种生长在大洋洲以外地区，古巴、北非及南非也有分布。其特点是生长速度快，10岁时就能长到20~25米。

· 85 ·

阿列斯·卡尔柳克维奇中篇小说选

波奇托维克（邮差）来救援

住在科利亚德尼克①花盆里的邮差给我们上了一课；马克西姆卡决定前往亚的斯亚贝巴；旅行前，他通过了自然科学和集邮考试。

马克西姆卡一遍一遍地翻阅着自己的"鸟类集邮册夹页"，拼命思考着该怎么教育他的非洲同龄人。可能，只能这么坐着等父亲下班回来。但他突然感觉，房间里似乎有人。他环顾了一两遍，却没看到任何人。

"别找我了，马克西姆，"他听到一个低沉的声音，"除非你拿上放大镜到科利亚德尼克花盆这边来，否则你是无论如何也看不到我的。我在花盆的一个小角落里给自己留了个位置。"

马克西姆卡开始仔细地观察家里一盆花的大片的绿叶，他母亲最喜欢这种花。因为，每当花茎上长出美丽的红色花蕾时，全家人总是迫不及待地等着圣诞祝歌声的响起。

"别人都叫我邮差，"陌生人又说道。"家里没人的时候，我就守着这些邮票。在这么多的收藏中一切都是如此和睦和平静，这只是你们的感觉。想想看，来自不同国家的邮票在一个夹页上能不能舒服……如果在同一夹页上既有远东的老虎，也

---

① 圣诞节唱走访祝歌者。

有我们白俄罗斯的野兔……或者一只狐狸和一头野牛……你们的集邮册里经常会有怎样的争斗和战争啊！……"

"可是我知道一枚邮票，上面并排画的就是一头野牛和一匹斑马，"马克西姆卡没忍住，打断了邮差的话。

"这是介绍阿斯卡尼亚-诺瓦保护区的系列邮票。这些邮票是1963发行的，"邮差澄清道。"我感觉，你，马克西姆，现在正一门心思想着如何和埃塞俄比亚王子讲道理……是不是？"

"亲爱的邮差，你简直可以读懂我的内心。有一件事我很清楚：我们邮政部门对黑鹳的关注根本不应该引起任何冲突。我相信，如果有一只非洲的马拉布鹳鸟飞到我们别洛韦日或别列津纳生物圈保护区来，白俄罗斯人一定会很高兴。"

"只是不要这样对王储陛下说。否则，就会有麻烦。"

"不这样我已经不知道该怎么办了……只有一点是清楚的，我们必须尽快赶到亚的斯亚贝巴，才来得及在他们埃塞俄比亚新年前把一切解释清楚……"

"可是我觉得，做到这一点很简单，"邮差咳嗽了一声，看了看周围，试着够到长着科利亚德尼克的花盆边缘。但没够着。这时邮差说话的声音更大了："我们必须拿一枚带黑鹳的邮票贴在明信片上，然后把它寄往埃塞俄比亚，途经黑鹳南飞时经过的所有国家。明信片所到之处都会加盖所经城市的邮戳。如果这张明信片到了亚的斯亚贝巴，王储就会明白，他应该会明白，黑鹳拥有在不同国家旅行甚至生活的一切权利。毕竟，像明信片和邮票一样，它的旅行也要经过很多国家。"

• 87 •

马克西姆认真地听完了邮差的话。的确，为什么不试试呢？……但他自己也想去远方旅行啊。只是……邮差再次"偷听到"了他的想法：

"马克西姆卡，有办法了……你可以暂时变成和我一样——小小的，不容易被发现。然后，只要用一滴胶水把自己粘在明信片的一个角上，就没人能阻止你去埃塞俄比亚旅行了。如果你想在亚的斯亚贝巴与王子交谈，你可以变回自己。然而，只有通过考试，才能实现每一次转变……有一点我可以告诉你：对于那些勤奋学习和热爱自然的人来说，这个考试并不难。"

"我同意！应该想办法改变这种状况！"马克西姆卡立即回答说。

邮差眼看着一点点长大，一会儿就和马克西姆卡一样高了，并向他伸出了柔软而温暖的手掌：

"我也同意。现在，如果你正确回答了我的问题，你就会开始缩小，并且在新的个头基础上再缩小。总之，准备好踏上旅程吧……"

邮差把一张明信片放在桌子上。他从自己的集邮册里拿出了一张带黑鹳图案的邮票，贴在右边的角上，然后轻轻挤着胶水瓶儿，在旁边滴了一滴胶水。

"现在呢，亲爱的，请听问题。一共四个问题，两个是集邮方面的，两个是自然科学方面的。不知道你能不能答出来，但我希望你会成功。请听第一个问题。集邮者当中有许多海景爱好者，就是那些收集带有船只、海景邮票的人，简单说，就是所有与海洋相关的邮票。一个多世纪前，也就是20世纪末，古巴发行了六或七枚组成的一套邮票，图案包括大桡战船、西班牙大帆船和航海快帆船。其中一枚面值最高的邮票图案是一艘苏联核动力破冰船。图画很漂亮，一艘雄伟的破冰船。邮票的右角是一群英俊的企鹅。这张邮票引起了集邮者和水手们的热议。这是怎么回事呢？"

邮差刚说完，马克西姆卡就开心地笑了——这个故事男孩很熟悉。关于这枚带破冰船的古巴邮票爸爸经常给他讲……

"亲爱的邮差，图画上是'列宁'号核动力破冰船。它从未到过南极洲，而北冰洋也没有企鹅。所以，英俊的企鹅和核动力破冰船怎么都不会相遇的。这只是邮票的设计者不懂地理而已……"

"好样的，马克西姆，现在请听第二道题。集邮者什么时候会开始谈论'牙科'话题？什么时候会提起各种'牙病'？"

"这是一个非常简单的问题。'病牙'这是一个比喻。邮票上有齿孔，就是邮票侧面的小锯齿。如果它们被损坏，集邮者就会说牙病了'……"

"嚯!"

注意到马克西姆卡脸上的惊讶,邮差满意地笑了笑。每答对一个问题,马克西姆卡就变得越来越矮。但知道什么事会发生是一回事,而亲眼见到完全又是另一回事。然而,马克西姆卡和邮差对这种变化都没作声。

"现在需要检查一下你在自然科学方面会得多少分。希望你是个优秀的学生,而且保护自然还是你最喜欢的课程……我们就不浪费时间了。请听题……蜜蜂是怎么说话的?它们相互之间能达成一致吗?"

"用翅膀,蜜蜂用翅膀说话,"马克西姆卡立即回答道。"并且说话的速度非常快,以至于让人惊讶,它们怎么能听懂对方的话。蜜蜂的翅膀一秒钟扇动300次。这是它带着花蜜和花粉返回自己蜂巢的时候。而如果是轻松状态,如果在寻找自己最喜欢的花朵的时候,它的翅膀会在一秒钟内扇动多达440次。原来那些……也是话痨……"

男孩变得更小了。他开始用眼睛寻找明信片。"我可别完全变没了,"他心想。"否则我就不能粘到邮票上飞到埃塞俄比亚去了……"

"马克西姆,我看得出,你是一个真正的热爱自然科学的人,而且努力学习。很多事情都可以托付给你。你值得信赖!但我们还有一个补充问题是这样的:在古巴,仙人掌曾一度泛滥成灾,以至于占据了许多土地,并开始侵占最肥沃的土地。幸运的是,古巴人找到了一条出路。他们找到了什么出路呢?"

马克西姆卡想了想。如果他坐在电脑前,就可以立即联系到罗德里格斯教授,就,很可能,会给出最正确的答案。但……无论是电脑还是键盘,在男孩看起来几乎就是多层的摩天大楼。马克西姆卡想起来了,"仙人掌"问题很久以前曾经困扰过澳大利亚的农民。起初,人们把这种带刺的花一排排整齐地种在地块的边界上,用仙人掌作带刺的围栏。这样羊就不会钻进去糟蹋庄稼,袋鼠就不会经常践踏主人的菜园。但过了一段时间,仙人掌失控了,开始迅速繁殖。它们已经开始越过边界。于是昆虫学家找到了一条出路:他们从仙人掌起源地南美洲运来了它们的天敌—夜蝴蝶。两百万个这种蝴蝶的卵被释放在这种活的"带刺的铁丝"上。很快澳大利亚就没有泛滥的仙人掌了。澳大利亚邮政还发行了相关的邮票……"对了!我集邮册里澳大利亚邮票旁边有一枚类似的古巴邮票。它上面,和澳大利亚邮票一样,也有一个仙人掌,而在仙人掌上还有一只粉虫和一只蝴蝶……"马克西姆决定了怎么回答。

"亲爱的邮差,战胜仙人掌的是蝴蝶,"最后这个词说的声音很小,以至于没有人能听见。而马克西姆卡坐在了明信片上,已经缩成了一个小点。小伙子开始筹划自己的新生活,前面还有很长的路要走,而马克西姆卡已经粘在了带黑鹳的邮票上。这表明,邮差听到了他说的话……

伏谢维特(万事通)爷爷的提示

澳大利亚大陆:是地球上面积最小的大陆。面积为769万平方公里。整个大陆上只有一个国家——澳大利亚联邦。澳大利亚大陆位于地球所谓的海洋半球的中心，完全位于南半球和东半球。澳大利亚大陆是最平坦的大陆，地形以平原为主。大陆平均海拔215米，最高点是科修斯科山（2228米），位于澳大利亚大陆的"阿尔卑斯山"（大分水岭）。澳大利亚矿产丰富，其中以矿石为主。

别洛韦日森林：是最大的森林保护区，据科学家称，它在史前时代就已存在。森林逐渐被砍伐，但只有在今天的白俄罗斯和波兰交界处的别洛韦日地区以相对完整的形式保存了下来。别洛韦日森林属于"萨尔玛提亚混交林"生态区。早在1992年，联合国教科文组织就决定将别洛韦日森林列为生物圈保护区。1997年，别洛韦日国家森林公园获得了欧洲委员会颁发的证书。虽然森林的中心有一个别洛韦日耶村落（在波兰境内），但这个名字来源于卡缅涅茨的哨塔——"别拉雅巴什尼亚"（白塔）。森林里树木的平均树龄超过80年。登记在册的参天大树有一千多棵（橡树王和其他树龄 400~600 年的橡树、250~300 年的桐叶槭和松树、200~250 年的夏季冷杉）。冷杉是森林中最高的树种，高达 50 米。保护区内有动物 59 种、鸟类 227 种、鱼类 24 种。动物之中最能给森林添彩的是野牛。

仙人掌：在自然界中已经存在了大约 4000 万年。仙人掌开始繁殖时，南美洲和非洲已彼此分离，而北美洲与南美洲尚未相连。仙人掌呈现给人们的几乎总是一身毛刺。仙人掌有树状的，也有灌木丛状的。当然，也有仙人掌可以作为室内盆栽。有些仙人掌树高达十米或更高，重达数吨。在美洲大陆，仙人掌历来被广泛用于食品、药剂和染料。从前，许多私人温室都曾收藏仙人掌。据了解，有一棵仙人掌在俄罗斯曾以 200 美元的价格售出，那是在 1843 年。也就是说，这个数额的黄金比仙人掌本身还要重。

明信片上的旅程开始了

在去邮局的路上,邮差考验了马克西姆卡;明信片到达基辅;罗德里格斯教授安抚马克西姆卡的父母。

一定要见到自己的埃塞俄比亚同龄人的决心,帮了马克西姆卡这个小伙子,让这个刚刚经历了严格考试的年轻集邮家,很快就忽略了接踵而至的各种不愉快。

邮差带着明信片去邮局的时候,马克西姆卡感觉自己就像一个失重状态下的宇航员。当然,失重倒是没有,但有几次,他和明信片一起上下翻滚。不知为什么,邮差一直挥舞着装着明信片的袋子,好像不知道邮票上有个男孩似的。还好,胶水没骗人。而接下来,就是一条穿越许多国家的路途。带着邮票和马克西姆卡的明信片应该从白俄罗斯到达乌克兰,从那里到罗马尼亚,然后到保加利亚。下一个国家是希腊,之后到埃及,而后是苏丹。这之后,才是埃塞俄比亚,亚的斯亚贝巴。

马克西姆卡对黑暗中的各种陌生气味、奇怪的杂音和隆隆声感到既不习惯也不自在。他通常随身携带上网本。但现在……"我的小口袋里怎么装得下它?!"男孩心想。"在这样的夜里要是有上网本会轻松很多。电脑有很好的背光。现在我就可以知道时间了,并且还可以用电子邮件给家里写信。我也可以借助互联网准备一下与埃塞俄比亚的会面……但我口袋里

马克西姆卡在祖国及他国历险记

蹭来蹭去的是什么呢？难道是电脑吗？！……真的是我最喜欢的上网本！而且它也很小，可能是和我一起变小的。马克西姆按下了一个按钮，屏幕立刻亮了起来。同样的Yandex，同样的字母，同样的网站……而时间还早，才六点半。要是在家，还能再睡半个小时，然后做做操，而在这里……马克西姆在互联网上搜索着一些关于埃塞俄比亚及其邮政的信息，但还没来得及找到任何有价值的信息，就突然感到有些动静。先是叮叮当当的声音，紧接着就是轰隆轰隆的声音……啊！……这是邮政车厢从明斯克到达了基辅。装着明信片的邮袋与其他邮件一起被卸到了站台上。我们的旅行者就在里面。人们用小汽车把它们从这里运到了邮政部门……几分钟后，带邮票的明信片就被送到了分拣中心，明信片上的黑鹳和邮票边缘上的小男孩正仔细地观察着森林里的沼泽。袋子一打开，马克西姆卡就开始惊恐地四处张望。但他的眼睛被日光刺得久久睁不开，只能睁一会儿，闭一会儿。正因如此，看来，他才没来得及好好看看，巨大的邮戳是怎么盖到明信片上的。要读懂上面的字，就得穿越相当大的一片区域。而他却不敢从自己粘着得舒舒服服的地方离开。马克西姆卡双手抓着上网本，默默地环顾着四周，迷失在轰隆隆的嘈杂声、频繁而震耳欲聋的撞击声、噼里啪啦和叮叮当当的声音之中，不知道这些声音从何而来。多想能一觉睡去，然后在埃塞俄比亚王子房间的某个地方或者哪怕是在皇家办公室里醒来的时候，就知道自己再也不用去任何地方了。

马克西姆卡在黑暗中度过了几天时间，难得见到日光。他从墙外（更确切地说，是从厚厚的糙麻帆布包的束缚之外）汹涌澎湃的氛围中意识到，他的明信片正在从一列火车被扔到另一列火车上。他的旅程中有飞机、轮船，然后又是飞机。明信片时不时地会被放在桌子上，巨大的邮戳会像一个扁平的断头台一样飞到邮票上，留下一个湖泊大小的黑色或红色印章。马克西姆卡已经习惯了这种噪声，对突如其来的强烈冲击也能镇定自若。他一直坐在电脑前，不过，他不是为了消遣，而是在互联网上搜索必要的信息，与他的朋友埃尔内斯托·罗德里格斯教授通信。这位古巴集邮家担负起了安抚年轻流浪者父母的任务。而且，显然，他找到了一些办法，能劝说马克西姆卡的爸爸和妈妈待在家里。否则，从明斯克到亚的斯亚贝巴，一定都在一路搜查一张带有黑鹳形象的明信片了（即使这样的明信片有十张或一百张）。

　　罗德里格斯教授每天给这个男孩寄几封信。在他的帮助下，马克西姆卡对有着丰富历史事件的埃塞俄比亚有了很多新的了解。这位白俄罗斯小学生开始对王储另眼相看。皇室起源于很多世纪以前的遥远时代。在埃塞俄比亚，无论是国王还是普通人，都曾经历过足够多的各种考验……当然，普通人承受得更多。而且奴隶制在这里持续的时间比世界上任何地方都要长。并且外国殖民者——英国人、德国人①、意大利人，将他们的强权施加给他们……埃塞俄比亚有许多不同的民族……每个民族都有自己的语言、自己的文字……所以，要达成协议，就需要意愿和共同的愿望，也需要彼此的善意……

---

　　① 据史料记载，德国没有直接殖民过埃塞俄比亚——译者注

也许,造成误解的并不是埃塞俄比亚王子的过度自尊,他是在捍卫自己的祖国。如果他错了,夸大了一些东西,那么,显然,应该修正他,这样就可以让一切都回归到自己的本来面目。所以罗德里格斯教授这样认为:"马克西姆卡,问题的关键不在于争论和证明什么。我们应该心平气和地向王子解释清楚,由于害怕白俄罗斯的严寒,黑鹳会暂时飞到埃塞俄比亚……如果他们,这个神奇而美丽国家的居民们,把来自白俄罗斯森林的鸟儿视为自己的,那是非常好的,为此我们应该感谢他们,并对他们说,他们应该得到白俄罗斯的最高奖励……"

伏谢维特(万事通)爷爷的提示

埃塞俄比亚的语言:是各种美丽而丰富的语言组成的大调色板。单是名称就值得一听!……你们听:阿里语、阿加武语、阿姆哈拉语、阿法尔语、阿努阿克语、巴斯克托语、贝尔塔语、瓦拉莫语、卡法语、夸马语、科马语、梅洛语、穆尔西语、奥罗莫语、锡达莫语、索马里语、提格里尼亚语、查布语……有些语言的使用者多达百万人,而有些语言只有几万人,甚至只有600人使用,例如,查布语。埃塞俄比亚主要的官方语言是阿姆哈拉语。

埃塞俄比亚名人:数量众多。让我们仅举几例。毫无疑问,他们中的许多人成为邮票中的人物都当之无愧,而许多

人早已因邮票被世界集邮爱好者所熟知。阿非沃尔克·格布来·伊耶苏斯（1868—1947）为阿姆哈拉语言文学的发展做出了很多贡献，是《阿比西尼亚旅行指南》（顺便说一句，埃塞俄比亚曾经被称为阿比西尼亚）、《埃塞俄比亚皇帝孟尼利克二世》两部书籍的作者。还有20项世界纪录保持者、5000和10 000米奥运冠军海勒·格布雷西拉西耶。在女性中，有长跑奥运冠军蒂鲁内什·迪巴巴。奥运冠军凯内尼萨·贝克勒也是众所周知的。埃塞俄比亚空军第一任总司令米哈伊尔·巴比切夫，虽然他生长在亚的斯亚贝巴，却有一个俄罗斯姓名。另一位运动员，奥运长跑冠军阿贝巴·阿雷贾维，在全世界享有盛誉。她于1990年出生于埃塞俄比亚的阿迪格拉特，曾为瑞典奥运代表队效力。而希腊电影导演尼科斯·帕帕塔基斯（生于1918年）在亚的斯亚贝巴度过了童年。从1756年即为俄罗斯军事工程师、俄罗斯军队的总工程师、亚历山大·普希金的外曾祖父阿布拉姆·彼得罗维奇·汉尼拔也是埃塞俄比亚人，埃塞俄比亚大公的儿子。

马克西姆卡在祖国和他国的奇遇

带着马克西姆卡的明信片进入亚的斯亚贝巴的王宫。

首席学识渊博集邮家向王子介绍了白俄罗斯明信片的内容。王子愤怒的反应。马克西姆自首。

"殿下,请允许……"虚掩的门口露出学识渊博集邮家的头。这位白发苍苍的黑人老人,在王储的父亲——今天的埃塞俄比亚国王还是一个十几岁孩子的时候,就一直担任这一职务。他的职责范围很广,但其中最主要的是邮件的投递和整理。当邮票在单独的信封或包裹上寄来时,尼罗穆德林·埃雷特扬斯基——人们都这样称呼这个老人,就会帮助自己的小主人把它们分放在不同主题的集邮册夹页上。然而,最近王子却什么都想自己做。摆弄这些邮票,显然,给他带来了极大的乐趣。

王储点了点头,学识渊博集邮家走近一张宽大的橡木桌子。他低头鞠了一躬,把一大摞信件放在桌角上。

"有什么特别有趣的吗？"王储矜持地问道。

学识渊博的集邮家向前迈了一步，从一堆邮件中抽出一张他认识的明信片。

"您看下这个，"老人递过明信片。"这是寄给您的，王储殿下。但是，由于这是一张明信片，我才未经您允许就阅读了上面的文字并将其从英语译成了阿姆哈拉语……这是和您通信的集邮朋友从明斯克寄来的明信片……又一次说到了黑鹳，顺便说一句，在这张辗转多个国家来到我们这里的明信片上，有一枚邮票，上面印着对我们来说很珍贵、我们国家很稀有的黑鹳的图案。王储殿下，我可以读一下吗？……然而，我非常愤怒的是，他们没有意识到最重要的一点：这样一只既有名又漂亮的鸟是属于我们、属于我们国家、我们大自然的……"

"奇怪的人，奇怪的国家，我们正在等待他们的道歉，而他们却再次试图证明本末倒置的东西……如果他们自己想要战争，那冲突将如何避免？！……好吧，你读吧……"

这位学识渊博集邮家从挂在脖子上的精美皮套里拿出一副窄窄的金丝边眼镜。把它卡在鼻子上。然后开始读道：

"万分尊敬的埃塞俄比亚王储马康南·孟尼利克维奇·泽雷洪！我和爸爸祝您即将到来的新年快乐！祝愿您的国家繁荣昌盛、祝您和埃塞俄比亚人民安宁祥和！愿战争和自然灾害在未来的历史中永远都会与您擦肩而过！

黑鹳的命运是白俄罗斯自然科学和环保部门特别关注的问题，通过给您寄去的这张带着印有黑鹳图案邮票的明信片，我们想强调的是，鸟儿飞向温暖土地的路途是多么艰难。明信片飞过的就是我们的黑鹳在秋季和春季需要飞过的那些国家和城市。明信片上有相应的记号,那就是不同地址的邮戳。请您认真读完。未尽事宜这位白俄罗斯特使将帮助您了解……"

学识渊博集邮家陷入了沉默。停顿了很久。王子忍不住问道:

"就这些吗?"

"是的,万分尊敬的王储……甚至没有签名,一个也没有。"

"那特使在哪里?!不,我们必须立即召开自然科学家和集邮家委员会会议。我们必须采取紧急行动!没有人有权利从我们这里夺走这种美丽而聪明的鸟!我会下令,我们不仅要印制纪念黑鹳的邮票,还要在塔纳湖岸边为这种鸟竖立一座纪念碑!……可这个特使在哪里?!……去,学识渊博集邮家,准备一下会议,并同时弄清楚特使的下落……"

王子愤怒的自言自语马克西姆卡也听到了,他真的很想尽快表明自己的身份,但他也害怕。与其说是为了自己,不如说是为了不把事情弄糟。谁知道国王的儿子会对来自白俄罗斯的年轻集邮家的意外出现做何反应。

门嘎地响了一声。学识渊博集邮家急于完成主人的命令,以至于忘了礼仪规范,没有在身后把门抓住,让门安静地关上。马克西姆卡在闷热中感觉突然刮过一阵风,突然打了个喷嚏,而且还……

伏谢维特(万事通)爷爷的提示

世界上鸟类纪念碑并不多。在白俄罗斯,巴拉诺维奇有一座麻雀纪念碑,图罗夫有一座翘嘴鹬纪念碑,翘嘴鹬是一种在那里筑巢的稀有的鹬。世界上最多的是鸽子纪念碑:在从前的战争中,这些鸽子经常被用作信使。在雅库茨克有一座白鹤纪念碑。

在埃塞俄比亚,最有趣的是历史古迹。常常能吸引游客的是要塞城市贡德尔(贡德尔曾是中世纪时的首都)和阿克苏姆市(建于6世纪的圣母玛利亚教堂就坐落于此)。在阿克苏姆,人们还可以参观考古博物馆。而梅凯尔有一座同样建于6世纪的德布雷古修道院。新的文物中,有一座亚历山大·谢尔盖耶维奇·普希金纪念碑,基座上的碑文写着:"献给我们的诗人"。

马克西姆卡在祖国及他国历险记

王子与马克西姆卡的相识

来自白俄罗斯的年轻集邮家讲述自己访问埃塞俄比亚的目的；王储安排返程考试。

"谁？"王储在橡木桌子旁跳了起来。"出来！我要叫卫兵了！"

马克西姆卡别无选择，只能回应，声明在王子办公室里的是他，否则没人知道最细心的卫兵需要多长时间才能找到豌豆般大的这个小人儿。但马克西姆卡来亚的斯亚贝巴不是为了躲藏，相反，他是来与埃塞俄比亚王储会面和谈判的。

"尊敬的王储！"马克西姆卡说得很快，似乎担心会被打断，说不下去。"我是特使，我在这里，在您面前。请不要因为我这样打扰您而生气。我们没时间谈判了。黑鹳已经从我们的别列津纳生物圈保护区，准备飞往温暖的地方了。该换住所了……我们需要的不是误解……"

"你到底在哪儿，特使？！……"

"我们是通过通信认识的。您和我爸爸通信，和他交换邮票。而我，马克西姆卡，也想和您成为朋友，尊敬的王储。为了飞到埃塞俄比亚来，我变成了一个小不点儿的小人儿，"他试图尽可能快速、清晰地向王子解释自己的意图。

"好吧，"埃塞俄比亚王储善意地回答道，"我现在就可以和你进行谈判，倾听白俄罗斯方面的所有愿望，甚至还可能考虑一些东西，听取一些意见，但我见不到你，白俄罗斯的马克西姆卡，这多少有些不便，也完全违反了外交规则。"

年轻的流浪者想起王子之前写给白俄罗斯的信，欣喜不已。"看来，王储并不是那么不可接近，"他心想。

"我可以变回一个普通的小学生。然后，当然，我们谈话就方便多了。只是有一件事……一件非常重要的事：要想变回我自己，我必须通过集邮和自然科学考试。如果我能够正确回答这四个问题，我就能立刻变回我自己。

"那问题可不可以由我来问？"王子的眼睛亮了起来，在小圈椅上坐立不安，这圈椅和他父亲的宝座非常相似。

"那我们试试吧。反正没有别的办法，您请，王储。"

埃塞俄比亚王储开心地笑了。首先，这是个真正检验自己集邮和自然科学知识的机会。整个王室随行人员，无论你说什么，他们总是表示赞同，并不断夸奖。给他感觉，即便某天早上你告诉他们，撒哈拉沙漠下雪了，他们似乎也不会介意。只有学识渊博集邮家有时才会大胆表达自己的意见，并纠正王子的错误。但这种大胆主要涉及的是与邮政和集邮相关的历史。

"请告诉我,白俄罗斯男孩,世界上最大的河流是什么河?"

"当然是尼罗河,"马克西姆卡立即报告说。"很长一段时间里,人们都认为是美国的密西西比河……但真相被发现已经快两个世纪了。尼罗河的长度为6671公里,密西西比河从它的源头密苏里州起,全长6420公里,然后是6400公里的亚马孙河和5800公里的长江[①]……"

由于答案正确,男孩长高了一些,王子已经看得很清晰了。马康南·孟尼利克维奇·泽雷洪露出了微笑:

"所以你就是来自白俄罗斯勇敢而顽皮的集邮家和旅行者……了解尼罗河的长度和它的壮观,这是一种智慧。许多欧洲人对这条宁静的河流——只是在某些河段,持怀疑态度,结果在河水中丧生……但请听下一个问题吧。告诉我,你知道哪种鸟会在多刺的含羞草上筑巢?我甚至可以给你一点提示……"

马克西姆卡举起右手,表示反对:

---

① 通常认为尼罗河的长度为6670公里、长江6363公里、密西西比河(从源头密苏里州算起)6021公里。——译者注

"别……在非洲东北部,尼罗河鹅在多刺的含羞草上筑巢。这种鸟也叫埃及鹅。但我想指出的是,不必对此大惊小怪。虽然鹅用这种树的小树枝筑巢,但它在巢里铺的是又细又柔软的小树枝和草。"

马康南·孟尼利克维奇·泽雷洪专注地凝视着在他眼前长大的勇敢的旅行者,嘴角隐隐露出一丝微笑,居高临下地说道:

"我越来越喜欢你了,马克西姆卡。我打心眼儿里希望你能赢。因为没有你我们无法了解到真相。但问题不会很简单的,否则就会前功尽弃。故意配合做游戏——你得承认,这是不诚实的。一个骗局会带来另一个骗局……这就是为什么我不是在挑简单的问题。你知道以前有一个国家叫哈里发吗?"

"怎么会不……"

"这是阿拉伯人征服西亚、北非和欧洲西南部后建立的国家。到公元750年,这个国家已被信使们走过的道路网络所覆盖。信使通过步行、骆驼、骡子、马匹将信件送到各地。建立巴格达的哈里发曼苏尔喜欢重复说:'我的宝座依靠四根柱子,权力依靠四个人……'并列举了完美无瑕的法官、精力充沛的警长、积极向上的财政大臣和……是的,第四个是谁来着?"

"邮政大臣。为了管理好国家,哈里发需要信使从广袤国土带来的信息。没有可靠的邮政通信就不可能治理好国家……"

回答之后，马克西姆卡立刻长高了许多。没错，即使现在他仍然只有王子一半的高度。这让我想起了祖母不知为什么很喜欢重复的一句谚语："学习是掌握技艺的途径"。她还经常重复说："没有科学就像没有双手"。知识总是有用的，会在最困难的时候拯救你。

马克西姆卡很高兴，他几乎和以前一样高了。还是那件衬衫，还是那条裤子，甚至那双一尘不染的运动鞋也没变。似乎根本不曾有过漫长而艰难的旅程。但另一个考验在等着他。

马康南·孟尼利克维奇·泽雷洪提出了第四个，也是最后一个问题：

"亲爱的马克西姆卡，只要你回答正确，我们就可以平等对话……这次我要问你一个非常简单的问题。这是你应得的。请告诉我，埃塞俄比亚第一枚奥运邮票是哪一年发行的？"埃塞俄比亚王子笑了。他知道马克西姆卡和他有共同的集邮兴趣：他的明斯克同龄人，和他一样，也收集动植物邮票。不过，王子还知道另一件事：像他的国王父亲一样，马克西姆卡的父亲也曾痴迷于收藏体育题材的邮票。

"第一枚奥运邮票在埃塞俄比亚发行是近一个半世纪前——在1961年，"男孩立即报告说。"顺便说一句，在爸爸的收藏中就有这枚邮票。当时，埃塞俄比亚运动员的成绩并不理想。虽然在罗马（这是1960年）和东京，您的同胞在马拉松比赛中获得了金牌……"

"你说的是阿贝贝·比基拉。在他一百周年诞辰之际，在亚的斯亚贝巴市中心为这位运动员立了一座金色纪念碑。现在,我们埃塞俄比亚人在许多运动项目上都没有对手。明年我们甚至将参加在白俄罗斯举行的独木舟比赛,似乎是在普季奇河上,"王子向已经和他一样高的马克西姆伸出手,显然,是以此承认了他的平等地位。

伏谢维特(万事通)爷爷的提示

尼罗河鹅:又称埃及鹅,广泛分布于非洲,但沙漠和森林除外。在尼罗河谷和撒哈拉沙漠以南地区的种群数量最多。尼罗河鹅大多生活在地面上,但有时它们会选择在树上或建筑物的屋顶上休息。尼罗河鹅善游,在飞行时看起来很笨重。它们甚至在树洞里也可以筑巢。古埃及人认为鹅是圣禽。

阿贝贝·比基拉(1932—1973):是埃塞俄比亚马拉松运动员。1960年罗马和1964年东京奥运会冠军。他是历史上第一个马拉松比赛的双料奥运冠军。在罗马,他赤脚跑完了全程。夺冠后,他说:"我想让全世界都知道,我的国家,埃塞俄比亚,总是能靠决心和英勇取得胜利"。在1968年奥运会上,他因左膝受伤在第17公里处退出了比赛,他的同胞马莫·沃尔德赢得了比赛。1969年，他因车祸瘫痪。他开始学习射箭。参加了1971年世界残疾人运动会。1973年10月25日去世。75 000名同胞曾共同为这位运动员送行。埃塞俄比亚国王海尔·塞拉西一世宣布举国哀悼这位埃塞俄比亚英雄。

阿列斯·卡尔柳克维奇中篇小说选

马克西姆卡和埃塞俄比亚王子相互理解

来自白俄罗斯的旅行者讲述黑鹳的传说；马康南·孟尼利克维奇·泽雷洪被感人故事所震撼；普霍维奇的鸟类友谊博物馆。

马康南·孟尼利克维奇·泽雷洪久久没有放开这位白俄罗斯朋友的手。很明显，他很喜欢这位来自遥远国度的旅行者。王子兴奋地谈到了拥有真正朋友的重要性。马克西姆卡想起了白俄罗斯的一句谚语："没有朋友的人就像没有柴火的炉子。"

"亲爱的马康南·孟尼利克维奇·泽雷洪，我想给你讲一个很久以前发生在我们国家的一个可怕的故事。"马克西姆卡又回到了关于黑鹳的话题。

"我在认真听你讲，亲爱的朋友。"

"我们白俄罗斯有一个代代相传的神话……很久以前，黑鹳曾经是一只白鹳。和它所有的鹳朋友一样，生活在人们身边。它非常值得信赖，对人类的善意也同样热情友善。但一个恶人不喜欢白鹳的叫声，于是捣毁了鹳的巢穴，把雏鹳扔到了地上，它们都死了……白鹳被这突如其来的悲痛震惊了，就离开了村庄，飞到森林里寻求庇护。它们在一棵高大的橡树上安顿下来，尽可能远离人类。小鹳孵出来了，它们也是白色的。当鹳妈妈告诉小鹳们恶人给他们带来了怎样的悲伤的时候，所

· 110 ·

有的小鹳都换上了哀悼的黑色羽毛。从那以后,黑鹳就只生活在森林里。而白俄罗斯的人们总是尽可能地帮助它们。他们努力为那个野蛮人的行为求得哪怕一点点宽恕。从那时起,黑鹳就被称为森林僧侣……这就是我想给你讲的,亲爱的马康南。"

埃塞俄比亚王子从圈椅上站了起来,走到马克西姆卡面前,搂住他的肩膀。

"我相信你,朋友。很抱歉让你为黑鹳如此担忧。能够在它们来我们这里过冬的日子里给它们和它们的族群以支持,这将是我们的荣幸。"

"没任何委员会会反对你的决定吧?"

"马克西姆,我不仅会下令,还会给所有人讲述你们的传说。我们的人民是富有同情心的,对他人的不幸很热心……现在我将把我们整个非洲最资深、最权威的网络报纸的编辑叫过来,他会准备一篇关于我们会面的报道。两三个小时后,整个埃塞俄比亚和全世界的人都将在各种网站上看到,白俄罗斯黑鹳及其所有族群都是我们最亲的客人……它们在埃塞俄比亚将永远受到最温暖的接待……"

马克西姆卡抚摸了一下带黑鹳邮票的明信片,突然为自己向王子请求道:

"请允许我,马康南,收回这张明信片。我会把它连同贴在上面的邮票一起交给鸟类友谊博物馆,该博物馆在我的曾祖辈、祖辈的故乡建立已经将近半个世纪了。在那里,在古老的布霍维奇村,鹳历来受到特别的尊重。在一条名为普季奇(鸟)的街道上,每家院子的树上都有鹳的巢穴。街道的尽头是一个博物馆庄园。除了两层的木制宫殿,那里还有许多灌木丛和树木,还有一条橡树巷。在鸟类友谊博物馆里,每只鸟都有足够的空间。椋鸟住在椋鸟舍里,许多橡树上都有啄木鸟和其他鸟类的鸟洞。夜里,有一只老猫头鹰守护着博物馆庄园。"

"马克西姆卡,你能邀请我去做客吗?……至于明信片,等我们的首席档案员复制一份,我马上就还给你……"

年轻的旅行者很想开心地笑一笑,主要的使命总算完成了,但他又想起,他还得等人为他安排一次集邮和自然科学知识考试,否则他就回不了家。考试就考试吧,可还需要一张新的明信片,但会有像邮差给他的这种神奇的明信片吗?

"亲爱的马康南,如果能有幸邀请像你这样位高权重之人到普霍维奇和明斯克访问,我个人是非常高兴的。最好是春天去。我们不仅会在博物馆里认识许多鸟类,还可以参观别列津纳和其他自然保护区。但现在我担心一个问题:我还不知道怎么回白俄罗斯……"

"嗯,这不是问题。比起波音1787梦幻客机,我们的皇家'马拉布'(不要将飞机的名字与神奇的非洲鸟的名字混淆)会让你更满意……不过,我需要给爸爸打个电话,问问他今天是否要用飞机。"

为了不打扰王子,马克西姆卡退到了一边。过了一会儿,王子与国王的谈话结束了。而且,也许,是成功的,否则我们的马克西姆卡的新朋友就不会笑得那么开心了。是的,国王允许他使用自己的私人飞机。此外,还通过他的儿子转达了对年轻旅行者旅途愉快的祝愿,并承诺他本人也一定会访问白俄罗斯……

一个小时后，也许多一点，马克西姆卡已经到了亚的斯亚贝巴机场。他本可以更快地到达皇家专机，但王子说服了男孩与他共进午餐，想让他品尝一些埃塞俄比亚的特色菜肴……在空中，马克西姆卡查看了马康南·孟尼利克维奇·泽雷洪送给他的新集邮册里的邮票……每枚邮票都带来了新的知识，成为这位年轻集邮家的新发现。

伏谢维特（万事通）爷爷的提示

根据人类对鸟类的关注程度，似乎应该有很多为它们而建的纪念碑和博物馆。然而，这样的博物馆并不是很多。在圣彼得堡，有一座名为"明达"的珍禽博物馆。在弗拉基米尔州（俄罗斯，传奇般的"梅谢拉"国家公园），有一座"鸟类世界"自然博物馆。德国纽伦堡有一座鸽子博物馆。在古谢列托沃村（俄罗斯）有一座鹅博物馆。在亚历山德罗夫斯克-萨哈林斯基小镇（俄罗斯萨哈林岛）有一座鸟类博物馆（顺便说一下，萨哈林州生活着大约360种鸟类）。还有一个博物馆，有机会你们一定要参观一下卡卢加州的鸟类博物馆。

祖国故事

曾有个城市伊古缅……

伊古缅——这是一个古老的词,今天,可能有些人对它已经完全陌生。而不到一百年前,白俄罗斯地图上就曾有过这样的一座城市——伊古缅。虽然这座城市今天还在,不过已经是另一个名称,当然,今天的名称也很有趣——切尔文。切尔文的意思就是夏季的第一个月,如果用白俄罗斯语发音六月就叫切尔文。

切尔文市徽

切尔文市旗

但我想告诉大家的是这座城市古时的荣耀。它位于明斯克至莫吉廖夫的路上,离明斯克不远。这座城市曾有过自己的市徽,当然现在也有。在该市的盾形市徽上,是五只金色的蜜蜂在银色的花丛中采蜜。显然,这里的含义不仅在于表明养蜂曾经是该市和附近乡村居民从事的主要活动,而且蜜蜂自古以来就一直被视为勤劳的象征。在过去的几个世纪里,蜜蜂一直被视为一种益虫,它"用花蜜喂养出有才华的人"。难怪有很多关于蜜蜂的斯拉夫谚语:"没有比蜜蜂更勤劳的生灵""小蜜蜂教人大智慧"。是的,蜜蜂还是满怀奉献精神的捍卫者,它们随时准备以生命为代价挺身而出。你们看,看似简单的一个市徽蕴藏着多少含义。

那为什么叫伊古缅呢?首先,说说这个词本身的含义。在东正教中,修道院的院长(伊古缅来自希腊语,意为领导、领袖)曾一直被如此称呼。从1764年起,在俄罗斯只有小型修道院的院长才被称为伊古缅。从那时起,较大的修道院的院长被称为修士大祭司。

现在请听我给你们讲一个传说,然后很多东西就清楚了。伊古缅这个城市的名称源自一座修道院,这座修道院是阿索斯修道院山上的一个希腊女伊古缅建造的。据老人们讲,修道院建在一座教堂的原址上。直到20世纪中叶,还保留着石墙地穴,里面曾经藏有12使徒的铜像。不过,还有另一种传说,称修道院是建在格鲁霍耶湖(林间沼泽湖)的原址上,沿着博布鲁伊斯克公路距离城市三四俄里①的地方。据说在这个地方曾经有一个多神教神像(木雕或石雕),神像附近经常会聚集很多人。为了能让人们远离古老的多神教仪式,一位云游修女说服当地的基督徒建造了一座修道院。不久后,由于居民们固执地决定在修道院旁边恢复多神教(偶像崇拜),修道院消失了,在它的位置出现了一个深深的湖泊,湖泊周围是

---

① 1俄里≈1.0668公里

寸步难行的沼泽。到了夜里，周围的人们就会被可怕的钟声惊醒。

伊古缅圣十字教堂

市中心

传说终归是传说……学者们判断，伊古缅作为一个定居点出现在9—11世纪。直到14世纪，它一直属于波洛茨克公国

（我们知道，它曾是基辅罗斯的一部分，后来归属立陶宛大公国）。14世纪末，雅盖沃（即约盖拉）大公将伊古缅交给了他的兄弟斯基尔盖拉。后来，该定居点曾属于富有的地主凯日盖洛家族，并与周边地区共同形成了封建建筑群巴克什蒂（源自波罗的海的词根，意为塔、高楼）。之后，伊古缅和农民们一起被赠给了维尔诺主教，并在之后的346年里一直属于这个家族。1594年，该定居点首次被称为小镇。

19世纪的伊古缅曾经是什么样子呢？以1825年为例，当时小镇里有130栋木屋。还有教会、一座（波兰）天主教堂、一座犹太教堂，它们见证了不同信仰和不同民族人们的和平共处。该镇还有两家慈善机构——一家医院和一家穷人庇护所，以及一个澡堂、十个克拉玛（小商店）、九家小酒馆（类似于客栈，可以喝酒吃饭）。这里没有工厂，也没有学校。当时镇上共有894名居民，妇女只占人口的1/3。这种不均衡问题的答案可能在于以下几点：作为俄罗斯周边地区的定居点，伊古缅驻扎着一支守卫部队。因此，驻军的数量相应影响着城镇居民的总数。

你们一定要去一趟伊古缅，那里有地方史博物馆——一个独特的记忆宝库。西吉斯蒙德·赫伯斯坦男爵、伟大的乌克兰诗人塔拉斯·舍甫琴科都曾通过伊古缅前往俄罗斯沙皇那里。年轻的科布扎尔与地主恩格尔加尔特的农奴们就是经过白俄罗斯被带到维尔诺的。旅行家、作家巴维尔·什皮列夫斯基也曾路过伊古缅，他后来向当时的《现代人》杂志的读者讲述了这个拥有木结构房屋的小城镇、"玩具"广场以及两旁种满花丛、小白杨树、椴树和花楸树的小街道。

在不寻常的 19 世纪，伊古缅这里发生过 1812 年的卫国战争（埃克米尔亲王指挥下的法国军队摧毁了整个伊古缅县）、1863—1864 年起义（反政府暴乱，城镇总长维肯蒂·托马舍维奇曾亲自为起义者筹款）以及其他许多重大历史事件。

很多杰出人物的传奇命运也与伊古缅相关，比如作曲家米哈尔·埃尔斯基和斯坦尼斯拉夫·莫纽什科、画家米哈西·斯塔纽塔、地方史学家亚历山大·埃尔斯基和阿达姆·叶戈罗维奇·博格达诺维奇（民族志学家、马克西姆·博格达诺维奇的父亲）……这就是伊古缅，一个朴素而鲜为人知的、好像隐藏在丛林之中的地区小城——切尔文。说起它，不能不提及曾经两次进入太空的俄罗斯宇航员奥列格·诺维茨基。这位飞行员、宇航员曾经生长在切尔文。其实，即使在今天，这座白俄罗斯小城的荣耀仍在续写新的篇章。

非洲……维捷布斯克郊外

即使你们地理成绩只有三分,你们可能也会反对,你们会说,非洲与白俄罗斯有什么关系呢?自然环境完全不同……

然而,在白俄罗斯曾生活过很多受过良好教育的人,他们比现在的人们更热衷于大自然,并有着强烈的与大自然抗争的愿望。其中就有植物学家弗拉基米尔·斯捷潘诺维奇·阿达莫夫。他的父母在圣彼得堡有一栋房子,在维捷布斯克郊区的大廖特茨村有一处庄园,春天和夏天一家人都是在那里度过……弗拉基米尔中学毕业后,考入了彼得堡大学物理-数学系的自然科学部。这位年轻的学者在大学的植物研究所工作了九年,研究中亚的植物群,收集和制作过各种植物标本。

1890年,命运将弗拉基米尔带回了大廖特茨村,他在那里创建了一个植物园和一个实验-环境适应花园。他建造了一个暖房和很多温室,并从事药用植物的栽培。种子和植物是从彼得堡、日内瓦阿尔卑斯花园、华沙和巴黎的园艺组织邮寄给他的。1910年,大廖特茨村繁殖出了344种木本植物、664种草本植物、13种藤本植物和相同数量的蕨类植物。来自南半球、亚洲、非洲和西欧各地的植物,曾让每一个有幸见到这一美景的人都感到惊叹。

廖特茨湖、大廖特茨村和小廖特茨村

再过10年,暖房里就会有300种从前在白俄罗斯闻所未闻的、具有异域风情的植物。还会有一个苗圃,那里将种植超过2000种药用、调味和浆果作物。这位植物学家尤其为他收藏的紫丁香感到自豪。这才是该让画家们去写生的好地方!

弗拉基米尔·阿达莫夫庄园里的房屋

我们这位同胞的辛勤劳动并没有被忽视。弗拉基米尔·阿达莫夫应邀在俄罗斯帝国的各个庄园从事科学和艺术园艺工作。他在特维尔省的尤里耶沃和别雷科罗杰茨（白井）庄园组建了实验生物站、带果园的大型公园、苗圃和温室。阿达莫夫在库尔斯克和彼得堡省建造了许多公园和花园。

第一次帝国主义战争时期，弗拉基米尔·阿达莫夫正在家乡。此时，他正在招收学生参加为期一年的药用植物研究专门课程……

维捷布斯克县地图上的廖特茨

然后就爆发了十月革命。起初，对于大廖特茨村独特的植物园来说，情况还不错。弗拉基米尔·斯捷潘诺维奇被正式任命为植物园的负责人，并决定建立一个保护区，以禁止在受法律保护的土地上破坏植被、捕鱼、狩猎、放牧和砍伐森林。你们可能会感觉，一个世纪后的今天，大廖特茨村的植物园应该完全是独一无二的了。但1924年,维捷布斯克兽医研究所接管了这座植物园,此后便无人打理,植物园开始衰败。这位杰出学者的心血结晶在20世纪30年代彻底付诸东流了。

　　伟大的卫国战争爆发前,弗拉基米尔·阿达莫夫移居到了克里米亚,在著名的尼基茨基植物园工作,直至1939年9月去世。

　　遗憾的是,今天大廖特茨村的植物园已不复存在,剩下的只有记忆。但也许白俄罗斯的科学家们仍会尝试再铸植物园昔日的辉煌?至少,这对白俄罗斯来说是一项非常重要的事业。

杜科拉的舞会

由于从小就没学会跳舞,我一想到被迫参加任何娱乐活动就很紧张,只能傻站着,假装没有什么比吸烟更重要的事了(其余时间我根本不吸烟!)。但是,如果不会跳舞这种不成体统是这位前贵族与生俱来的,可以想象他的生活会变成什么样子:没有浪漫的爱情,没有人脉,没有事业。

杜科拉徽章

也许再多的钱也无法让你免于公众的指责。你必须会跳舞,如果跳得好,那将更好。就拿杜科拉的一个地主来说吧。列昂·奥什托尔普多年来一直因组织舞会而获得了明斯克省元帅(就是该省贵族集团的领导)的称号。在杜科拉到底举行过什么样的舞会,才能让一个人直接从那里爬上事业的巅峰呢?让我们去这个古老的小镇看看吧。不过,我们还有很长的路要走,我们要回到逝去的很多世纪……

祖国故事

杜科拉加尔廷家族宫殿 / 拿破仑·奥尔达

阿列斯·卡尔柳克维奇中篇小说选

权力和财富是如何掌控在他们手中的

16世纪时，该庄园成为萨皮哈大公家族领地的一部分。后来，扎维沙和奥金斯基家族统治了这里。奥金斯基家族最后一位成员——迈克尔·卡西米尔（1730—1800）曾拥有邻近的斯米罗维奇（今天的切尔文地区，世界著名画家海姆·苏廷①的故乡）等地。迈克尔·卡齐米尔·奥金斯基是维尔诺的总督、立陶宛大公国的军队统帅。他创作诗歌、音乐，并资助科学和文艺事业。不过，我们要强调的是，《向祖国告别》这首波洛奈兹舞曲属于另一位奥金斯基——迈克尔·克列奥法斯。我们的主人公以其他事迹而闻名：他曾获得俄罗斯女皇叶卡捷琳娜二世颁发的圣安德鲁勋章，他是17世纪60年代波兰王位的候选人之一。在杜科拉和斯米洛维奇，经济和经营方面的权力属于承租人：波兰著名作曲家的祖父斯坦尼斯拉夫·莫纽什科和卡尔十二世军队里瑞典士兵的儿子弗兰蒂什克-奥什托尔普（顺便说一句，这位遥远的北方国王和他的军队曾在附近的伊古缅，即现在的切尔文驻扎过）。

当时，大部分人口居住在村镇，只有10%的人口居住在城市。土地主要归大地主所有。相比之下，在明斯克地区，如果农民有100俄亩②土地的话，地主的土地就有165俄亩。而

---

① 又译柴姆·苏丁。
② 1俄亩=1.092亩。

·128·

在俄罗斯的中部地区，农民有 100 俄亩土地，地主只有 46 俄亩。彼·谢苗诺夫在《风景如画的俄罗斯》的第三卷中写道："……与邻近的立陶宛地区一样，明斯克地区的粮食，甚至口粮都有持续的盈余。"这里的手工业也很发达：制作各种圆帮和直帮木桶、喂得罗①，制造皮革（羊皮）。他们做衣服、煮胶水、做木灯笼，也从事石雕，生产家具、箱子、窗框。还有铁匠和养蜂人。奥什托尔普家族凭借他们天生的聪明才智，从这一切中获得了不少的戈比，财富就这样积累起来了。然后，他们从奥金斯基家族手中买下了庄园。更确切地说，是奥什托尔普和莫纽什科先联合买下了杜科拉和斯米洛维奇，然后他们才决定什么东西归谁所有。

在获得了完全的经济自由后，奥什托尔普家族开始在杜科拉建造宫殿，打造公园。列昂·奥什托尔普除了他的元帅头衔外，还获得了正式国民议员的头衔，成为马耳他骑士团的一名指挥官……

---

① 上粗下细的铁桶。

我们最好还是快点去舞会吧

奥什托尔普家的家业蓬勃发展,舞会也欣欣向荣。

我们在《风景如画的俄罗斯》中读到:"奥什托尔普是个了不起的人,一个好客之人,伟大的美食家……在杜科拉,他有一个剧院、一个画廊,在这里,客人们动辄大快朵颐几个星期……"

我们想象一下,奥什托尔普家宫殿的大门已经为我们敞开。我们走进前厅。列昂·奥什托尔普亲自迎接我们,向我们鞠躬,挽住我们的胳膊并带我们走向餐桌。首先上的是开胃菜:各种伏特加、鱼子酱、奶酪、腌鲱鱼、辣根和熏鱼,还有鳗鱼。鳗鱼不必从纳罗奇湖带过来,附近的沃尔玛河里就有。和斯维斯洛奇河一样,这条河里也有鲇鱼和白鲟,它们特别喜欢洁净的水。

列昂·奥什托尔普

祖国故事

享用完开胃菜后,男士们携着女士,在波罗奈兹舞曲(由奥什托尔普家的邻居米哈尔·埃尔斯基或他的叔叔卡罗尔·埃尔斯基作曲,或由迈克尔·克列奥法斯·奥金斯基作曲的《向祖国告别》)的伴奏下,庄严的队伍走向硕大的餐桌。必须在餐桌旁坐上至少四个小时,否则就无法应付丰盛的冷热菜肴。阿达姆·约瑟夫维奇·马尔迪斯在回顾奥什托尔普家族统治杜科拉的时代时,这样描述巨头们的盛宴:"蛋糕里放着活鸟,'颂歌'唱起时它会展翅高飞。整头的野猪或整条的长梭子鱼摆上餐桌。野猪里填满香肠、火鸡和鹧鸪,而梭子鱼是头部焖、中间蒸、尾部炸的。"盛宴的传统看点是布特里克(瓶子)"焖全鸡"(专门培育的食肉公鸡)。为此,要将焖鸡放入一个特殊的瓶子中,浇注满牛奶和蛋黄,然后一起在沸水中煮熟。鱼里塞猪肉,猪里塞火鸡,火鸡里塞鱼。把家禽"……的腿、翅膀、头扭曲,然后做出造型,看起来根本不像上帝所创造的生物,这样的菜肴被认为是最时尚、最美味的……"

吃过午饭,不会马上就开始跳舞。可以稍作休息,在花园里散散步,或者好好观赏一下宫殿。还有一座剧院(1823 年到 1846 年在杜科拉曾经有过)。也可以去藏书室,里面有几千卷俄语、拉丁语、波兰语和法语书籍。

关于小镇名称的由来和特点有诸多版本。一些地名学家认为,杜科拉接近立陶宛语 dukre(大公的女儿);而杜科拉当地的教师和剧作家瓦西尔·戈尔巴采维奇认为,该地名来自拉丁语 decoro(美化)。两种说法都有一定的道理。

我们曾提起过作曲家的爷爷、承租人斯坦尼斯拉夫·莫纽什科，弗兰蒂什克·奥什托尔普就是与他一起一步步走向地主的荣耀的。但这个在伊古缅曾经拥有很多庄园的家族，不仅是靠作曲家斯坦尼斯拉夫·莫纽什科才拥有荣耀的，那位在庄园里打造出长满异国情调的树木和灌木丛公园的作曲家的叔叔、法学博士卡齐米尔·莫纽什科（1795—1836），就曾主宰过斯米罗维奇。作曲家的另一位叔叔多米尼克（1788—1848）曾拥有拉德科夫希纳。他根据农户的数量把自己的地分给了农民，在分给他们的土地上为每户建造了一个庄园，那里有耕地、草地和其他土地。他创办了两所学校，废除了体罚，建立了乡村法庭……但有趣的是，他仍然不受农民的欢迎，因为农民在获得了第一批好处后，渴望进一步的改变。所以在1842年农民起义后，多米尼克·莫纽什科就搬到了明斯克，奥什托尔普曾经的邻居就是这些人。

杜科拉庄园的倒置房屋

但现在乐队正在召唤着我们去跳舞。音乐是之前不熟悉的。也许这是来自伊古缅对面的奥什托尔普的邻居——来自杜迪奇的米哈伊尔·埃尔斯基的新音乐作品？也许他把"小提琴小型曲"带到了杜科拉……所以，我们最好还是快点去舞会吧！跳舞！……

过去的痕迹

在今天的杜科拉村,昔日的辉煌——宫殿、音乐沙龙、历史和文化,还剩下了什么?只剩下了波兰幽默诗人伊格纳特·列加托维奇在最小的奥什托尔普去世后写下的那首短诗,尖刻的讽刺诗。其内容大致如下:"杜科拉的奥什托尔普之死将带来巨大的变化:绅士们将停止饮酒,村夫们将开始吃饭……"村夫们展示了他们的个性。1905年,杜科拉成了小镇和周边村庄农民的革命宣传中心。1920年,在波兰占领白俄罗斯期间,这里成立了一支游击队分遣队。当地的教师和作家瓦西尔·戈尔巴采维奇后来以此为题材创作了话剧《白俄罗斯的红色花朵》。

宫殿在最后一次战争期间被游击队炸毁,现在只剩下了入口的大门。当地的本地史学家们在一家银行的当地分行开设了一个账户,试图为修复这个大门和曾经作为大门装饰的时钟筹集资金。但后来找到了一位企业家伊万·弗拉迪斯拉夫维奇·古莫夫斯基,他开始复兴庄园和入口大门,还在从前庄园的土地上建造了许多风格各异的老式白俄罗斯房屋。去杜科拉,你们不会后悔的:那将是你们的一次美好的旅行。

祖国故事

白俄罗斯大公园

你们喜欢逛公园吗？是在春天、秋天、冬天还是夏天？就我个人而言，一年中的任何季节我都喜欢公园。成排的椴树和枫树、神秘的冷杉，浓荫蔽日的林荫道——这一切都吸引着我们，并丰富着我们的阅历和思想。如今，也许白俄罗斯的所有城市都有公园，有古老的，也有新建的。而曾几何时，即使是在离首都最远的村落，也有来自世界各地的树木和灌木丛真正的荟萃……因此，让我们踏上白俄罗斯的公园之旅吧！这些公园建于19世纪，曾经是许多地主庄园的点缀。

大莫哲科沃公园位于格罗德诺州休钦区。该公园建于1787年。前院（它也被称为荣誉庭院）的设计非常成功。沿着围栏，从著名的线条画家拿破仑·奥尔达的一幅画作中就可以见到，种植着一棵欧洲云杉和一棵西伯利亚冷杉。公园里有两个巨大的池塘，四周满是树木。

堤坝后边路的两旁，种着白杨和金柳。一条条小路将公园分成八个小的区域，每个区域都被鲜花点缀得格外美丽。在奇特的花池的东边（就像真正剧院里的池座一样！），白蜡树和美洲椴树各有两棵，松树和云杉各两组（每组三棵）。如果沿着其中一条小路继续前行，就会到达珍稀树木林荫道。迎接我们的是一条长满鹅耳枥的绿色长廊，长廊的墙壁上有为长椅留出的绿色凹陷。你们一定会同意我的观点——要创建这样一个公园，你仅仅是一个园丁或植物学家是不够的，还必须是一个真正的建筑师！

大莫哲科沃公园 / 拿破仑·奥尔达

离开大莫哲科沃公园，我们将前往平斯克区杜博耶古镇。路上的时间，让我们来看一看波兰历史学家伏·勃罗涅夫斯基的著作吧（他曾于1810年到过杜博耶）。这是他留下的记录，可以作为证明："地主的花园在波兰是前所未有的，尤其是在我这双已经习惯了当地千篇一律的自然环境的眼中。它是以著名的勒诺特尔的设计为蓝本而打造，建有池塘、喷泉和花坛……"一条茂密的由常绿树种（云杉和白冷杉）组成的林荫道直通由两个塔架固定的入口。入口里面是一个大大的、略微高起的前庭花坛。

杜博耶的庄园/拿破仑·奥尔达

庄园内，吸引宾客们注意力的是一座有着塔状突出建筑的高大宫殿，两棵阔叶树突出了宫殿前的透视轴线。在公园深处，一棵最老的韦茅斯松（树龄超过150年！）保留至今。公园中轴线的末端是一个直径约30米的池塘。公园里有许多外来的植物和树木，其中包括加拿大铁杉、梣树和桫椤。宫殿的南侧有一座庄园小教堂。它被几棵老树木——白蜡、枫树和栗树包围着。公园里总共生长着大约20种木本植物。

杜博耶也有很多运河。尽管运河已经很浅了，可河岸今天仍然清晰可见。但我们还是漫步在19世纪。横跨运河两岸的拱形小木桥正是为我们而存在的，而小岛上的果树也让人赏心悦目。离开平斯克区，马车带我们去普鲁扎内区，去看利诺沃庄园（今天在其附近有一个国际村）。18世纪下半叶，这里就建造了公园。它的面积，不包括花园，约为3公顷。中心是一座大庄园。紧挨着入口的短短的林荫道上有一棵克里米亚椴树,是白俄罗斯唯一的一棵!公园的中央部分设计成一个大花坛的形状。空地上是宽敞的草坪,上面生长着一棵韦茅斯松、一棵椴树和其他的珍稀树木。

  我们可以在利诺沃更换一下马匹,这里有一个大型马厩;可以在长途旅行后修整一下马车,这里还有一个铁匠铺,铁匠都是真正的能工巧匠。也正因如此,穿越白俄罗斯公园和古老庄园的旅行才得以继续。尽管你们生活在今天,但为了更好地理解我们今天的现代生活,还是试着踏上这样的怀旧旅程吧。

利诺沃庄园

祖国故事

白俄罗斯土地上伟大的收藏家

今天，亚历山大·卡尔洛维奇·埃尔斯基的名字还总能被人们记起，不过，更多的还是在历史专刊及学者们的著作中。遗憾的是，暂时还没有出版专门介绍亚历山大·埃尔斯基的书籍，他的许多历史著作尚未出版。几年前，只是出版了一本他的文集，其实他的著作至少可能有几十卷。

亚·卡·埃尔斯基与女儿阿列西娅

家族徽章

要知道在当时，如果没有这个独一无二的人，就无法想象白俄罗斯的文化、科学和社会生活会是怎样的情形。亚历山大·埃尔斯基，他是谁呢？……

白俄罗斯有一条不是很宽阔，但非常美丽的河流（它流经明斯克州和莫吉廖夫州）——普季奇河（Ptich）。在古代文献中，它被称为布契奇（Bchich）。语言学家们将这个词翻译为"鸟"或"雏鸟"。在普季奇河畔有一个古老的村落杜迪奇（吹笛子的人），亚历山大·埃尔斯基就出生在这里。1852年他从明斯克中学毕业后，以中尉军衔参加了1853—1856年的克里米亚战争。

他没有继续军官生涯，战后立即退役了。他在杜迪奇附近的扎莫斯季耶定居了下来，这是他从父母那里继承下来的一个小农庄。

过了不到十年——1864年，亚历山大·卡尔洛维奇·埃尔斯基在扎莫斯季耶创建了一座博物馆。要说博物馆在一个大城市开放——在圣彼得堡、华沙、克拉科夫，或者，例如，在省城明斯克，或者哪怕是在马里因纳戈尔卡，这个今天普霍维奇区的中心，扎莫斯季耶和杜迪奇就属于这个区，这都不足为奇。但在扎莫斯季耶，它是在森林……

我们只能猜测，这位谦逊而又热爱历史的地主投入了怎样的心血，才弄到了这么多展品。这些展品不仅展示了自己的祖国，还展示了许多欧洲国家的历史和文化。难怪波兰旅行家扬·伊尔戈夫斯基曾说："……我来到了……伊古缅这一方土地，见到了我们尊敬的明斯克学者和政论家亚历山大·埃尔斯基。在扎莫斯季耶庄园里，在主人好客的屋檐之下，我获得了进行科学研究的大好机会。他感觉一切都是那么崇高和美好，他对每一件善事或对真理的探索都抱有同情的态度。"至于博物馆的藏品，庄园的主人在扎莫斯季耶收集了两千幅不同民族和时代的艺术家的版画，以及戈拉夫斯基、斯穆格列维奇、达梅尔、万科维奇、巴恰雷利、兰皮和其他白俄罗斯、俄罗斯、立陶宛、波兰、意大利美术大师们的许多素描、绘图和绘画作品。仅凭博物馆艺术部分的藏品，就可以写出白俄罗斯、波兰和立陶宛的艺术史。

埃尔斯基家族庄园 / 杜迪奇　约瑟夫·佩斯卡

扎莫斯季耶博物馆的另一部分历史藏品，是近两万份的签名和文件。其中包括彼得一世、拿破仑、路德、乔治·华盛顿、亚当·密茨凯维奇、塔德乌什·柯斯丘什科亲笔签署的文件、关于1812年卫国战争、塔德乌什·柯斯丘什科领导的起义、1830—1831年和1863年起义的历史资料。

只要看一眼学校里白俄罗斯历史教科书中18至19世纪的任何一个片段，就一定会发现，埃尔斯基的博物馆里曾保存过的都是可以佐证这些遥远事件的资料和文件。

扎莫斯季耶博物馆除手稿外,还有一万册之多的藏书,其中包括17世纪的版本,几乎所有波兰和立陶宛—白俄罗斯的编年史、百科全书、书目指南、地图集、地图、档案目录。许多巨著都吸引了莫斯科和圣彼得堡、华沙和克拉科夫以及其他城市的学者和研究人员来到扎莫斯季耶。博物馆有一本参观者留言册,里面保留了不同语言的留言,包括俄语、法语、德语、丹麦语和白俄罗斯语。

20世纪初的扎莫斯季耶庄园

来到大型本地史博物馆时,参观者通常会去熟悉物质文化领域的展品,比如服装和餐具、家具、钟表和各种器皿。埃尔斯基收集了大量的瓷器、玻璃器皿、斯卢茨克皮带……你可能会问，这些东西如今都在哪里？

亚历山大·卡尔洛维奇[①]活了将近83岁，在第一次世界大战期间去世。这座堪称白俄罗斯国宝的巨大博物馆的藏品，被分批运到克拉科夫、华沙、维尔纽斯和其他城市。明斯克只剩下了凤毛麟角。令人痛心的是，创建了半个世纪的藏品就这样毁于一旦。

但埃尔斯基还是留下了重要而清晰的痕迹。在收集扎莫斯季耶博物馆藏品时，亚历山大·卡尔洛维奇经常在俄罗斯和波兰的历史专刊和大众杂志上介绍自己的发现，并出版了很多书籍。我们这位同胞用自己的笔为《波兰王国及其他斯拉夫国家地理词典》《大型通用图解百科全书》写下了大约一万篇历史和地方史的文章，其中描述了许多白俄罗斯县城不同的乡村和聚居点的情况。

经常去杜迪奇，我总会来到埃尔斯基家族在杜迪奇和扎莫斯季耶曾经的庄园所在地。在杜迪奇，历史遗址上建造了一座水塔，周围长满了荨麻。然而，靠近普季奇河边的地方，有一口精心维护的复古风格的"埃尔斯基家族水井"（"杜杜特基"私人博物馆的主人把这个地方进行了整理）。无论是杜迪奇还是扎莫斯季耶，都是一片荒凉……遗憾的是，这里连一块有纪念意义的石头或一个牌匾都没有，尽管有热心人把杜迪奇附近的、阔班家族墓地里的埃尔斯基家族坟墓进行了整理。希望今天这样的热心人越来越多！

---

① 埃尔斯基的名字及父称。

本地史……将军

如果在旧俄军中有这样一种军衔——本地史将军,那么,第一个获得这种军衔的也许就是军事地形学家、总参谋部少将米哈伊尔·贝兹-科尔尼洛维奇。虽然这位"将军"在任何时候都是一位引人注目的人物,但今天想要了解米哈伊尔·约瑟夫维奇①生平的所有细节并不容易。中央国家军事历史档案馆(位于莫斯科)确认,这位将军出身于莫吉廖夫省的贵族之家。一些学者认为,这位著名的军事地形学家出生于乌克兰,是著名的十二月党人亚历山大·科尔尼洛维奇的兄弟。很难断定是否如此……

19世纪的莫吉廖夫(从第聂伯河方向的全景)

---

① 即米哈伊尔·贝兹-科尔尼洛维奇。

但"将军"在本地史方面所做的工作是众所周知的,他的著作就是证明。1852年,他的著作《维捷布斯克省》在圣彼得堡问世,几年后又出版了《白俄罗斯名胜史料及相关补充资料》。这两部作品在成书多年后的今天读起来仍能引人入胜。

米哈伊尔·约瑟夫维奇在地形研究方面拥有极其丰富的经验。首先,他受过严格的军事教育。其次,他在35岁时(米哈伊尔·贝兹-科尔尼洛维奇生于1796年)就在明斯克省领导了一次地形测量考察。之后,他又在诺夫哥罗德、维捷布斯克、沃利尼亚等省工作。直至1852年,贝兹-科尔尼洛维奇才因家庭原因被解职。

米哈伊尔·贝兹-科尔尼洛维奇

米哈伊尔·贝兹-科尔尼洛维奇的书

米哈伊尔·约瑟夫维奇比同时代的许多学者高出一筹。他之所以能做到这一点,是因为他将实践中的观察、原始记录与对许多白俄罗斯、俄罗斯、波兰考古和历史资料的认真研究结合在了一起。在这位军事地形学家的著作中,对几乎所有或多或少为人所知的白俄罗斯居民点都有描述,当然,贝兹-科尔尼洛维奇所指的白俄罗斯只是维捷布斯克省、莫吉廖夫省和斯摩棱斯克省西部的县城。这位"将军"认为白俄罗斯人祖先不仅有克里维奇人,还有拉基米奇人(古斯拉夫部落)。诚然,米哈伊尔·约瑟夫维奇这里错了。而且,关于白俄罗斯人分布地域界定的观点也是错误的。早在19世纪,研究人员亚历山大·皮平在他的《俄罗斯民族学史》一书中指出了这一错误。

然而,不同研究方向的现代历史学家和学者都指出,米哈伊尔·贝兹-科尔尼洛维奇的著作非常重要。著名的白俄罗斯本地史学家根纳季·卡哈诺夫斯基写道:"米哈伊尔·贝兹-科尔尼洛维奇至关重要的……原则是努力将与整个国家及泛欧洲历史不可分割的、独立的城市或乡村的历史展示出来。作者为自己的研究所使用的均为有书面材料支撑的文献资料,这种努力是值得肯定的。"

今天,如果,谁去研究列佩利、卢科姆利、托洛钦、切里科夫、克拉斯诺波利耶和其他白俄罗斯城市及乡镇的历史,他都离不开米哈伊尔·贝兹-科尔尼洛维奇的著作。在这位学者的著作中,收集了原始记载和确切日期(根据编年史)。但"将军"的特殊功劳在于,由于他对波洛茨克全部历史层面所进行的科学的、地方史方面的探索,白俄罗斯这一古城及其诸多重要细节才得以呈现在我们面前。米哈伊尔·约瑟夫维奇特别关注这座最古老城市的历史研究。

例如,在阅读米哈伊尔·贝兹-科尔尼洛维奇关于莫吉廖夫的著作时,我们也会想象出一座生机勃勃的城市。跟随作者的脚步,我们仿佛回到了过去。我们看到了战争和军事冲突期间可怕的战火和所造成的巨大破坏。而在战火和人类悲痛的背景下，历史学家记录的年代——1661、1708、1812，仿佛在纪录片中飘动……

米哈伊尔·贝兹-科尔尼洛维奇关于各种定居点名称的地名解密也很重要。例如，他将莫吉廖夫市的名称与莫吉拉（坟墓）村的名称联系起来，比其他说法少了些浪漫？但也是有依据的。这位军事地形学家在附近发现了许多古墓。

亚罗波尔克、雅盖沃（即约盖拉）、撒皮哈大公、齐格蒙特·奥古斯特国王……这些人和许多其他历史人物都会从米哈伊尔·贝兹-科尔尼洛维奇"将军"著作的页面上出现在我们面前。毫无疑问，他深爱白俄罗斯土地及其丰富的历史。这位军事地形学家的著作不是根据官方命令，而是根据自己的心声撰写而成的。

莫吉廖夫市徽

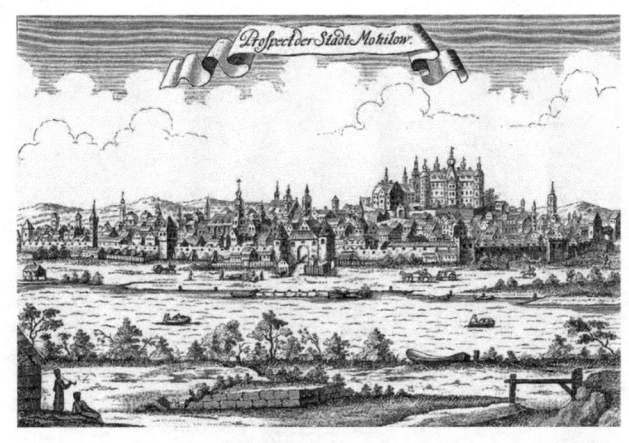

18世纪版画中的莫吉廖夫的城堡

米哈伊尔·贝兹-科尔尼洛维奇创造的许多东西今天都可以批判地接受。其实，米哈伊尔·约瑟夫维奇本人对他所揭示的历史事实也提出了质疑。尽管如此，在进行历史和本地史探索中，可以（也需要）从"将军"的著作中看到出发点。

　　遗憾的是，米哈伊尔·贝兹-科尔尼洛维奇的著作已经很久没有再版了。这似乎让我们失去了一本虽然陈旧却非常有趣的历史教科书。

祖国故事

大自然曾经也有朋友。真正的朋友!

19世纪中叶,波洛茨克,初级军校。这是一所可以与今天的苏沃洛夫军校相媲美的教育机构。季马①·卡伊戈罗多夫就是众多学员之一。多年之后,他成了俄罗斯最大的自然科学家。而那时……从开学的第一天起,男孩们就愿意上"前线"课(列队训练),学习各种信号,学习跳舞和合唱。古波洛茨克研究者、作家弗拉基米尔·奥尔洛夫肯定说,学员们的这类课程被称为"愉快的艺术"。我们对此表示赞同。

波洛茨克的初级军校

---

① 德米特里的小名。

课程安排包括上帝律法、法语、德语、俄语、算术、代数、地理、历史、钢笔字和绘画。领导层建议教师注意朗读和发音的正确,"因为大多数入学的孩子来自白俄罗斯各省,带着粗俗的当地口音。"

德米特里的父亲、少将尼基福尔·卡伊戈罗多夫在波洛茨克初级军校教数学。这位未来的学者在军校学习了七年。之后,他又去了其他军校学习,还被授予了少尉和中尉军衔。

服役两年后,德米特里·卡伊戈罗多夫被派往阿赫塔火药厂。他本可以留在那里消磨时光。但他仍然有对知识的渴望和进一步发展的渴求。他以一个现役军官的身份,进入彼得堡农学院林业系做旁听生。老师们发现这个旁听生十分努力。不久,应森林部的要求,德米特里被派往欧洲进修,学习当时人们还不了解的林业实践技能,提高自己的知识水平。这位俄罗斯军官在德国、奥地利、瑞士、瑞典和法国五个国家学习了林业知识。在长期的外驻归来后,卡伊戈罗多夫在农学院讲授森林技术和工程学。这位年轻的老师当时还不到30岁。不久,德米特里·尼基福罗维奇[①]就开始担任林业研究所所长助理。

我们的这位波洛茨克同乡把他一生中的很多年华都奉献给了物候工作(物候学家是指每天观察天气、做好相关记录,然后进行对比,得出结论并提出建议、进行预测的人。当你们在电视上看气象预报时,要知道:预报中的每句话背后,是多年的物候观察经验)。令人难以置信的是,这样的记录卡伊戈罗

---

① 德米特里的父称。

多夫做了整整53年！这位学者还编制了一个物候网格，用于俄罗斯欧洲部分的分区（即划分区域）。他还绘制了鸟类春归物候图。德米特里·尼基福罗维奇曾长期担任俄罗斯地理学会物候委员会主席。

德米特里·卡伊戈罗多夫

《俄罗斯鸟类世界随笔》

卡伊戈罗多夫多次在报刊上发表满怀激情的言论，反对野蛮砍伐，反对破坏俄罗斯丰富的森林资源。今天，多希望能有十个，或者最好能有一百个这样的卡伊戈罗多夫！因为森林已经被砍伐得只剩下碎屑和锯末，从前感觉会永恒都在的绿色人们再也见不到了！在德米特里·尼基福罗维奇全部的事业和追求中，一直指引他的都是一种愿望——保护自然，尽一切可能引起人类对森林、小河问题的关注，并保护动物世界。可能正因如此，这位前波洛茨克初级军校的学员为孩子们写下了不知多少关于动植物的文章，并发表在儿童杂志《玩具》《泉》和《家庭之夜》上。正是德米特里·尼基福罗维奇才是远足教学法的创始人。他认为向城镇居民灌输对自然的热爱尤为重要。1899年，德米特里·卡伊戈罗多夫的《彼得堡春秋自然日记》的单行本出版。这位学者其他的书也曾多次再版，比如《俄罗斯森林漫谈》《来自绿色王国》《来自鸟类王国》《俄罗斯鸟类世界随笔》《树及其生命》《我们的春花》《我们的秋花》。《黑色家族》（关于乌鸦）是一本非常有趣的书，书中有童话故事，也有诗歌和谚语。

在去世前不久，德米特里·卡伊戈罗多夫出版了一本小书《彼·伊·柴可夫斯基与自然》。这位著名的物候学家和自然学家有科学思维，他在与自然接触中寻求所有美的源泉。事实上也的确如此：听得见鸟鸣的地方，晴空万里的地方，都是灵感最初的源泉，也是真正的音乐的源泉。

祖国故事

一个白俄罗斯人如何把母语还给了雅库特人

19世纪，白俄罗斯人在世界各地的旅行和探险被认为是独特而丰富多彩的。然而，这些旅行往往是被迫的。即使有人是自己离开故乡，也是有充分理由的——是因为沙皇俄国政府对白俄罗斯爱国者、对那些为自己人民自由而抗争之人所进行的打击。

正因如此，从白俄罗斯到西伯利亚流放的道路从来就没有荒芜过。因此，我们的同胞爱德华·佩卡尔斯基（他出生在伊古缅县，现在属于明斯克州的斯莫列维奇地区）也因从事革命活动被流放到了雅库特。

雅库特的自然风光

雅库特人居住的帐篷

这位革命者是在莫斯科被捕的。在此之前,我们的这位同胞一直在俄罗斯帝国的不同地区进行地下工作。法庭认定佩卡尔斯基"犯有参加秘密组织、企图以武力颠覆国家和社会秩序罪"。判决如下:"剥夺他的财产权,发配矿山服苦役15年。"不过,后来法官减轻了处罚,佩卡尔斯基才被流放到了雅库特。

1881年11月2日,爱德华·佩卡尔斯基在车队的押送下到了雅库特。他被送到巴特尔兀鲁斯第一伊基迪诺斯莱格(诺斯莱格相当于乡,今天的乡村委员会,兀鲁斯是县,用现代的说法就是区)。那里距离雅库茨克230俄里。

爱德华·佩卡尔斯基

熟悉了周边地区后,爱德华·佩卡尔斯基开始研究雅库特人的文化和生活。渐渐地,我们这位同胞确信雅库特语言不够发达,形容词不能与名词搭配。例如,不能说"阳光明媚的夏天",

结果就成了有点像"阳光明媚夏天"。试想一下,在没有词尾时,在不知道谈话对方的意思时,怎么说话?对方说的要么是阳光明媚的夏天,要么是在阳光明媚的夏天发生了什么事……

而且,词尾也缺乏表现力。各种语言问题困扰着爱德华·佩卡尔斯基。随着时间的推移,他掌握了雅库特语口语,并经常担任翻译,但这仅仅是工作的开始。不久,我们的同胞开始掌握雅库特人的民谣、他们的史诗、神话和传说。对雅库特人的歌曲和童话故事以及古代人民的英雄史诗的了解,让佩卡尔斯基确信,民间口头文学的语言更纯粹、精练,是文学语言独特的源泉。

佩卡尔斯基为自己的工作准备了两本笔记本。一个笔记本里记下的是翻译成俄语的雅库特语单词,另一个笔记本里是翻译成雅库特语的俄语单词。

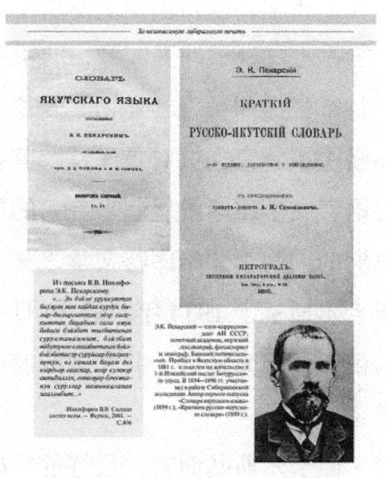

爱德华·佩卡尔斯基编撰的词典及本人肖像

编撰词典的工作并不容易。为了维持生计，还必须干活儿。但只要一有空闲，佩卡尔斯基就满怀热情地走进雅库特词汇的世界，寻找与俄语词汇相对应的当地词汇。

这位雅库特词典的编撰者也有一些义务帮手，其中就包括德米特里神父（俗姓波波夫）。当时，教会有很多雅库特语的宗教文献，不过书中有许多错误和不准确之处。爱德华·佩卡尔斯基曾一直关注这一点。

1890年初，我们的同胞完成了词典的编撰工作，并将其寄给了俄罗斯地理学会东西伯利亚部。

又过了几年，佩卡尔斯基所做的工作，他那种不仅为雅库特人民而且为整个俄罗斯呕心沥血的奉献精神受到了政府官员的关注。1907年，俄罗斯科学院出版了第一部《雅库特语词典》。爱德华·佩卡尔斯基被授予科学院金质奖章。自1907年起，爱德华·佩卡尔斯基编辑出版了八版三卷本的《民间艺术样例》。这位学者还发表了许多文章，向俄罗斯读者介绍雅库特人的历史、日常生活和民族学知识。爱德华·佩卡尔斯基通过自己的作品吸引了研究人员对雅库特及其物质和精神文化的关注。雅库特语言文学逐渐发展起来。它的先驱之一——库拉科夫斯基称我们的同胞为"雅库特文学之父"。

爱德华·佩卡尔斯基于1934年6月29日去世。为纪念这位学者，当时的俄罗斯雅库特自治共和国政府设立了两项以他名字命名的奖学金。

而对爱德华·佩卡尔斯基而言，最好的丰碑就是雅库特人民所拥有的文学语言。

祖国故事

脚下的宝藏

今天，在白俄罗斯，所有人都知道私立的"杜杜特基"物质文化博物馆。它位于离明斯克不远的普霍维奇区，在诺沃波利耶和乌里杨内村之间，离杜迪奇古镇很近，只有一河之隔。所以，如果你们去"杜杜特基"，不要急于返回明斯克，而是要去卢萨克维奇村逗留个把小时。

杜杜特基

"杜杜特基"物质文化博物馆,当然,很有名望且声名远扬,至少在欧洲是这样。这有很多原因和理由,其中最重要的一个原因就是"杜杜特基"有一个杰出的创建者:作家、评论家、图书出版商叶甫根尼·布迪纳斯。可能连他自己都没想到,他为现代人打开了"一幅真实的图景"。他似乎提示我们说:你们看,看看过去的人们都会做些什么……这个提示对当今时代来说再好不过了:很多东西我们都不会做,甚至那些并不久远的19世纪已经做得很卓越的,我们都不会。如果杜迪奇和"杜杜特基"附近也能有幸再出一个布迪纳斯,那卢萨克维奇的荣耀就丝毫不会逊色。这就是为什么……

既然你们已经到了"杜杜特基",爬上了风车,欣赏了周围的田野、草地、森林和漂泊的普季奇河风光,那就别吝惜时间坐车去一趟卢萨克维奇了,甚至可徒步前往。途经奥泽里奇诺(儿童文学作家彼得·伦茨的故乡,他是收集儿童对伟大的卫国战争回忆的扬卡·马夫尔的战友和助手)和沃罗尼奇(诗人根纳季·克列夫科的出生地,他曾是弗拉基米尔·科罗特克维奇和雷戈尔·波罗杜林在远东服兵役时的战友),也会经过库霍罗夫卡和齐特瓦(20世纪20年代,杰出的抒情诗人弗拉基米尔·霍迪卡曾在这里担任过村委会秘书)。有人曾经预言,他会有扬卡·库帕拉的荣耀。他的诗集被俄罗斯伟大的诗人阿尔谢尼·塔尔科夫斯基翻译成俄文。然而,在伟大的卫国战争之前,这本书受到了"迫害",霍迪卡本人也被赶进了集中营的深渊。

去卢萨克维奇也可以不徒步,而是坐小船或是"乔文"

（如今在普季奇河沿岸的村庄还有这样的交通工具。乔文是把一整棵树挖空做的船只，用整个的树干。最好用橡树）。

在卢萨克维奇没有雄伟的纪念碑，甚至连纪念上次战争的石碑都没有，游击队员的兄弟坟墓都在邻近的村庄。在杰列贝尔、谢尔盖耶维奇，在码头村（1942年10月法西斯分子烧毁的正是这个村子，为了纪念这个事件，根纳季·克列夫科还写了一首长诗《码头》）。卢萨克维奇位于森林后面，离普季奇河更近些。那是百年记忆。卢萨克维奇附近有莫日基古庄园的遗迹。根据档案记载，这个庄园在1584年就声名鹊起。19世纪70年代末，庄园成为约瑟法·贝科夫斯卡娅的嫁妆。后来，庄园年久失修。再后来，她的儿子——画家海因里希·魏森霍夫接管了庄园。

他于1859年出生在立陶宛罗基什基斯附近的波克列夫诺庄园。海因里希·魏森霍夫·弗拉迪斯拉沃维奇的创作不仅与白俄罗斯，还与立陶宛、波兰的艺术生活相关。这位未来的风景画家曾在华沙特尔松绘画学校学习，之后在圣彼得堡艺术学院（1878—1882）学习。显然，魏森霍夫的道路与列宾、苏里科夫和其他杰出的绘画大师都有过交集。百科全书证实，海因里希·弗拉迪斯拉沃维奇之后很多年都是在卢萨克维奇，或者更确切地说，是在莫日基庄园度过的。这位画家主要画的是风景画，其中最著名的有：《白俄罗斯卢萨克维奇公墓》（1889年）、《白俄罗斯猎人》《雪》（1894年）、《湖上的黎明》（1870年）、《带狗的猎人》（1870年）、《预感》（1870年）、《乌云》（1870年）、《寂静》（1870年）。海因里希·魏森霍夫1912年去世,葬于卢萨克维奇。我们也可以去祭拜一下这位杰出的绘画大师。遗憾的是,在卢萨克维奇,甚至没有魏森霍夫的半身像。在普霍维奇土地上没有任何纪念画家的标志。

魏森霍夫家族徽章

魏森霍夫不仅是一位优秀的画家,对周围的世界十分敏感,而且是一个对逝去年代的记忆心怀尊重、热爱历史的人。19世纪90年代,海因里希·弗拉迪斯拉沃维奇将莫日基从被遗忘中重新唤醒,为它创造了不亚于扎莫斯季耶和杜迪奇名声的荣耀。海因里希·魏森霍夫赋予了莫日基生命。他对几个世纪以来积累的艺术收藏品进行了系统化并进行了分类。这些收藏包括许多珍贵的油画,其中包括扬·达梅尔的自画像、魏森霍夫和贝科夫斯基家族成员的肖像、斯坦尼斯拉夫·波尼亚托夫斯基的肖像以及其他美术作品。此外,还有几十幅18世纪和19世纪的微型精细画、大量本地题材的写生和素描作品。这些都是反映居民、周围风景和本地庄园之类的作品。魏森霍夫的收藏品包括石印画、圣象画、古钟表、银器、石斧、勋章和徽章。最后一批藏品——勋章和徽章属于雅·魏森霍夫将军（1774—1848）。试想一下，曾经有那么多徽章收藏者、钱币和其他的收藏者，可在这个今天仍然令人感到亲切的荒僻之中都留下了什么？！此外，还有数以百计的乌列奇耶玻璃制品。你们听说过乌列奇耶吗？听说过这家著名的玻璃企业吧？在欧洲，许多餐厅、沙龙、各种酒馆和其他场所都曾有过这家企业的产品……乌列奇耶离这里并不远，离卢萨克维奇可能还不到一百公里，但我们还是改天再去吧。

春天/海因里希·魏森霍夫（1991年）

另一个重要的问题是，这些藏品现在在哪里呢？有人把它们保留下来了吗？……魏森霍夫藏品的一小部分、某些片段可能在白俄罗斯博物馆还有，但最丰富藏品的全貌我们只能留在想象之中了。

必须承认，我们不想离开魏森霍夫家族的庄园，他们或许已经走进了白俄罗斯过去几个世纪的文化和艺术史之中。也许,今天一代又一代的人们,比如我们,也会在这方土地上留下自己的痕迹和印记……如果能把一两块巨石拖到莫日基这里来,那就好了。这样的巨石在田野里不计其数,而普霍维奇某个现代的大师(例如,作品已经在卢浮宫和埃尔米塔什博物馆展出的白俄罗斯共和国国家奖获得者亚历山大·芬斯基)如果能用巨石建造一个纪念牌,或者哪怕是简单地在上面刻上纪念的文字来纪念海因里希·魏森霍夫,那该多好。

卢萨克维奇及其周边地区不仅因昔日的庄园而闻名,在卢萨克维奇附近的一个农场里,甚至还有一个驯鹿养殖场,也可以去那里游览一番。总之,通往卢萨克维奇的旅游路线大有前景。

孔卡驾到！

　　一个世纪，是长还是短？比如说，回望一个世纪前，还能认出自己的城市吗？让我们试着回顾一下 1900 年的明斯克吧。当时的省城是个什么样子？其实，已经过去一个多世纪了……

　　首先是街道及其名称，哪怕只是白俄罗斯首都中心的街道。例如，如果我们沿着马克西姆·博格达诺维奇大街走过，我们就应该清楚：它以前的名字叫亚历山大街。今天的共青团大街，过去叫救济院大街。乌里扬诺夫大街是从红军街到大桥，再到五一大街，今天统称欢乐大街。但商业街现在还叫商业街（白俄罗斯语为甘德廖瓦亚）。今天的基洛夫大街，过去叫商店街，沃洛赫街叫路德会街，苏维埃大街叫扎哈列夫斯卡娅大街，屠户街叫新莫斯科大街，西里尔和梅费奥迪街叫小教堂胡同，共产街叫米哈伊洛夫斯卡娅街，体育街叫普希金大街，收藏家街叫犹太人街，恩格斯大街叫彼得保罗街。

　　现在我们已经熟悉了一些街道，那就让我们去明斯克老城区走走吧。要么我们先去参观一所学校吧。你们喜欢在哪所中学学习？今天的明斯克，无论是贵族学校还是普通中小学都比过去多了很多。而 1900 年的时候，只有两所公立中学——男子中学和女子中学、一所实科学校和一所神学院。

20 世纪初的明斯克

1899年,又开办了一所玛丽娅女子中学。为什么叫玛丽娅呢?因为是以玛利娅皇后的名字命名的。1901年,明斯克开办了一所商业学校。1905年,明斯克各类学校开始多起来,有两所男子中学和五所女子中学、两所实科学校、一所商业学校、两所女子初级中学和一所神学院。

商业学校为学生未来的创业活动做准备。高年级教授销售、会计和簿记。从商业学校毕业后,可以进入商业学院和高等技术学校学习。

1913年,国立男子高中一年的学费是75卢布,私立学校的学费是150卢布。这是否是一笔大钱,可以通过伙食的价格来了解。一顿不错的午餐当时是20戈比。

祖国故事

扎哈里耶夫大街

玛丽娅女子中学

你们下课后急着回家吗？那你们就一定要乘坐孔卡（马拉轨道车）。1903 年，有 1376 名乘客乘坐过孔卡。铁路整年运营到晚上 11 点。车厢内用煤气灯照明。而孔卡的票价为 3~4 戈比，后来提高到 5~6 戈比，具体票价取决于路线和距离。而马车就像今天的出租车，在市中心需要支付 15 戈比，从市中心到维尔诺火车站是 30 戈比。你们自己已经知道，这可是一大笔钱。从科马洛夫卡市场到布列斯特火车站是 55 戈比。这样一来，孔卡就构成了竞争。马车夫们无法忍受，甚至有一次把一辆孔卡的车厢翻了过来。1912 年，运营的孔卡共有 31 辆，马 95 匹……当然，我们不可能将其与今天的运输多样化相提并论。

还要说一说其他的交通工具。过去，骑自行车的人也要登记在册。1906 年，明斯克有 297 辆自行车，1913 年为 495 辆。当时一辆自行车价格为 75 卢布。在一家专门的商店里还有自行车对外出租。

那明斯克有汽车吗？据了解，1906 年 8 月 20 日，明斯克曾发生过一起车祸。这是明斯克历史上的第一起车祸。出租车司机费奥多罗夫撞上了一根电线杆，乘客飞到了马路上，受了重伤。

1911 年，康托洛维奇的壁纸厂出现了第一辆卡车。1914 年 10 月 22 日，在明斯克，人们看到了一整队的汽车——尼古拉二世沙皇来访。人们不仅因见到了俄罗斯君主，而且还对同时有那么多汽车在明斯克行驶感到惊讶。

这就是我们与明斯克老城区的短暂邂逅。今天，你们环顾四周：到处都是繁忙、快速的交通……真是难以置信，这些从前都不曾有过。人们当时是如何生活的呢？

小镇：达维德-戈罗多克、切尔文、科列沃……

如果你们甚至懒得打开字典或百科全书，"小镇"（小地方）这个词肯定也会让你们感到熟悉和易懂。事实上，它并没有什么特别之处，可能是从"地方"这个词想出来的。

可能这只是一个指小表爱的形式。小镇，是一个僻静的小角落，也可能，是一个可以藏身的地方，或者是可以把东西藏起来不让别人看到的地方。

但在我们祖国的地图上，在白俄罗斯各地，有很多不同的小镇。而且完全有可能，你们自己就住在这样的地方，只是它们不叫小镇，而是村庄、农业城镇。也许今天，一些小镇已经变成了城市和城镇。

小镇……很久以来，人们就一直这样称呼具有城市生活方式的大的村庄。今天的许多城镇，以及白俄罗斯的许多地区中心，都是过去的小镇。而这个定义也来自熟悉的"地方"一词，在斯拉夫世界中就是"城市"的意思。因此，克列茨克和普霍维奇、沙茨克和格鲁斯克、斯塔罗宾和沃尔玛、戈尔沙尼和奥斯特洛什茨基镇、杜科拉和拉科夫、沃罗任和斯维斯洛奇——所有这些都是小镇。这些小镇似乎将纯粹的城市色彩与农村的生活方式结合了起来。你们自己就可以判断。从前在任何一个小镇里都住着商人、手工业者、酒馆（旧时代有这样的饮酒场所）老板，简单说，就是那些生意人和手艺人……但也有辛勤劳动、靠土地生活的农民。

达维德-戈罗多克小镇

拉科夫小镇

这些小镇也因其特殊的建筑风格而有别于其他居住区。第一批小镇建立之初（14世纪），城镇周围都有防御建筑。这很好理解，为了抵御游牧民族的袭击，因为没有国界。但当时的小镇是开放的，它们通常位于宽阔的道路两旁，商道决定了小镇的街道。通常在街道的交汇处会有一个交易广场，广场上有交易行、各种商店、客栈和其他娱乐设施。

在有许多工匠居住的小镇上，房屋与商店及作坊相连，通常房屋建有阁楼。房主，特别是那些较富有的房主，会用各种工艺元素来装饰自己的房屋。木雕工匠们都想在技艺上超越对方。与工匠和商人不同，农民住在小镇的外围，他们种植大片的菜园。而小镇的中心区域，根本没有足够的土地来种植任何植物。房屋之间距离很近，屋顶挨着屋顶。

奥斯特洛什茨基镇／拿破仑·奥尔达

在较大的小镇（居住人口达到或超过1000人），交易广场会通过一条大道与另一个中心（城堡、地主的庄园、修道院建筑群）相连。被河流分隔开来的小镇（例如切尔文地区的沃尔玛）的建筑外观会有些不同。河畔地区也有自己的中心，甚至有自己的交易广场，其繁华程度不亚于主广场。寺庙（小镇上居住着不同民族和不同信仰的人们）建在中心或郊区。教会、（波兰）天主教堂、犹太教堂、清真寺都有自己的墓地、医院和学校。

白俄罗斯也曾有过一些实行马格德堡法律的小镇。这是什么东西？为什么是马格德堡法律？众所周知，马格德堡是一个德国城市。突然之间，白俄罗斯小镇（和城市）实行著名的欧洲城市的法律……拥有马格德堡法律，就意味着拥有自己的法律规范体系，城镇的整体生活都依照该体系进行。这些城镇就是普遍公认的生产和贸易中心。在我们的祖国，今天大家所熟知的达维德-戈罗多克、克列茨克、克里切夫、科列沃曾经就是"马格德堡"小镇，而给这些城镇颁发马格德堡法律证书的是波兰-立陶宛联邦的大公和国王。

虽然今天已经很少有人把大的村庄和城镇称为小镇，但我们每个人仍有可能

发现和认识它们，而且还不能只靠那些关于过去时代的书籍。例如，如果你们住在明斯克，那就一定要经常去拉多什科维奇游览。虽然路途并不远，但在拉多什科维奇你们会有许多关于这些"小镇"不一样的发现。那里的礼拜日市场非常有名，而且那里行家里手和能工巧匠云集，并且拉多什科维奇的布局和建筑也非常出色，温馨而富有吸引力。

祖国故事

拉多什科维奇

也可以去伊维涅茨徒步旅行。即使在今天，那里还生活着朴实的"小镇"陶工，他们的技艺可能连世界各地许多最大城市的工匠也望尘莫及。此外，还有如达维德-戈罗多克、切尔文、科皮斯和其他有趣的、知名的定居点，他们都是有过辉煌历史和拥有能工巧匠的小镇。它们都与大城市比邻，因此，你们看看自己的周围！在你们自己或临近的居住地就会找到昨日的鲜明特征，这可能会成为研究和复兴你们自己家乡小镇的动力。

白教堂——伊维涅茨小镇的象征

沼泽里的窗口。奥维德、亚历山大·勃洛克和阿列克谢·托尔斯泰都曾来过……

俄罗斯学者瓦连京·格里茨克维奇坚信,"卢尼涅茨"这个名称源于"卢尼"(鹞)——有这样一种鸟。第二个定义是根据林间沼泽地居民的说法——沼泽里的窗口——这种说法更适合卢尼涅茨。

奥维德在波列西耶(林间沼泽)

白俄罗斯和俄罗斯作家雅库布·科拉斯、安德烈·马卡连科、亚历山大·勃洛克和阿列克谢·托尔斯泰的名字都与卢尼涅茨这个地方有关联。此外,根据一个传说,著名诗人普布利乌斯·奥维德曾经到过卢尼涅茨附近。他是罗马文学经典作家,喜欢周游世界。据传说,他曾经到过卢尼涅茨附近的科赞-戈罗多克村。据说,普布利乌斯·奥维德就是在这里病逝的。传说,这位罗马诗人被埋葬在科赞-戈罗多克附近的维杜舍瓦亚山上。据一些研究人员称,这一传说促使19世纪著名的白俄罗斯诗人弗拉迪斯拉夫·瑟罗科姆利亚写了一首长诗《奥维德在波列西耶》。遗憾的是,有关奥维德访问过科赞-戈罗多克的其他书面证据没有保存下来,但在谢·索洛维约夫编著的《俄罗斯古代史》一书中提到了这个村庄。书中讲述了

卢尼涅茨市

1655年大公德米特里·沃尔孔斯基如何在科赞附近击败了立陶宛军队的一支分队，并向这个和其他临近村庄的居民宣誓的情况。

俄罗斯与瑞典的战争也没有绕过科赞-戈罗多克。1702年，这里显然发生过血战。村子外围保留下来的三座埋葬瑞典士兵的土丘就是证明。

顺便提一下，三个世纪前发生的事件在科赞-戈罗多克村还有活生生的证明。我们说的是两棵橡树。第一棵叫"苏沃洛夫橡树"，第二棵叫"米茨克维奇橡树"。其中，"苏沃洛夫橡树"已长到45米高，被认为是白俄罗斯最高的橡树。它的"小兄弟"个头稍稍落后了一点。目前只长到40米。

卢尼涅茨附近还有两个同样引人注目的村庄：巴斯廷尼和柳班。本地史学家和评论家雅罗斯拉夫·帕尔胡塔写了一部关于巴斯廷尼一个居民的中篇小说《孤独的人》。这个故事主人公的命运真的非常独特。为了躲避苏联当局的追捕，他在森林里隐藏了42年，忍受寒冷、饥饿、疾病，但从未去村里求助任何人……

文学作品的另一个原型住在柳班村，说的是"新波列西耶"集体农庄的主席。他成了安德烈·马卡耶诺克在1972年写的话剧《舌头下的药丸》中主人公的原型。

祖国故事

"区报编辑部"里的旅行社

不过，是时候该回到卢尼涅茨本身了。现在它是一个地区的中心，是白俄罗斯最美丽、最有趣的城市之一。我建议你们从区报《卢尼涅茨新闻》编辑部开始来了解这座城市。乍一看，它并没有什么特别之处：一份普通的区报，这样的区报白俄罗斯有一百多份。但多年来，正是这份报纸的编辑部取代了任何一家旅行社，而其前任主编塔吉娅娜·科诺帕茨卡娅不仅是该市，也是整个卢尼涅茨地区最好的导游。她现在还从事本地区的历史工作，并自发组织了许多和本地史相关的活动。作家和本地史学家尼古拉·卡林科维奇就在《卢尼涅茨新闻》编辑部工作过。他曾写过一本精彩绝伦的书《亚历山大·勃洛克的波列西耶岁月》。1916年7月，这位著名的俄罗斯诗人在去平斯克县卡门（石头）村的时候首次访问过卢尼涅茨。亚历山大·勃洛克服役的第13工程和建筑中队的指挥部曾经就坐落在那里。在卢尼涅茨，勃洛克曾住在一家旅馆里，但遗憾的是，旅馆的建筑没有保存下来。这并不是这位著名诗人对卢尼涅茨唯一的一次访问。后来，从前线回来的时候他也来过这里，去过当地的邮局和电报局。在勃洛克从白俄罗斯写回的信件中，曾提到过卢尼涅茨。诗人向亲人们讲述了这个小镇的生活。

有趣的是，正是在卢尼涅茨，亚历山大·勃洛克和阿列克谢·托尔斯泰有了交集。那是1917年1月，当时托尔斯泰也

· 175 ·

正去前线。当地火车站墙上的一块纪念牌见证了俄罗斯知名诗人和著名作家在卢尼涅茨的相遇。

卢尼涅茨知名的客人还有白俄罗斯-波兰作家约瑟夫·克拉舍夫斯基（生于华沙）。从文学意义上讲，他是一位多产作家。如果将克拉舍夫斯基的所有作品收集在一起，至少有厚厚的500卷。他在《平斯克及其周边地区》一文中讲述了在卢尼涅茨和平斯克地区的旅行。这篇作品发表在1837年的《祖国之子》杂志上。关于卢尼涅茨附近地区，当时克拉舍夫斯基写道："……断裂的桥梁，摇摇晃晃的堤坝，当你乘车行驶在上面时，你会吓得紧咬牙关，生怕粉身碎骨……房屋半埋在地下，狗瘦得皮包骨头，人也骨瘦如柴并半身赤裸，被烟熏得黝黑……"

卢尼涅茨可以说是著名的雅库布·克拉斯的长诗《西蒙-音乐》的"摇篮"。1911年11月至1912年2月，这位白俄罗斯诗人曾经就住在卢尼涅茨，住在涅斯维日神学院的同学维肯蒂·菲利波维奇家，并创作了《西蒙-音乐》这首长诗。此外，雅库布·克拉斯在卢尼涅茨居住期间，还为维尔诺的报纸《我们的土地》撰写过报道。城市的一条街道就是为了纪念这位白俄罗斯人民诗人而命名的。

关于这座城市更详细的历史和名胜古迹，您可以到位于市中心的本地史博物馆去了解。

去卢尼涅茨游览的最佳时间是8月。这个时节，不仅可以参观城市，还能赶上每年为纪念亚历山大·勃洛克和尼古拉·卡林科维奇而举行的庆祝活动。11月，卢尼涅茨还会举办传统的"克拉萨维内"，庆祝我们这位著名诗人克拉斯的生日。

祖国故事

祖国——悲伤的地方，世纪的荒凉……

　　在格罗德诺州旅行，我总是争取去看看新格鲁多克。这是一个传奇之地！它永远都充满着传奇色彩……在伟大的卫国战争期间，被称作"新格鲁多克口袋"的前线战役就发生在这里。遗憾的是，这里并没有为这一事件、为那些活着和逝去的英雄们立起一块应有的纪念碑。但是，如果再往前追溯几个世纪，白俄罗斯国家历史最丰富的层面就会展现在我们面前。

　　新格鲁多克地区的独特之处在于，不同民族和不同信仰的人们在这里汇聚，就像在十字路口一样。白俄罗斯人、波兰人、俄罗斯人、犹太人、鞑靼人……东正教徒、天主教徒、犹太教徒。穆斯林……这一切都有目共睹。我们的过去如教堂的圆顶和十字架，由远及近、从昨天的光阴中朝我们走来，向我们延展。各样的教堂、古老的公园、清真寺，这就是白俄罗斯的过往。

　　那些古老的"地下宝藏""小小的坟丘"、大片的墓地，就是记忆。顺便说一句，在新格鲁多克，还可以单独游览古老的墓地。新格鲁多克的阿达姆-密茨凯维奇博物馆馆长米科拉-盖巴是格罗德诺州著名的本地史学家，也是墓地历史和编年史专家。在他的陪同下，我又一次游览了当地的名胜。

　　"从新格鲁多克建城到11世纪末，它一直是一个多神教城市，"本地史学家米科拉·盖巴开始了他的讲述。"这也体现在当时当地居民的殡葬仪式上。这个地方过去有一个小坟丘，它位于现在的布拉吉亚姆村附近……基督徒出现后，墓葬也就从坟地过渡到了墓地。第一个基督教墓地可能出现在12世纪初。考古学家在小城堡南部发现了83座坟墓。这些坟墓的特点是没有相互重叠，因此，墓地存在的时间并不长。13世纪初，小城堡的中心部分出现了一个基督教墓地，1270年以前一直存在。"

新格鲁多克城堡

在本地史学家的陪同下，我们前往古老的基督教墓地。墓地分为天主教和东正教两部分。天主教墓地的中心矗立着一座建于1896年的小教堂。在东正教部分，安葬着"婴儿彼得·普希金"（伟大的俄罗斯诗人亚历山大·谢尔盖耶维奇·普希金的孙子）。普希金的儿子曾在新格鲁多克服役。

19 世纪的新格鲁多克 / 拿破仑·奥尔达

……如果新格鲁多克有很多这样的古代墓葬，那么就会产生一个合理的问题：临近的村镇是否也有这样的古代墓葬？例如，在伏谢柳布？我和同伴从立陶宛大公国的古都乘车往北出发。二十分钟的车程，我们就到了伏谢柳布。历史告诉我们，这个定居点的历史可以追溯到 15 世纪。最早的主人是涅米罗维奇家族（自 1438 年）。这个家族很有名，其祖先是扬·涅米拉（？—1420），1412 年曾任波洛茨克总督。1413 年，他与兄弟们一起获得了"鹰"徽章。涅米拉的小儿子尼古拉·亚诺维奇（卒于1471年）从1466年起任维捷布斯克总督，1469 年起任斯摩棱斯克总督。他是新格鲁多克县的伏谢柳布、伊什科尔迪和库霍维奇、波列西耶的鲁宁及卢尼涅茨的所有者。16 世纪，德沃伊纳家族成为伏谢柳布的主人。

然后从 17 世纪开始，这里的主人就成了帕泰家族。顺便说一句，他们几乎是白俄罗斯、立陶宛大公国历史上最耀眼的（也许不像拉齐维乌家族那样富有）大公家族。但这是另外一个话题。

1433 年，在伏谢柳布建造了一座（波兰）天主教堂。1546 年，它被改建为加尔文教派教堂。1795 年和 1879 年，教堂又进行了改建，部分教堂保留至今。1884 年，在伏谢柳布又建了一座东正教教堂。总之，在离新格鲁多克 15 公里的地方，还有一个非凡而光辉的历史页面。它就坐落在村外的伏谢柳布公园里，它也在老伏谢柳布公墓中。读了墓碑上的墓志铭，我确信，这里有足够的历史和历史记忆。要能把这一切都破译出来就好了！唉，当地的老前辈越来越少了。对他们来说，日期、名字并不总是最重要的东西，如果你们询问的是与他们紧密相关的事情……

顺便说一句，在明斯克和格罗德诺，人们已经不记得耀眼的、独具一格的作家安德烈·佩特科维奇（他 1966 年生于伏谢柳布，1996 年去世）。我想，也许伏谢柳布人很了解他，可他们对询问的回答却是："您问的是哪个佩特科维奇？……"而安德烈直到生命最后的日子一直住在自己家乡的小镇。所以，我们的记忆很短暂。而这位独具一格的诗人安德烈·佩特科维奇的诗集至今还仍处于手稿状态，他应该赢得更多的崇敬。

伏谢柳布的教堂

记忆的短暂，这从当地墓地的无人打理也可见一斑。当然，整理坟墓是一件极其复杂的事情。一般来说，老的坟墓和亲人的世界已经断了联系。在"亡者祭"或"诸灵节"也没人会来看这些"地下宝藏"。但难道我们，这些没有血缘关系的人，从在这个世界上的共同使命来说，不都是同胞吗？！难道只有士兵和游击队员的兄弟墓葬（伏谢柳布有一个），才是值得崇敬和尊重的对象吗？……

可能，不是地方政府（乡村委员会、农业合作社董事会），就是某些社会组织，总会注意到伏谢柳布的墓地？新格鲁多克的旧基督教墓地的命运就是这样有了改变。从比利时、荷兰、法国和波兰来了很多志愿者。地方政府组织了一个志愿者营地。年轻人参与了旧墓地的卫生清理工作。不能说那里的一切都已完成，但已经做了很多。也许青年志愿劳工联盟会再次关注新格鲁多克地区？……那样的话，也许，伏谢柳布自己的居民也将被吸引到这里，例如中小学生……

伏谢柳布，白俄罗斯语叫乌谢柳布。这是一个历史悠久、人文荟萃的小镇。顺便说一句，1911年，著名的戏剧、芭蕾舞演员和编舞教育家克拉夫迪娅·卡利托夫斯卡娅就出生在伏谢柳布。1933—1937年和1945—1951年，她曾在白俄罗斯歌剧和芭蕾舞剧院的舞台上翩翩起舞。1951年至1975年，她担任白俄罗斯明斯克舞蹈学校校长。白俄罗斯著名语言学家奥尔加·列申斯卡娅也出身于伏谢柳布。

伏谢柳布这个小镇没有愧对任何时代、任何后人，但它的后人是不是总能无愧于这个古老的小镇？……

为何我现在
　　　又回
　　　　起点，
呼唤那声音，
它飘荡在花园？
我静静地、一点一点
　　　孕育思想。
把自己的倒影
　　　留在池塘。
祖国－悲伤的地方，
　　世纪的荒凉。
　　　这里，
　　　　风
在夜里流浪……

　　　　　　　——费利克斯·梅斯利茨基

祖国故事

沿着斯维斯洛奇河的旅行。19 世纪……

　　白俄罗斯有两条同名的河流,两条都叫斯维斯洛奇河。我们将沿着流过明斯克的那条做一次小小的旅行。然而,这将是一次不寻常的旅行——想象一下,我们这次旅行是在……150–200 年前,甚至还更久远一些……首先,我们将决定我们怎么去——我们将沿着河流乘船去。也许我们会坐维基纳?……维基纳是一种可以运载一万四千普特货物的平底船。给你们出一道算数题。一普特是十六公斤。

斯维斯洛奇河上的桥及明斯克老城区

　　也就是说,一艘维基纳能拉二十二万四千公斤的货物!说实话,我很担心,这样一艘巨轮在斯维斯洛奇河上是不是所

· 183 ·

有的地方都能通过。那我们看看驳船和木船——大型无桅船吧（这样的船只能顺流而下），或者坐非自动驳船？……这种非自动驳船可以运载几万普特。这样的大船有桅杆，而且还有双坡的顶。不用担心货物，即使在最糟糕的天气也不会变质，船员也有地方避雨。但我们还是选择双桅斜帆帆船上路吧（它们载货量较少，不超过 5000 普特）。不过，它们没有顶，但有桅杆和帆。总之，我们坐上了双桅斜帆帆船！

于是，我们开始了水上之旅，起点是明斯克高地。前方有 250 俄里的路。有些地方河水很浅，但在春天和洪水期，斯维斯洛奇河会经常泛滥。好像河流在回忆着自己过往的历史，回忆它刚注入冰川湖的年代。这个湖位于斯维斯洛奇的下游（伊古缅县南部）。

河流上的商船——维基纳

如果我们带着货物顺流而下,那我们的双桅斜帆帆船上会装什么呢?比如,让我们在河船上装上 5000 普特的亚麻丝束吧(每年从白俄罗斯运往不同国家和地区的此类货物总计多达 200 万普特)。

明斯克已被抛在了后面。我们沿着斯维斯洛奇河前行,途经很多各具特色、历史悠久的居民点。罕见的渔民引起了我们的注意。罕见,不是因为鱼少。捕鱼 不是最重要的事情。农民们认为,在田里多干一会儿活更为重要,而且鱼有的是!还有虾(这说明水很干净)。农民捕虾与其说是为了自己,还不如说是为商人。而商人则把这些虾送到大城市,为啤酒配上美味,甚至运到外国首都,例如柏林。

说起斯维斯洛奇丰富的鱼类资源,就连伟大的渔民和杰出的俄罗斯作家列昂尼德·萨巴涅耶夫在他的百科全书《俄罗斯鱼类》中也有过描述。首先是大量的鲈鱼,也有今天难以置信的梭鱼。有证据表明,19 世纪初,梭鱼售卖的价格是每磅(400 克)40 戈比。这在当时可不是一个小数目。有心的渔民在冬天也会捕捞梭鱼。他们把鱼放在木板制成的槽子里。鱼被层层铺放,与冰块和稻草混在一起。然后盖上铺垫(亚麻织物),送到最遥远的城市。通常是 77 普特梭鱼需要 77 普特的冰。这样做的好处就是,可以从我们的明斯克省运往圣彼得堡、莫斯科和其他城市。

从前斯维斯洛奇河里的梭子鱼

人们在斯维斯洛奇河里还捕到过江鳕。这是传说中的一种鱼，据说，它的眼睛"用一种磷光寻找鱼饵"。还有鳗鱼，虽然这是一种湖鱼，但在斯维斯洛奇河里也能捕到，特别是在覆有水藻和黏泥的河底。斯维斯洛奇河里还有巨鲶、欧鳇和其他按现在来说就是稀奇古怪的鱼。巨鲶的大小相当于一个人的平均身高。传说在19世纪末，在明斯克地区的扎季托娃·斯罗伯达村附近，曾经捕到了一条巨鲶，它吞下了……一个十岁男孩。

斯维斯洛奇河渔民的战利品让我们看入了迷，我们都没有注意到一排木排正朝我们的双桅斜帆帆船追上来。还是靠边一点吧。木材贸易根本离不开木排。一切都是从鲁姆开始的。鲁姆是木材被运送到河岸准备开始漂流的地方。商人在那里接收木材。所有这些都是在秋冬季节。到了春天，冰雪一融化，就开始放排了。斯维斯洛奇河上漂流的要么是散木（单独的原木），要么是小型木排。大型木排通常由绑在一起的300~500根原木组成。如果水深，那么捆绑的原木也就更多。

经常是，排帮一个季节来得及往返几次（一批木头被赶到海港算一次）。一个排帮由"头棹"带领。如果 10~20 个木排一个跟一个漂流，在其中一个木排上甚至还有一个小屋子。一定要有炉子，可以做饭。

……船靠岸的时候，我们与当地的农民聊了起来。他们来河边取水。原来，村里几乎没有水井。村民们对我们的问题感到很惊讶："为什么，"他们说，"要打井？河里的水很干净"。甚至在当地的小酒馆里，上的茶也是用斯维斯洛奇的河水泡的，而且既好喝又绵软……当然，我们也没去小酒馆，我们相信了农民们的话。

我们沿着斯维斯洛奇河继续前行。几天后，我们的双桅斜帆帆船将进入别列津纳河，然后就是第聂伯河，然后就会入海，进入黑海。

善良地主之家

　　任何时代,世界都分为穷人和富人。19世纪如此,从前也一样。在布洛尼,季托夫卡小河岸上的古老村庄,情况也是完全一样。在明斯克州这个僻静的角落里,曾经生活过地主和农民。前者曾沉溺于享乐和欢庆之中,其他人则是从早忙到晚。而且,似乎没有什么东西能改变这种既定的生活方式。虽然农民有很多困苦和艰辛,但生活勉强也还过得去……但在这个世间,没有什么东西是永恒的,悲伤和苦难往往会被美好和幸福所取代。

　　19世纪80年代初,布洛尼的地主庄园有了新的主人——瓦尔瓦拉·伊万诺夫娜·瓦霍夫斯卡娅和阿纳托利·奥西波维奇·邦奇-奥斯莫洛夫斯基。阿纳托利从他父亲那里继承了庄园。他父亲是来自莫吉廖夫的著名贵族,当时是一个大官(他的文职级别转换成军衔,相当于将军)。有趣的是,1880年之前,阿纳托利和他的妻子瓦尔瓦拉就有过丰富的革命活动经历。虽然两个年轻人都出身贵族家庭,但从很小的时候起,他们就开始与不公、邪恶和压迫作斗争,与他们的阶级进行斗争,与那些自幼就围绕在他们身边的人斗争。

瓦尔瓦拉·邦奇-奥斯莫洛夫斯卡娅　　阿纳托利·邦奇-奥斯莫洛夫斯基

中学时代，瓦尔瓦拉就参加了革命运动。1872年，在苏黎世学习期间，她就加入了米·萨任①的巴枯宁小组，参加过彼·拉夫罗夫②小组的会议。回到俄国后，曾于1874年和1875年两次被捕。不久她被判流放。不过，后来当局允许她的父母"保释"年轻的瓦尔瓦拉。父母为了保护女儿不受那些老朋友们的影响，把女儿关了起来。于是瓦尔瓦拉勇敢地与阿纳托利·邦奇-奥斯莫洛夫斯基虚构了一段婚姻（最初看似虚假的婚姻滋生出了爱情和一个强大的家庭）。这个同时在彼得堡大学法律系和自然科学系学习的年轻人还拥有丰富的革命工作经验——参加过"土地与自由"和"土地平分派"③组织。1879年，邦奇-奥斯莫洛夫斯基因参与学生骚乱而被捕，并被驱逐到他父亲在布洛尼的庄园。

---

① 米哈伊尔·彼得罗维奇·萨任，革命家，于1845年10月18日出生于俄罗斯帝国维亚特卡省伊热夫斯克的一个商人家庭。

② 彼得·拉夫罗夫（1823—1900），俄罗斯社会学家、哲学家、宣传家、革命家和历史学家。民粹主义思想家之一。

③ 又译重分黑土党。

而革命组织的领导给年轻人下了一道命令：在庄园里赚钱，以满足革命的需要，印刷传单、报纸和书籍。这种可能还是有的。布洛尼的经营堪称典范。阿纳托利·奥西波维奇并没有破坏庄园的经营，而是使其得到了加强，千方百计地探究农业的奥妙，并以最有利、最有效的方式处理为地主干活的农民所收割的庄稼。他在布洛尼开办了一家酿酒厂，也一直听取农业科学家的建议和意见。所有可观的收入大都用于满足革命需求。

当然，即便是搞经营时，瓦尔瓦拉·伊万诺夫娜和阿纳托利·奥西波维奇也没能改变他们的革命和道德观念。地主与农民平等交往。一有空闲，他们就带上孩子下地干活，在农村他们也一直在开展革命工作。在人民教师的参与下（其中一位是阿达姆·博格达诺维奇，伟大的白俄罗斯诗人马克西姆·博格达诺维奇的父亲），邦奇-奥斯莫洛夫斯基一家在村里创建了一个农民自我教育小组，分发"非法"（沙皇政府禁止的）书刊，尝试建立一个"社会主义劳动组合"。总之，他们想尽一切办法让农民更了解世界上正在发生的事情，向他们证明不需要向任何人低头。

邦奇-奥斯莫洛夫斯基一家没有号召人们拿起武器。地主革命者们坚信和平变革的可能性。也许正因如此，布洛尼成了各方面革命者的一个安全藏身之地。社会革命党人和布尔什维克、无政府主义者和……总之，在布洛尼，所有人都有自己的一席之地。当然，警察并不欢迎这样一个地主的革命巢穴。1901年，阿纳托利·奥西波维奇与他的长子和一些农民小组成员一起被捕并流放到西伯利亚。逮捕与流放，流放与参加

1905—1907年的革命成了生活中交替进行的常态。

邦奇-奥斯莫洛夫斯基家族在布洛尼的庄园

邦奇-奥斯莫洛夫斯基家族徽章

但无论是瓦尔瓦拉·伊万诺夫娜还是阿纳托利·奥西波维奇都没有被逮捕、监禁和多次严酷的审判所击垮。邦奇-奥斯莫洛夫斯基家成长起来一批优秀的儿女，格列布是历史学博士、考古学家和人类学家，是了解几千年前生活的专家。伊万是职业革命家、律师。罗迪翁是科学家和经济学家，因企图越狱（他试图像基督山伯爵那样，通过在监狱墙下挖洞来越狱）被戴上了镣铐。伊琳娜也是革命运动的参与者，因参加喀山大教堂的示威活动而被捕，后来在1902年随父亲和哥哥流放到乌斯季-卡缅诺戈尔斯克；她做过多年外科医生。

关于邦奇-奥斯莫洛夫斯基家族的记忆一直延续至今。他们当年建造的房子今天是普霍维奇区立本地史博物馆所在地，保存着地主革命者们的许多个人物品和他们的部分藏书。在季托夫卡河畔，邦奇-奥斯莫洛夫斯基一家人当年种下的树木还在挺拔地向着天空生长，生命还在延续……

拉科夫的荣耀就摆在餐桌上

在白俄罗斯明斯克州,更确切地说,在沃洛任地区,有一个小镇叫拉科夫。小镇虽然看起来不大,但从前却声名显赫。原因何在?你们自己来评说……

有关拉科夫最早的记载可以追溯到 1442 年。这一年,《克拉科夫大学学生名单》中有一名拉科夫人。当时该镇为立陶宛大公所有。1465 年,卡齐米尔四世将这个定居点送给了凯日盖洛大公。一个世纪后,这个家族消失了,扬·扎维萨成了小镇的主人。17 世纪,拉科夫的主人成为维捷布斯克的总兵西蒙-塞缪尔·桑古什卡。他将该地命名为郡,并为自己封了"拉科夫伯爵"的称号。这个小镇成为郡的中心以后,开始吸引越来越多的手工业者。小镇开始出现了法庭、医院和印刷厂。小市民、各种各样的大小商人和工匠开始在拉科夫居住。1707 年,该市获得了每年举办两次集市的权利。当然,享有最大特权的还是封建领主、教会神职人员和官员。

从 18 世纪末开始,拉科夫庄园一直是俄罗斯帝国的一部分。1793 年,叶卡捷琳娜二世将拉科夫作为礼物赠送给了萨尔特科夫上将。但他并没有在白俄罗斯扎根,很快就把庄园卖给了当地地主。拉科夫周围的土地上开始引入各种农业创新。一个主要是用土豆酿制酒精的酿酒厂给地主们带来了丰厚的利润。伊斯洛奇河岸上曾经有一个水磨房和一个锯木厂。然而,

祖国故事

当地农民的生活并没有因此而变得轻松,相反,新的赋役增加了,地主们试图从人们身上榨干所有的血汗。

19世纪,俄国十二月党人——你可以认为他们是最早的革命者,发现了拉科夫。1821—1822年的冬天,龙骑兵中尉、诗人、未来的"北方社会"活动家亚历山大·贝斯图舍夫-马尔林斯基曾住在拉科夫附近的维戈尼奇庄园(它当时属于费利克斯·维德维奇)。如今维戈尼奇有一个纪念碑,而拉科夫的一条街道也以贝斯图舍夫的名字命名。

但拉科夫的主要财富是它的能工巧匠们。亚历山大·埃尔斯基在19世纪时曾写过,在拉科夫,人们能制造脱粒机、风扬机,甚至还有切草机、竖琴。"产品不仅在附近地区有需求,甚至还远销普斯科夫和彼得堡省。每年的营业额达到4万卢布。生产始于1843年。"

今天的拉科夫

拉科夫手工艺的另一个发展方向是陶器。在明斯克的白俄罗斯国家科学院古代文化博物馆收藏着一批拉科夫餐具，其中甚至有一个黏土烧制的茶炊，与金属茶炊相比毫不逊色。人们只能猜测创造这个神奇茶炊的陶工有怎样的技艺。白俄罗斯著名的艺术评论家叶夫根尼·萨胡塔在谈到拉科夫时总是强调，能工巧匠们在创造黏玩具的同时，也为拉科夫赢得了荣耀。马、狗、公鸡，没有他们想不出来的东西！而且，制作玩具的过程中，他们还创造了童话、传说的整个情节。拉科夫工匠的玩具总是能在彼得堡、维尔诺等最权威的展览会上获得成功。彼得·拉涅夫斯基和维肯季·拉涅夫斯基兄弟在20世纪初期就非常有名。他们甚至制作了拉科夫当地身着长袍、头戴漂亮帽子的姑娘、小伙子和工匠的黏土小塑像。

有趣的是，随着时间的推移，女性成了拉科夫最好的陶艺—玩具工匠。其中就有安东尼娜·塞夫鲁克、马格达列娜·阿努什克维奇、安东尼娜·彼得鲁什克维奇。她们学会了如何创造真正的童话故事。能与拉科夫的陶土玩具相媲美的可能只有俄罗斯的能工巧匠们制作的德姆科沃玩具了。

拉科夫及其邻近地区至今仍保留着很多过去几个世纪的传统，这或许并非偶然。住在古镇的人们不可能对自己生活的土地是淡漠的，他们热爱自己家乡和祖国的历史，而家乡和祖国也因他们的辉煌事迹而名扬四海。在这个古镇，生活着热爱家乡和祖国历史，并以善行来赞美祖国的人们。

祖国故事

维捷布斯克行走的百科全书

潘、夏加尔、佩林，都来自维捷布斯克。今天，我们就正漫步在维捷布斯克。我们的向导是当地的本地史学家阿尔卡季·波德利普斯基。没有任何导游能提供他这样的导览服务。阿尔卡季·米哈伊洛维奇①讲起城市的景点和历史可以滔滔不绝。这就是这次我们只选择富有艺术气息的维捷布斯克的原因。

州立博物馆举办尤里·潘作品长期展览已有数年。展厅不大，很简朴，作品也不多。我们来听听阿尔卡季·波德利普斯基的讲述吧？

"潘当时已经四十岁了，之前一直在帝国艺术学院学习。大师在拉脱维亚的克列伊茨堡（现在的克鲁斯特皮尔斯）工作。一次偶然的机会，维捷布斯克州州长列瓦绍夫到这个城市来考察。有人向他介绍了潘的作品，于是他就邀请画家前往维捷布斯克，尤里·莫伊谢耶维奇②同意了。从1896年起，他就一直在我们城市生活和工作。在那位州长的建议下，潘开了一家私立学校——工作室，这是在1898年。学校没有收到过补贴，但要分两班工作，因为学生很多：既有儿童也有成人。整个维捷布斯克似乎都对绘画和美术着了迷。

---

① 阿尔卡季的父称。
② 潘的名字和父称。

潘的学校一直开办到1918年。在其基础上，马克·夏加尔创建了维捷布斯克高等民间艺术学校。不过，后来学校的名称一再更改。潘在不同的'招牌'下继续教学。大约1924—1925年间，他离开了学校。我们会发现，他离开的时候正是现实派重返学校的时候。为什么呢？作为现实主义画派的追随者，他对形式主义画家是容忍的，而在这里……也许，画家也需要一种普遍的自由氛围吧。但潘继续给学生上课，给许多人私人授课。这位优秀画家生命的终结直到今天仍然似乎是可怕而又难以理解的，1937年3月1日夜里，尤里·潘被人杀害。

博物馆仅收藏了一小部分尤里·莫伊谢耶维奇的作品。根据1939年的清单，潘的住宅兼工作室里约有800件作品，现在只剩下……剩下的很少。但即便是这几十幅作品，也能让人鲜明地感受到画家的才华。《自画像——1880年代》《维捷布斯克的街道》《报纸后面》《康乃馨女孩》《一位女士的肖像——1900年代》《维特巴河上的磨坊》《维特巴沐浴》《马克·夏加尔肖像》……在这些绘画和素描作品中，呈现的是一个独特的、今天的居民们所不了解的维捷布斯克风貌。在画作中，还散发着几乎100年前维捷布斯克的气息。"

19世纪的维捷布斯克 / 约瑟夫·佩斯卡

维捷布斯克的街道 / 尤里·潘

马克·夏加尔肖像 / 尤里·潘

第二站是马克·夏加尔的庄园博物馆。

"夏加尔一家住过的第一栋房子,"波德利普斯基讲述道,"在他们第一个孩子出生后不久就卖掉了。他们在那里买了一栋更宽敞的。在祖父去世后,家人就告别了这栋房子,找到了一栋更舒适的。所有那些房子都早已不复存在,只有位于扎德文耶的夏加尔家族在维捷布斯克的最后一座砖房幸存了下来。

我想知道夏加尔在那遥远的岁月里是什么样子？1900年秋天，马克考进了市立的一所四年制专业学校。学校位于大莫吉廖夫街（现在的列宁大街）和罗日德斯特文斯卡娅街（现在的果戈理大街）的街角处。学校里还有手艺班。夏加尔在木工和车削班学习。父母每年为他支付8卢布的学费。在学习方面，这位未来的画家并不出众。班级日志里他的名下有很多'三分'，甚至还有'二分'。二年级他用了两年才上完。总之，人们甚至不知道画家在这所学校是否毕业了。与夏加尔一起在这所学校学习的还有法国著名雕塑家奥西普·扎德金和维捷布斯克艺术评论家伊万·福尔曼。

显然，夏加尔在那些年里已经唤醒了对艺术的兴趣。这个男孩对纸和笔总是爱不释手，描绘亲人和邻里、波克罗夫大街各个角落的画作充斥着他的房间。有一天，一个朋友来找夏加尔说：'你就是一个真正的画家！'……尽管父母怀疑他的能力，但这个年轻人说服了母亲和他一起去了著名的维捷布斯克画家耶乌达（尤里）·潘的工作室。潘的评价拯救了这位年轻的绘画爱好者：'是的……他有能力'。马克只去了潘的工作室两个月，大师就对他另眼相看。但不久后，马克就离开了，去维捷布斯克一个摄影工作室当了修图工。

1907年春天的一天，马克离开家去彼得堡寻求名望。但维捷布斯克终生都留在了他的灵魂深处，他的余生都在描绘维捷布斯克。

……我们的维捷布斯克艺术之旅仍在继续。我们将参观非凡的弗拉基米尔·科罗特克维奇纪念碑，去马克·夏加尔博物馆（那里也有大师的作品）、参观墓地，去寻找耶乌达（尤里）·潘的坟墓。"

马克·夏加尔博物馆

知道我们还有时间，他说："我们还可以去维捷布斯克附近转转。我们前往兹德拉夫涅沃，就是列宾诺。兹德拉夫涅沃这是过去的名字。到这里来最好是春天，丁香开花的时候。这些丁香花似乎能让我们想起伟大的俄罗斯画家伊利亚·列宾一家人曾经就生活在这里。这一切都始于《查波罗什人写信给土耳其苏丹王》这幅受到了沙皇亚历山大三世好评的名画。不久，沙皇提议画家出售这幅作品，价格确定为三万五千卢布。得到这笔钱后，大师就得以实现自己的夙愿——在湖畔的某个地方买下一个小庄园，以便能在夏天或春天在那里休假。1892

年 5 月，维捷布斯克公证人为列宾购买兹德拉夫涅沃田庄办理了交割，价格为一万二千卢布。画家拥有了 75 公顷的肥沃土地、45 公顷的云杉林、40 头牛、4 匹马、一个花园和一栋位于西德维纳河畔的小平房。

此后的八年里，列宾的生活将与兹德拉夫涅沃的庄园联系在一起，而对于画家的家人来说，则是整整四十年。

你们熟悉这幅画《秋天的花束》（维拉·列宾娜肖像）吗？知道吧，这幅画就是在这里画的，在兹德拉夫涅沃。而《白俄罗斯人》也是在兹德拉夫涅沃画的。这幅画的主人公的原型也是众所周知的西多尔·沙夫罗夫。"

"这幅画列宾只画了三天，"阿尔卡季·波德利普斯基说。"每次画画的时候，女儿们让这个年轻人感到很愉悦——为他朗诵诗歌和他最喜欢的书的片段。"

1892 年夏天，伊利亚·列宾完成了《西德维娜河上的日出》。

现在兹德拉夫涅沃有一个纪念列宾和另一位画家的博物馆，这位画家的生活和工作也与维捷布斯克、维捷布斯克州有着千丝万缕的联系。

秋天的花束
（维拉·列宾娜肖像）/伊利亚·列宾

祖国故事

"学富五车之人",这个普鲁扎内的仲马,可能是法国间谍

"劳动泰斗""学富五车",这些只是约瑟夫·伊格纳齐·克拉舍夫斯基生前所具有的众多特征中的两个。虽然他出生在华沙(1812年),但这位未来作家的童年是在布列斯特州普鲁扎内的多尔戈耶村度过的。究竟做了些什么,才能赢得如此高的评价呢?……还有为克拉科夫赢得的荣耀,1879年10月,工匠、普通工人和农民、士绅和官员齐聚波兰最古老城市的城市广场。欧洲国家的官方代表团有几千人,许多外国记者也来到了克拉科夫。

克拉舍夫斯基虽然用波兰语写作,但他的心却与白俄罗斯紧密相连。他之所以获得殊荣,是因为他通过自己的作品宣扬了民族团结的思想。这种思想一直是波兰人所缺乏的,也是白俄罗斯人很多世纪以来所缺乏的。

约瑟夫·克拉舍夫斯基的成就令人惊叹。在文学的丰富性上,我们的这位同乡超过了大仲马和巴尔扎克。从第一部作品开始——中篇小说《地主瓦列里》(写于18岁!一年后出版),这位

约瑟夫·克拉舍夫斯基

作家和历史学家的全部创作遗产超过600卷。

他的父母对约瑟夫想学更多新知识的愿望一直很同情，但认为文学创作对贵族而言是"不配"的。然而，年轻的克拉舍夫斯基继续进行创作，寻求自己在文学中的位置，坚持不懈地走上寻求历史真相的道路。这位年轻的作家希望选择一条自己的、无人涉足的道路。约瑟夫还阅读了我们今天所知道的沃尔特·斯科特的小说《威弗利，或六十年前的事》《罗布·罗伊》《艾凡赫》《伍德斯托克》《昆丁·达沃德》和《凯尼尔沃思》……但有些东西还是不适合这个不久前还是斯维斯洛奇中学学生的普鲁扎内少年。他发现了爱丁堡庭长的主要失误（沃尔特·斯科特从1799年到生命结束一直在区民事法庭任职）。即使在他最好的小说《昆丁·达沃德》（关于路易十一时代法国绝对君主制的故事）中，沃尔特·斯科特也是将真实历史人物的范围限定在几个人身上。所有其他人物，比如普通商人、士兵、贫困贵族，通常都是靠他的想象力创造出来的。

约瑟夫·克拉舍夫斯基选择了一条不同的道路。在很久以前的档案、编年史、日记和书信集中，作家不仅开始寻找大的历史事件的情节，也开始寻找历史的普通参与者，试图去弄清他们的心理和性格。

克拉舍夫斯基的许多作品都讲述了农民的艰难生活，比如《萨夫卡的故事》《乌兰娜》《村外茅屋》《在波列西耶》……白俄罗斯历史可以通过"普鲁扎内的仲马"的小说来研究，比如《科泽尔伯爵夫人》《最后的斯卢茨克大公》《齐格蒙特时代》《金苹果》《涅斯维日的国王》……

他还从事历史研究。克拉舍夫斯基在档案馆和家庭藏书中搜寻了成百上千份文件,他发现这些文件的出版可以为读者打开一个丰富多彩的历史调色板。于是约瑟夫·伊格纳齐出版了约60卷历史资料,其中大部分是日记,例如波兰和立陶宛国王斯坦尼斯拉夫·奥古斯特·波尼亚托夫斯基的资料。白俄罗斯的历史也可以通过克拉舍夫斯基的原创作品来研究,这些作品并不逊色于现代学者的研究(尽管他的作品撰写于150多年前):《维尔尼亚》4卷(1840—1842)、《古代立陶宛:其历史、法律、语言、信仰、习俗……歌曲》(白俄罗斯在立陶宛大公国时期也被称为立陶宛)、《鲍里索夫》(1848)、《斯拉夫人的艺术……》(1860)、《平斯克与平斯克州》(1838)、《布列斯特、科布林和普鲁扎内附近农民和市民的服装》(1860)。

克拉舍夫斯基一家在多尔戈耶村的农庄

就在他生命的最后几年，这位居住在德累斯顿的作家被普鲁士当局逮捕，罪名是为法国充当间谍。1884年5月，最高法院判处身患重疾的克拉舍夫斯基三年半监禁，而作家当时已近73岁……次年3月，他以2万马克被保释，接受了六个月的治疗，但他的健康状况仍在恶化。然而，当局拒绝延长他的保释期。后来朋友们劝说克拉舍夫斯基不要再回马格德堡。1887年3月19日，他去世了。后来事实证明，这位普鲁扎内的仲马与间谍活动毫无关系，但木已成舟。判决不仅剥夺了这个"学富五车"之人数年的文学创作，还让他尽早地离开了人世。谁知道呢，如果没有发生这样的事，也许，克拉舍夫斯基的长篇小说、中篇小说和历史研究作品还会增加上百部。

我们同胞的作品不仅在波兰、白俄罗斯和乌克兰广受欢迎。克拉舍夫斯基的长篇小说和中篇小说刚以原文出版，就立即被翻译成德语、法语、俄语、捷克语和其他语言。作家去世后，俄罗斯圣彼得堡出版了52卷本的《约瑟夫·克拉舍夫斯基作品集》。时至今日，他的作品仍然受到读者的追捧。

普霍维奇子午线

为了远离城市的快节奏生活,我经常来普霍维奇。这里的地址需要说明一下:乘坐明斯克—普霍维奇电气火车,1小时20分钟就可以到达普霍维奇站,但实际上你们要去的是马里因纳戈尔卡镇,也就是普霍维奇区的"首府"。而前往这个没有任何古代痕迹的古镇,还得再坐20分钟公共汽车。不过,你们可以在马里因纳戈尔卡逗留一两个小时,比如,你们可以去艺术馆看看。在那里,你们可以看到亨利·布尔热佐夫斯基、索菲亚·李、阿纳托利·巴拉诺夫斯基的绘画作品,以及亚历山大·芬斯基的雕塑作品。在这个艺术馆里还有一个本地诗人阿列斯·巴奇洛的纪念室,他是著名歌曲《你是我亲爱的祖国》的词作者。在马里因纳戈尔卡还有几座与伟大的卫国战争相关的纪念物:自行火炮装置、榴弹炮、纪念地下工作者和女游击队员柳巴·盖杜巧诺克的方尖碑……每个纪念物背后都有自己的故事。不过,让我们继续前行吧。在去小镇的路上,我们还将经过一段长满古老椴树和桦树的林荫道。

在普霍维奇的中心有一座东正教教堂。就在不久前,里面还是一个普通的乡村俱乐部,晚上放电影。村民们不仅评论印度影片,还可以评论一位同乡参演的电影,他就是库帕拉剧院的演员亚历山大·拉布什(对于村民来说,他就是萨沙,自己村里的小伙子,就像他的兄弟科利亚一样。在圣彼得堡,他就是尼古拉·谢尔盖耶维奇,是一级上尉、政治学博士和哲学副博士)。但如今,教堂理所当然地拥有了原来的地位:曾几何时,教堂的地基和围墙均被拆除,以试图建造一座新的乡村文化殿堂。现在,感谢上帝,它又回到了东正教人民的怀抱。

在教堂旁思考了一下永恒的话题后,我们再去普霍维奇的郊区看看。沿着一条铺着铺路石的道路,我们前往老谢利耶。在任何时代人们都坚持不让这条路被沥青所覆盖。过去这曾是一条乡村小路,只是今天才有了大街小巷。不久前,教师、历史学家、对小镇所有过去都了如指掌的瓦西里·马尔科维奇·拉普科还住在老谢利耶。他曾经给我讲过两次苏联英雄雅科夫·斯穆什克维奇的故事,这位传奇的"道格拉斯将军"的军旅生涯就是从普霍维奇开始的。在这里,未来的王牌飞行员找到了新娘——美丽的巴西娅·戈德曼。她父母反对,出于某种原因,出身裁缝之家的政委并没有引起他们的信任。也可能是,他们预见到了遥远的未知的东西,他们预见到了女婿的悲惨命运,预见到了他们女儿甚至外孙女罗莎会被关进斯大林的集中营?但巴西娅坚持己见,毅然决然地嫁给了雅科夫·斯穆什克维奇。婚礼的证人是一位同样传奇的人物——苏联英雄、侦查员列夫·马涅维奇……

我们的鞋跟敲击着古老的铺路石,走进一家19世纪末的药房。经营药房的是克利亚奇科夫妇。这位药剂师不久前才从明斯克来到这里。妻子柳芭年轻得多,刚高中毕业。她出生于涅斯维日。她热爱文学,而对药方、药粉和药水不感兴趣。柳芭常跑到邻近的布洛尼去,结识了地主革命者邦奇·奥斯莫洛夫斯基一家，甚至还写了一份工人党的政治纲领。该纲领由老革命者格舒尼编辑后，以名为《自由》的小册子单独出版。不久后，革命者柳芭就离开了普霍维奇，并在俄罗斯作家中第一个写出关于另一位革命者及真理探索者的长诗《施密特中尉》。

如今，普霍维奇几乎是两个州的交界地带：明斯克州和莫吉廖夫州。而过去，这曾经是一个大的明斯克省。人们不会将自己划分为莫吉廖夫人和明斯克人。跑到奥希波维奇那边去采蘑菇，甚至钓鱼，是很惬意的事。普霍维奇人经常到莫吉廖夫的林间小村庄去买婚礼或洗礼用的萨莫贡[①]。开车抵达奥希波维奇，就可以把车轮忘掉了。在这里，每个角落都可以证明：你们是铁路工人之城的客人。沿着利巴沃—罗姆内铁路通往奥希波维奇的火车，将一个普通村庄变成了一个大型铁路枢纽。居住在这里的地主曾经拥有 26 个院落。车站启用后，又建造了四座房屋。经过奥希波维奇的铁路是 1872 年建好的。随着奥希波维奇—斯塔里耶·多罗吉线的开通，这里的一切都发生了变化。同时建起了两个锯木厂和一个磨坊，还开设了各种作坊来修理雪橇和马车、制作马具，并做铁匠活儿……第一次世界大战之前，还开办了一家酿酒厂。今天，奥希波维奇已经从一个村庄变成了一个舒适的小城，城里可见居民们熙熙攘攘甚至忙碌的身影，但它有着自己独特的风采。

---

① 萨莫贡是一种浓烈的酒精饮料，通过自制或工厂制造的设备蒸馏含酒精的物质，在家中制成。

舒布尔顺和他的朋友们

舒布尔顺回到小河边

维罗妮卡注意到了舒布尔顺的坐立不安。平时,他从不会从学生日志的本皮下爬出来。他安安静静地坐着,什么也不理,但当女孩把日志塞进背包时,他就开始了侦察。他的个头很小,像颗纽扣,圆滚滚的,长着一个果敢的、尖尖的小鼻子。他在同一页日志上转悠了很久,走近每一条记录,仔细查看每一门课程的分数和课程名称。而到了家,当维罗尼卡把自己的日志连同笔记本和课本一起拿出来,准备做家庭作业时,舒布尔顺很快就跳到了桌子上。而维罗妮卡一眼就能看出,舒布尔顺是生气还是高兴。如果分数不低于七分,舒布尔顺就会膨胀起来,从一个扁平的纽扣蜷缩成一个小圆球儿,心满意足地眯起眼睛,面露微笑,尖尖的鼻子也会鼓起来,红红的。但六分、五分和四分就不能令这个好奇的侦探感到满意了,舒布尔顺的皮毛就会皱起、怒目圆睁、喘着粗气,几乎是拉长每个音节训斥她说:

"维罗——维罗——妮——卡!你怎么能在文——学——课上回答得这么糟糕呢?!难道你不——喜——欢库——帕——拉的诗吗?!"诗人的名字小家伙说得充满了灵感。

维罗妮卡感到很羞愧,她请求舒布尔顺能尽快忘掉她的糟糕。这个好奇的侦探往往会连续训斥她两三天。这时候维罗妮卡总是强忍着,不去回五年级好友的电话,几天晚上没有打开

舒布尔顺和他的朋友们

电脑，认真地做了所有的数学题，背诵了诗歌，看了三四遍地图集。虽然到晚上已经很累了，但上床睡觉时她很满足，希望明天和舒布尔顺能够和睦相处：她的成绩一定会是全优。

但有一天，维罗妮卡和舒布尔顺还是大吵了一架。这事发生在上七年级的娜塔莉娅表姐的生日那天。星期三，她邀请了朋友去过生日。男孩和女孩们玩得很开心，吃了各种好吃的东西，然后去电影院看了晚场的电影。维罗妮卡没好意思说她的功课还没有准备好。她收起了练习本，把它们和日志一起藏进了背包里，因为害怕被舒布尔顺发现，还把背包塞到了床下。到了早上，都穿好了衣服，才把背包拽出来。舒布尔顺也没吭声。

数学课上维罗妮卡没有被叫到，女孩文学课得了四分，地理也得了四分，中文得了三分。体育和劳动课救了她——一百米跑得最快，为此老师在她的日志上打了一个大大的十分。劳动课上学的是烹饪。维罗妮卡的土豆片煎得金黄金黄的，而最重要的是非常好吃。

而到了家，女孩就只得脸红了。舒布尔顺称维罗妮卡为不学无术的人。当她开始为自己辩解，并说有些大学生一夜之间就学会了中文时，小家伙已经出离愤怒了。而关于地理维罗妮卡是这么说的：

"爸爸送给了我一台很棒的笔记本电脑！在互联网上我可以找到任何国家，任何城市！不需要别人教了！"

"最主要的是，你不能在这台电脑里失去你的头脑！"舒布尔顺生气地说。他还补充说："我要回以前生活的地方去了!"

维罗妮卡想了想,看着她最好的、学校里重要的秘密和所有个人隐私都可以信赖的朋友从桌子上跳到椅子上,然后再跳到地板上,朝门口走去。女孩想说几句好听的、友好的话,但说出来的话却走了样儿:

"那你就滚回你的河边去吧!"

舒布尔顺是她有一次在一条叫波洛奇杨卡的林间小溪附近捡到的。更确切地说,是他自己粘在了维罗妮卡在河岸上采集的一束花朵上。起初,她没有注意到这个黑色的小纽扣。后来,在听到舒布尔顺开始说话的时候,她甚至还吓了一跳,但她们马上就成了无话不谈的好朋友。

舒布尔顺还不知道怎么回到自己的家乡波罗奇杨卡河。到城里维罗妮卡的住宅他是坐车来的。路,当然,他已不记得。但住在一个懒惰学生的日志里,即使她是个好女孩,他也已经力不从心了。小家伙滚到了楼梯的平台上,找到了一个舒适的角落,决定在长途旅行前稍息片刻,并同时想想自己的计划。舒布尔顺很高兴,因为他又可以见到森林、河流,又可以呼吸到新鲜空气了。如果大功告成,他将乘坐木片船沿着波罗奇杨卡小溪去旅行,最主要的是离开这座令人讨厌又不舒服的城市。而维罗妮卡……维罗妮卡会后悔的,舒布尔顺心想。他甚至想回去对她说:"失去朋友易,找到朋友难……"但他没有回去……

舒布尔顺和他的朋友们

舒布尔顺成了骑车人

告别了维罗妮卡后,舒布尔顺在楼梯平台上坐了很久。首先,要回想一下,他是沿着哪条路来到城里的,并想一想如何从这里离开;其次,他是和维罗妮卡生气走的,小家伙忘记了一件重要的事情。舒布尔顺住在学生日志里,在维罗妮卡的老师们上课和五年级的维罗妮卡准备功课时,他一直在听,获得了不少知识。他尤其喜欢地理。就在昨天,他这个森林里无知的人,还在努力学习新东西,他决定编一本自己的地图集。维罗妮卡送给了她的小朋友一个24页的笔记本,而且还想送给他一支漂亮的圆珠笔。

但舒布尔顺拒绝了他的第一个也是他当时感觉最好的老师的慷慨。他让维罗妮卡打开一个墨水笔的笔囊,在一个没用的小盖子上倒上一点,并在旁边放一个翻开的笔记本。起初,维罗妮卡甚至想不到,她的小舒布尔顺将如何开始绘制国家和大洋、陆地和大海、河流和山脉。但他已经想到了一切细节。他走到小盖子前,用一只小爪子蘸点墨水,然后跳到自制地图集的空白页上。在那里,他开始尝试,用涂满墨水的小爪子画出不同的线条和类似于大型岛屿的涂鸦。诚然,并非一开始就一帆风顺,经常是桌子弄得很脏。舒布尔顺本人在这样的操作之后,也需要特别的照顾。但随着时间的推移,他掌握了保持条理和保持爪子干净的窍门。维罗妮卡把另一个装着温水的小盖子放在桌子上。在笔记本旁边放了几张餐巾纸。

"……我把整个世界都留在了那里,"想起自己的地图集,舒布尔顺开始难受。"没有它我可怎么办啊?!"小家伙为此很痛苦,又不敢说出声。他的地图集是按照维罗妮卡和她老师们的描述画出来的,在画非洲、亚洲、卡拉库姆、撒哈拉沙漠、太平洋、南极洲和很多其他地方的时候,他曾梦想有一天能按照自己所画的画进行一次真正的旅行。

而当舒布尔顺唉声叹气和痛苦不已的时候,住宅的门突然打开了,就在不久前他还把那里视为自己的家。维罗妮卡的哥哥米什卡推着自行车从里面简直就是飞了出来。他马上就按下了货梯按钮。舒布尔顺感觉自己被一股风卷了起来,并被甩到了自行车轮子上。小家伙被挤在门缝里、被碾过或踩踏已经不止一次了。即将再次被挤压,然后很难从地板或沥青上脱离开,或和车轮一起旋转,"不,"舒布尔顺心想,"我可不需要这种享受。"当他和米什卡及自行车一起乘电梯时,小家伙一直在快速地沿着自行车的轮胎攀爬,而且还得一边移动,一边思考。难道可以同时把两件事都做好吗?关于地图集,舒布尔顺几乎忘记了。现在最主要的是在自行车上找到一个地方,这样他就不会掉下去,还不能让米沙①发现他。"如果扒在打气筒上会怎么样?骑车人在路上多半不会用到它……米什卡可能也不会远走……"这样推理着,舒布尔顺将小爪子扒在打气筒上,紧挨着往自行车轮胎里打气的通气孔。

---

① 即米什卡。

现在这个新晋的"骑车人"思考的是另一些事。维罗妮卡的哥哥要去哪呢？他要在城里骑多久？他，舒布尔顺，如果离开了自己这个安乐窝，他该怎么办？该朝哪个方向走才能离他家乡的森林和心爱的波罗奇杨卡小溪更近呢？

起初，自行车之旅是沿着独立大街进行的。他们经过了植物园，舒布尔顺曾经不止一次和维罗妮卡来过这里。然后，他们又经过了切柳斯金采夫公园、儿童铁路。在环形路上，米什卡向右拐了过去。小家伙瞪着眼睛四处看，但什么都没看懂。所有路标他都看不懂，他只能读懂维罗妮卡日志里写的那些词。舒布尔顺还没有学会如何用字母拼成单词，这让他感到很遗憾。"我还因为成绩不好而羞辱维罗妮卡呢！"小圆球儿开始自责起来，他为自己感到难过。

汽车，当然，都超过了米什卡，但他的自行车车轮也在飞速旋转。很快他们就到了斯维斯洛奇河大桥。从这里，一个新的故事就开始了。舒布尔顺平静安逸的生活再次受到了威胁，而他已经开始回忆起自制的地图集的页面。他甚至想象自行车把他直接带到了他的家乡波罗奇杨卡的岸边。那里有各种各样的奇观，还有最奇特的动物和鸟类。但是否如此，我们将一探究竟。

舒布尔顺是如何沿着斯维斯洛奇河旅行的

生活中常有这样的事,有些梦想还是会成真的。舒布尔顺逃离城市的途中就发生了这样的事……

米沙又拐了一个弯,自行车开始摇晃起来,男孩差点摔倒。一两秒钟后,米沙不明白出了什么问题,急忙刹车。原因很快就清楚了:前轮的轮胎被扎破了。感谢上帝,没有发生更大的不幸。舒布尔顺盯着维罗妮卡的哥哥。他知道米什卡有一双巧手和聪明的头脑。男孩应该可以做出正确的决定。果真如此。米沙从固定在自行车架上皮制的"工具箱"中取出了橡胶胶水和一块备用的补胎胶皮,紧锣密鼓地干了起来。男孩卸下前轮,把内胆掏了出来,很快找到了一个孔……舒布尔顺钦佩地看着米沙,不禁心想:"真是好样的!从哪方面都可以看出,无论是学习还是体育,他都是一名优秀生。这可不是维罗妮卡……"这时,米沙已经把固定在车架上的打气筒取了下来。

接下来事情进展的速度就更快了。米什卡刚一打气,舒布尔顺就被风卷了起来,飞向了一个不知名的地方。他甚至来不及回头看一眼,只得愤恨地喃喃道:"你在干——什——么?!"风就把小家伙吹得越来越高,越来越高……

落地的地方也不是很软。舒布尔顺手脚并用地爬起来,猛地耸了耸小肩膀。水花从他的皮毛上飞溅起来。小家伙环顾了一眼周围,当他的目光在昏暗中捕捉到一条河流时,他惊喜万分。舒布尔顺高兴得当场跳了起来,甚至还哼起了小曲。

他变得更大胆,也更高兴,因为他离自己森林里的家乡越来越近了,因为斯维斯洛奇河的河水是流向波罗奇杨卡河的!小家伙开始开动脑筋思考,如何安排这个新的旅行。现在已经是沿河旅行了。

"不,还是维罗妮卡厉害,"舒布尔顺回忆起了自己不久前的朋友。"是她给我讲了关于斯维斯洛奇这条河流的。而在儿童公园里,她甚至还指给我看了河流的流向。必须实话实说,难道不是因为维罗妮卡我才爱上了旅行,并学会了如何在自制地图集上绘制路线吗?"于是这个逃亡者对自己不久前还骂过女孩感到有些羞愧。虽然,不是很强烈,只是一点点……这时又回想起了他的朋友是那么坚决而愤怒地为自己在学习上的失误而辩解。不,还是有点生气……

在岸边,舒布尔顺注意到了一块结实的松木屑。可以拿它当作一条真正的小船,唯一需要解决的问题就是如何固定船桨了。当然,首先得用什么东西做两只船桨。小家伙开始仔细观察散落在岸上的东西。他看到了一大堆杉树针,他挑了两根他感觉最结实的针,并把它们放到了他的松木船上。是的,舒布尔顺的船很成功:宽宽的,船底凹陷,甚至还有小船舷。这样的木屑小船只有能工巧匠才做得出来,而这里却是大自然已经做好了的。当我们的河流旅行者仔细观察时,他发现小船原来是松果的一个瓣。

"是的,森林里的树木总是会伸出援手!"舒布尔顺一边高兴地说,一边把针桨固定在了船的两侧。

不过,他有些怀疑这样的技术装备还不够。直到他捡起一根长长的松针当篙橹的时候,这才平静了下来。"现在有东西可以把船从岸边推开了,"这位新晋船夫自夸道。他用船桨和篙橹把他的"小船"划到了水面上。在黑暗中做到这一点并不容易。

而且,经过几次跌跌撞撞,舒布尔顺已经后悔没有早上就开始长途旅行,但不管怎样总算到了水上。还没等他回头看一眼,小船就被河水的波浪卷了起来。

离开岸边,小船的速度就加快了。起初,舒布尔顺还在努力地用船桨拍打着水面,然后仔细一看,即使没有他的努力,波浪也会推着小船顺流而下。小家伙把桨从水里拿出来,放在旁边,决定稍稍睡一会儿。脑袋里又浮现出关于维罗妮卡和她的学习的各种想法。难道他不希望女孩过得好吗?!

船上有点冷。但是,安顿好了之后,舒布尔顺还是闭上眼睛睡着了,还做了一个梦⋯⋯

他躺在一张像芬芳的蒲公英一样的温暖的床上。舒布尔顺拉过一条用柔软的胡桃叶做成的毯子盖在眼睛上。这丝毫也不妨碍他透过圆窗望着窗外无边的水面,但水面和之前有些不同。突然,一只真的海豚往窗里看了一眼。这样的海豚舒布尔顺在维罗妮卡的一本教科书里看见过。海豚用舒布尔顺听得懂的语言轻声说:

"你好,舒布尔顺!很高兴在加勒比海见到你!"然后就消失得无影无踪。

小家伙昏昏欲睡地眯起眼睛。还没等他多想,海豚就再次出现在了窗口：

"我们还会再见面的！漫长的旅程正等着我们！再见，舒布尔顺！"

阳光轻抚着舒布尔顺的皮毛。河流旅行者甜甜地伸了个懒腰，睁开了眼睛。水流平静地载着他的小船。舒布尔顺这才明白过来，与海豚的邂逅是在梦里，而现在他正沿着斯维斯洛奇河继续着自己真正的旅程。

舒布尔顺准备成为一名伞兵

斯维斯洛奇河上又一个转弯将舒布尔顺拉进了太阳光的旋涡中。一开始,正如我们的旅行者所感觉的那样,太阳是照着后背的。

河流刚一改变流向,太阳就突然将所有的能量都直接投射到了小家伙的脸上。舒布尔顺以他自己的方式,眯起了眼睛,满足地向前伸出小爪子,好像在努力接受着更多的热量……

然后他开始交替地微微睁开双眼,看着周围,观察着太阳的光线在水和空气中玩耍。舒布尔顺的目光停在了一个清晰可见的黑点上,它时而朝小船靠近,时而朝不同的方向摇曳着升到高处。有时,它似乎完全就没有了。但没过几秒钟,圆点在空中又变黑了。舒布尔顺开始更仔细地观察着。

"原来是一只小蜘蛛!"旅行者为自己的发现欢欣鼓舞。"嘿,小蜘蛛,你是怎么停在空中的?"

但是,显然,蜘蛛并没有听到舒布尔顺的话。

小家伙甚至想跳起来,却及时止住了自己:"这样的话,用不了多久就得和小船一起翻过去……可我还是想知道,它在空中抓着什么……唉,可惜维罗妮卡不在,否则她,可能,早就告诉我了……"旅行者脑子里的想法接踵而至,却还是毫无头绪。突然,一根弦,一根细线吸引住了他的目光。舒布尔顺盯着它,就像他自己也在向上爬。马上就快碰上小蜘蛛了,而小蜘蛛在沿着蜘蛛网的线往下降。它快速地移动着小腿儿,像在梯子或绳索上行走。

"你现在能听到我说话了吗,蜘蛛兄弟?"舒布尔顺用尽全力大声喊道。

"你是谁?这么汹涌的河水你怎么不害怕啊?!"传来了回答的声音。"不用喊那么大声,我的听力很正常。"

舒布尔顺不喜欢这种谈话的语气。但我们不屈不挠的桨手决定,争吵是最后一件事。最好是平静地认识一下,如果这只蜘蛛继续表现得如此不得体,那没有它也没什么影响。它有自己的路,空中的,而舒布尔顺需要寻找自己可爱的波罗奇杨卡及其附近的地方。那里有他的家园,有他美丽和多姿多彩的家乡。那里,在家乡,才是真正的生活!那里的太阳更温柔,那里的水更治愈……但问题是,还是想认识一下小蜘蛛……就让这次相逢成为旅途上一个短暂的停留吧。

"我叫舒布尔顺。我一点也不怕水。我的家乡就在附近……"他停顿了一下。然后忧伤地小声补充说:"但我不知道确切在哪里……"

小家伙没有再说什么。他闭上了眼睛,因为他不甘心自己的生活就这样出了问题。他想哭,心很痛。他感觉眼泪马上就要流出来了。但是,小船的主人心想,他是否有必要在一个偶然相遇的蜘蛛面前表现出他的忧伤,于是他睁大了眼睛,仿佛他的灵魂深处和心里并没什么悲伤。

"你不知道你的家乡在哪里,这有点奇怪啊,"走钢丝的蜘蛛推理道。"还是你的记忆出了什么问题?还是你太小了,找不到路？虽然我从上面看了你很长时间，我看你像一个真正的行家一样驾驭着小船……还在什么地方找到了很好的船桨……能遇到我就当是你的幸运吧。我会帮你找到家乡的。更确切地说，是你自己去找，而我会给你提示。"

舒布尔顺并没生气，在他看来，小蜘蛛是一个聪明又可爱的生物，只是刚才太冒失……而它看起来很可爱，因为它会说真话。什么东西不知道或不明白它会不耻下问。

一条被阳光染上鲜艳颜色的蛛网垂得更低了，有一两次都碰到了船舷。但风又把它卷起来，举到高处。等风稍稍平息一些后，小蜘蛛用爪子抓着蛛网，跳进了小船里。

"对了，我还没告诉你，我的名字叫'伞兵'，"小蜘蛛说着，把蛛网系在固定船桨的桨锁上。"你知道为什么吗？当风把蜘蛛网吹断时，我就会跳到地上，跳到灌木丛或树上。最主要的是，不要害怕，要勇敢。"

"那你不怕死吗？"舒布尔顺大吃一惊。

"因为我很轻。我飞下来的时候，风浪会把我吹起来，稍加摇晃就又把我传递给另一个风浪。这样我就可以平静地着陆了。我也会教你的，流浪者……"

小蜘蛛摸了摸蛛网，检查一下绳结是否牢靠。

"你也看见了，舒布尔顺，现在你就有了一条空中道路。风一停，太阳就又出来了。蛛网很结实。它与更高处同样结实的很多蜘蛛网相连。我的某个同伴会抓住这根线并织成一张网。你要做的，就是勇敢地顺着这根连在小船上的线往上爬……"

"然后我就会成为一名真正的伞兵？"

舒布尔顺毫不掩饰自己的喜悦。还好他和小蜘蛛认识的时候没有很生气，也没有离开这里。

"蜘蛛网将帮助你从高空俯瞰周围的一切。从高处总能看得更多更远。如果你留心观察，也许你很快就能找到你的家乡。但如果风越来越大，蜘蛛网断了，你就跳下来。最重要的是，别忘了：有勇气也要有智慧。而且风也有温和的时候，它一定会助你一臂之力的。"

"那你没有蜘蛛网怎么办，亲爱的朋友？"舒布尔顺虽然对蜘蛛的提示感到高兴，但还是觉得有些尴尬。

"别担心……首先，我们是朋友，不是吗？……所以我应该帮你。其次，我会和你一起稍稍划一会儿船，我就学会如何驾驭小船了。在你踏上新的旅程时，我需要把它划到岸边去。那，你到底同不同意呢？"

"我同意，亲爱的伞兵！"舒布尔顺不停地说着。现在，他似乎感觉，他不再害怕空中冒险了。此外，小家伙已经有过和风打交道的丰富经验。然而，想起昨天，他还是无法理解，当时是什么风，是和蔼的还是愤怒的？

舒布尔顺梦到了什么

通往家乡的路——他就是从那被带到了城里——给小家伙的感觉是无限遥远的。他的船似乎静止在原地。舒布尔顺不时跷起脚看着岸边：风景在变化吗？也许他真的漂在河中央的波浪上而没有动？……

心情完全崩溃了。脑海里已经涌出了各种疑虑：是否应该从维罗妮卡身边逃走？也许现在回去还不晚？但现在怎么调转船头逆流返回呢？……想着这些，舒布尔顺蜷缩成一团，收起小爪子，闭上了眼睛，然后开始数数。维罗妮卡就是这样教他的：如果睡不着，就得数数。比如，数到一百……比这更好的，就是你想象着，你正在整理一些物品，数街道上的汽车，天空中的云彩……"或者，你数我日志里有几个十分，"维罗妮卡说着笑了起来，笑得都停不下来。然后她又补充说："不，最好还是数八分或七分吧，它们更多，睡着的几率比较大……数十分你肯定睡不着……"舒布尔顺的朋友开着玩笑说。

"我要数一数那些和维罗妮卡一起梦想过要去的国家，"我们这位百折不挠的旅行者坚定地说。

澳大利亚是第一个。舒布尔顺回忆起，即使在地图上去这个国家也不是一件简单的事。这是袋鼠生活的国度，离白俄罗斯非常遥远，即使是松树皮做的船也无法到达，更不用说舒布尔顺的小船了……"玻利维亚,"旅行者继续数着。"那里的主人是谁来着?好像是美洲豹……"然后小家伙想起了越南。当他想起维罗妮卡的关于有多少蟒蛇、龙纹蟒和各种游蛇的故事时,他甚至有些不寒而栗。而希腊呢?

"也许那里更安全?"舒布尔顺给自己提了一个问题。"不,可能那里也什么都有……"然而,催眠疗法还真起了作用,因为舒布尔顺已经一次一次开始打起了甜美的哈欠。

"……那么,现在我们给前四个国家—澳大利亚、玻利维亚、越南和希腊,再补充上一个埃及,"他继续着旅行游戏。"那里栖息着什么鸟来着?秃鹫、猎鹰、各种其他鹰……也许这些鸟类在我们的天空中也有……"

数到字母"Z"时,舒布尔顺想起了赞比亚。"但这个国家在哪里,在世界什么地方?"旅行者想了一分钟。"是在非洲,"他自己回答道。"那里生活着河马和鳄鱼……但最好不要去想它们,否则我根本睡不着。"

然而,舒布尔顺为自己想出来的办法已经奏效了,眼睛在不停地眨着。我们的旅行者开始进入另一个、远离斯维斯洛奇的广阔空间。刚才还包围着如丝带般的河流的柳树丛变成了热带森林。"也许我现在是在印度……"舒布尔顺梦想着。的确,接下来的路就在绿色的森林中穿过。树冠浓密的高大树木一直长到河边。在印度被称为"乡村药房"的印楝让位给了罗望子。接下来右舷那边的整个空间被一棵大榕树所占据,它也被称为"一棵树的森林"。这棵美丽的榕树不是一根树干,而是有……成千上万根树干!所以,在这里你真的会迷路!……

· 225 ·

舒布尔顺还没来得及赞叹这棵榕树,就听到河对岸传来了隆隆的声音。小家伙向远处望去,朝河边走过来三、四、五、六……舒布尔顺数不过来了,他惊奇地看着这些巨大的大象,仿佛很多巨大的房屋正在迎面移动着。

"这种情景你做梦都想不到!"河流旅行者大声地自言自语着。

但这是一个最真实的梦。清洁的空气,轻轻摇曳的斯维斯洛奇河水的波浪,当然还有催眠疗法,帮助我们的主人公完成了又一次旅程。他同时去了好几个国家。印度之后去的是加拿大。在那里,舒布尔顺和一条古老的巨型鲟鱼搭上了话。鲟鱼已经快一百五十岁了,它身长六米。鲟鱼认识了舒布尔顺以后,对他的勇气和胆量惊叹不已。当舒布尔顺宽厚地挥了挥小爪子,并强调在鲟鱼的故乡没有任何东西能威胁到它时,加拿大河流的主人给了小家伙一个非常有用的建议:

"来自弗雷泽河鲟鱼保护协会的自然保护者们很关心我。让斯维斯洛奇河附近村庄的居民也照顾好你们的生活,不要让你的生命受到威胁……"

这时候,对异国情调国家的数数还在继续。字母"K"和加拿大之后,轮到了老挝……

突然,河水的波浪里跃出一只美丽的海豚。起初,小家伙还在试图回忆河流中是否有海豚。然后,他翻了翻他记忆中的"计算机"中的页面,想弄清楚是否有可能从斯维斯洛奇河来到某一条老挝的河流。可以到哪一条河流?到朱江、公河、南乌河还是湄公河?或者是马河?"不,等我到了我的家乡波罗奇杨卡，"舒布尔顺向自己保证，"我一定会继续学习地理。说不定，我还会去湄公河和公河的广阔天地……"

好吧，也许会是这样。而暂时，舒布尔顺的梦伴随着斯维斯洛奇河摇曳的波光还在继续着。

舒布尔顺被波浪吓了一跳

太阳突然滑下了山。先是光线消失了,它们消失得非常有趣:首先是光线尖尖的末端蜷缩了起来,照得越来越高,我们的旅行者已经感受不到温暖阳光舒舒服服挠痒痒的感觉。舒布尔顺甚至为此感到很高兴,他已经准备好朝着太阳大喊:"哎呀,别再挠我了,我受不了了!"这时光线完全消失了。舒布尔顺开始仔细地观察着大自然情绪的变化。

通过与维罗妮奇卡[①]共同学习,小家伙了解了很多关于天气的知识。以前,他坐在桌边或躲在学生日志里的时候就明白,地球上的天气并不总是温暖的,有时太阳会被乌云遮住。当然,舒布尔顺还不知道,他的小船已经被波浪带到了杜科拉,一个半世纪以前费诺罗格[②]爷爷曾经在这里生活,播种黑麦和小麦,种植马铃薯。不,舒布尔顺很熟悉"费诺罗格"这个词。这是观察植物和动物世界变化的人,观察确切什么时候冬去春来,什么时候夏天结束,什么时候鸟儿南飞。但关于杜科拉的费诺罗格爷爷……不,勇敢的旅行者对他一无所知。

……太阳似乎是急于逃走。随着光线的消失,一团乌云在天空中滑过,接着又是一团。太阳仍从云层后面探出头来,然后就没了踪影。不,当然,黑暗还没有完全到来,白天还在为

---

① 维罗妮卡的爱称。
② 物候学家的意思。

自己的权利而斗争,但附近再也没有清晨的清澈了,风也渐渐变大。舒布尔顺的小船开始摇晃,小家伙不得不用爪子紧紧抓住船舷。

浪越飞越高,舒布尔顺以为自己再也上不了岸了。他再次感到非常后悔,后悔自己如此轻率地离开了朋友,离开了城市的住宅。"否则我现在正坐在温暖的房间里检查维罗妮奇卡的功课呢,"舒布尔顺痛苦地想着。"我也会因为我的勤奋而得到作为奖赏的美食。也许维罗妮卡的妈妈今天烤了'拿破仑'蛋糕,我肯定会得到一大堆美味的甜蛋糕屑……"

"好像开始下雨了,"感觉水溅到了他的皮毛上,舒布尔顺忧心忡忡地说。"或者这是波浪在吓唬我?!我在哪里可以躲一躲,一是躲躲雨,再就是躲一躲湍急的河水?"

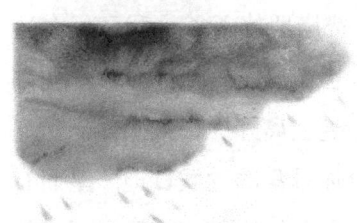

舒布尔顺提心吊胆地四处张望着,他盯着阴暗的天空,天空似乎和河水融为了一体,让小家伙越来越害怕。这时天空已经完全黑了下来,只有一片或多或少有点光亮的云的轮廓穿透这黑暗,并隐现成一个神秘的轮廓——一个巨人。更确切地说,是一个大胡子老爷爷的脸正在接近河面和我们的旅行者的小船。胡子贴在水面上。小家伙吓得浑身发抖,生怕大胡子刮到船上并把它卷到高高的波浪上去。

"什——么……"一阵嘶嘶声传来。

舒布尔顺缩成一团,预感到要倒霉。突然,嘶嘶声停了下来,真正的雷声隆隆响起。小家伙想闭上眼睛,蜷缩起来,躲到什么地方去。

这时,大胡子的嘴巴张开了:

"别害怕,船长!"声音从上面传过来。"恶劣的天气有时也是必要的,它是对我们的考验,也是对大自然的考验,田野里的森林和植物都得到了锻炼……"

舒布尔顺开始稍稍平静下来。虽然周围的环境和之前一样不容乐观,但希望还是有的。小家伙很想哪怕是看一眼河岸,要是能靠一下岸那就更好了,但什么也看不见。舒布尔顺抬头望了望天空,天空中大胡子爷爷越来越近了。

"我告诉你,不要害怕!我是费诺罗格爷爷。我已经在这里生活了很多年,知道明天的天气会怎样。等风停了,一切都会平静下来。而且乌云可能也会在晚上离开……如果你能坐到一个浪头上,来到我身边,我会给你看我的物候日记。里面有这样一条从前的记录:'夏天更干燥,少湿润。秋天多雨,甚至出现蠕虫,侵蚀黑麦根系,因此有些主人重新播种了黑麦。而长出来的黑麦都是产量低的,用镰刀压了半天,但打出来的谷物却很少……土豆的味道也不太好……'而在过去,亲爱的旅行者,离开面包和土豆,老百姓是无法生活的!"

"所以,也许下雨是件好事……"舒布尔顺轻声说。他说的声音很小,似乎没有人能听到,但费诺罗格爷爷听到了。

"好样的,船长!……我们会想办法渡过难关的!你到我这里来。你只需要跳上波浪,然后风就会把你卷起,我的某一根胡子会帮助你。然后,我们就可以安静地阅读天气观察日志

舒布尔顺和他的朋友们

了……"

这时，舒布尔顺小船周围的波浪开始一浪一浪地舞动。只是需要看好，以免哪个波浪就会把小家伙抓住并把他带到没有人知道的地方。我们的旅行者的眼睛像猫头鹰一样瞪得大大的，恐惧再次回到了他身上。而这时，一个最高的波浪全力飞向舒布尔顺的小船。如果不是费诺罗格爷爷弯下腰，用胡子阻止了恶毒的波浪，还不知道会发生什么。

"去你的吧，亲爱的，"大胡子爷爷虽然很温和，但很坚决地用低沉的声音说道。"你为什么吓唬小家伙？去攻击大船吧。试着去和它们玩玩，"然后转向舒布尔顺说："不要怕这些波浪！风带来了乌云，它们那才是横行无忌。但是，正如常言所说，雷声大雨点小……我和你说，你到我这儿来。周围有很多好的波浪，他们会帮助你的……不是每个波浪都是这样的坏蛋！"

"爷爷，您真好……没有您，我真不知道该怎么办……但我还是会留在河上。大的波浪我还没习惯。而至于考验，您说得对，需要克服它们。我只是害怕雨水，应该想办法在头顶加一个盖子。也许您能给我一些建议？"

费诺罗格爷爷深吸了口气，环顾着四周：应该在斯维斯洛奇河岸上找到点什么。他又吸了口气并朝一个小薄饼靠了过去，这是在这些地方对菖蒲的叫法。他抓住顶端，整齐地将其折断，就像用刀片切的一样，然后把它带到河边。试了一下，一小块儿茎就盖住了小船。

"这个盖儿正好适合你，船长。好就好在它的中间是凸起

· 231 ·

的,这样雨滴就会流到水里。我明早再来看你。如果你没有力气把盖子掀开,我会帮你的。"

舒布尔顺感谢了他的长者朋友。满意之余,他开始安顿过夜。的确,一整天都充满了考验,但也学到了新知识。他也非常高兴认识费诺罗格爷爷。"哦,维罗妮卡要知道我交了一个什么样的朋友就好了……"舒布尔顺想着,他的小眼睛已经完全粘在一起了。

舒布尔顺在梦想着什么

菖蒲屋顶使勇敢的船长平静了下来。

而当斯维斯洛奇河上空雷声轰隆隆作响、闪电闪过并照亮湍急河流的时候,舒布尔顺已经进入了梦乡。这一夜,他什么梦也没做。一定是太累了。

清晨,刚一睁开眼睛,小船的主人立刻就开始担心如何拆除屋顶。紧压在船上的屋顶根本不透光。舒布尔顺甚至担心,以后他只能在这个临时小房子里继续航行了,根本不知道外面发生了什么事。

"哎呀,哎呀,我该怎么办啊?"小家伙呜咽着说。当然,他没有足够的力气把屋顶拽下来。心想,要是能给费诺罗格爷爷发送个信号就好了。老人说过,可以等他来帮忙。但喊有什么用呢?!反正他也听不见……

"我要是举重运动员就好了,我就可以把屋顶掀起来,扔到波浪上去了……"舒布尔顺大声地嘟囔着。他就这么开始想入非非了,想他还想成为谁,想都有哪些事情和职业他还可以哪怕是尝试一下呢?

"最好还是梦想一下,这辈子我可以成为什么样的人,"他心想。"梦里费诺罗格爷爷就会出现……他不会丢下我不管的!"

首先,舒布尔顺想象自己是一艘海船的船长。"斯维斯洛奇和波罗奇杨卡对我算不了什么！我要到广阔无垠的水域去闯荡！从斯维斯洛奇河到别列津纳河，然后……"小家伙开始回忆起他和维罗妮卡一起学过的地理课，以及那本他喜欢在上面旅行的地图集——努力地弄清哪边是北、哪边是南、非洲在哪里、亚洲在哪里。他大声嘟囔着：

"而斯维斯洛奇和别列津纳河的河水流到哪去了呢？非洲还是亚洲？不，它们没有力气流那么远。还是试着猜一猜，过了别列津纳河我的船该怎么走吧……啊——啊，我忘了我自己还曾经提示过维罗妮卡：再往前就是第聂伯河了。然后，就是黑海……那里的水域才是广阔无边！"

舒布尔顺脸上露出了微笑。他已经看到自己穿上了雪白的海船船长制服，而他指挥的这艘船叫……"维罗妮卡"号。小家伙自己也没明白，他怎么一下子就选择了他不听话的女主人的名字，而且还不是一个好学生。不，他不想再找别的名字了，只能无奈地叹了口气："也让她知道我对她有多好……也许她会聪明起来，成为一名优秀生并回忆起我……也可能，会开始满世界找我。"

海船船长陷入了沉思：维罗妮卡将如何在遥远的梦幻海洋中找到他。不，也许他们再也见不到面了。

"我最好成为一名海盗，私掠者……对，好像以前把私掠者或海上劫匪就称为海盗。我会有各种各样的武器，军刀和手枪、长枪和短刀……我会截住别人的船只，抢走宝藏和武器……不，我会成为一名好的海盗！……我将名扬四海。我会把从强盗那里抢回来的东西还给宝藏的真正主人，或者分给好人，送给那些穷人。那时候维罗妮卡就会知道她的朋友去了哪里，他有多强大……"

舒布尔顺憧憬着未来，直到听到一阵吱吱声和隆隆声。他的眼前一亮，呼吸立刻变得顺畅起来。"好海盗"明白了：这是他的船顶被掀了起来。舒布尔顺看到了费诺罗格爷爷。

"夜里过得怎么样，我勇敢的旅行者？"舒布尔顺听到了新朋友的声音。

小家伙马上就想分享他的梦想，但如果费诺罗格爷爷认为当海盗是一个空想怎么办？通常海盗都是穷凶极恶的强盗。因此，他只是谦虚地问道：

"您夜里过得怎么样？"

费诺罗格爷爷深深地叹了口气，开始不急不慌地说：

"是在忧虑和不安中过来的，都是因为你。不过，雷声平息、闪电停止了之后，我就平静下来了。知道不会有什么不好的事情发生了，我也就安顿就寝了。我在杜科拉有个澡堂。天气不好的时候，我就躲在那里。但是，我告诉你，我整晚都没睡着……有这样一种预兆：如果第一声雷是在夜里，今年人们的日子就不好过，如果是白天，日子就好过了。昨天打雷是在傍晚，而且，轰隆隆的，好像，是在东方……"

"这意味着什么呢？"舒布尔顺忍不住问道。

"这样的雷声带着丰收的希望，亲爱的……而如果天上的闪电是在西方，那么这一年可能会很糟糕。所以整晚我都在思考和推理会发生什么。"

"您得出了什么结论，亲爱的费诺罗格爷爷？"小家伙想起了自己以前的计划。他想知道,他的家乡波罗奇杨卡的生活会是什么样子。贫穷还是富足?平平静静还是和昨晚一样?

"我会继续我的推理。不要匆忙预测,需要慢慢思考。但有种感觉告诉我:夏天会很美好,大自然会向人们展现它的恩惠,无论是在田野里、草地上,还是森林里……都将是一片欢乐祥和。今年春天会很温暖吗?是的,很温暖。这意味着蔬菜的丰收。而且森林里有很多松鼠,这也是个好兆头,预示着水果丰收。仙鹤会三三两两地从南方飞回,这又是丰收的兆头……但我还需要仔细观察,看看河里的水、天上的云,听听鸟的叫声,可能还得和动物碰碰面。想了解一下从父母那里学了很多经验的驼鹿在干什么。而刺猬能说出多少秘密啊……我会了解一切的,然后告诉人们做最坏或最好的打算……"

费诺罗格爷爷兴致勃勃地谈论着他对自然的观察。舒布尔顺心想,那为什么他不去学物候学呢?但他没敢向朋友承认这一点。他们没谈完就告别了。当然,舒布尔顺承诺在水面上谨慎行事。如果有什么不幸发生,他就在心里向费诺罗格爷爷发送一个请求。"我一定会听到你的请求,并前来帮助你。你可以放心,"老人在告别时说。在升得越来越高的时候,他又补充说:"你也要协助我做些好事。环顾一下周围,仔细看看海浪和海岸。听听鸟儿叫,看看天空。然后可以把这一切讲给我听。不了解每一个自然现象的知识,我就没有力量。但我的知识还远远不够,你的帮助对我和人们都会有好处……"

突然间爷爷消失了,就像从未来过一样。小家伙睁大了眼睛,开始窥视周围的环境。他不由心想,物候学家的确是个不错的职业。你只需要细心观察，努力把很多东西记在脑子里。

舒布尔顺非常想以某种方式感谢一下他的救命恩人。如果没有费诺罗格爷爷，也许波浪和雨水早就把他这个旅行者和他的小船淹没了。舒布尔顺当时能否自救就不得而知了……还谈什么梦想？根本就不存在……

维罗妮卡想念舒布尔顺

在河船船长陷入各种困境,经历艰难但又不是非常艰难的考验的时候,在他离开的城市,离开的住宅里,也就是在维罗妮卡居住、做功课、和朋友们玩耍的住宅里,生活仍在沸腾着。

而在旅行者从斯维斯洛奇河和第聂伯河上所看不见的另一个生活中,女孩对朋友的思念是非比寻常的。只有在舒布尔顺不在身边时,维罗妮卡才明白了自己失去了谁。起初,她甚至每次打开日志的时候,总是希望她心爱的小顾问能从封面下跳出来。有一次在地理课上,当老师问全班同学哪些河流流入斯维斯洛奇河时,维罗妮卡甚至跳了起来:

"波罗奇杨卡!……"

随后尼古拉·亚历山德罗维奇还专门问了维罗妮卡:

"还有哪些河流注入斯维斯洛奇河?"

女孩想了想,机械地开始翻阅日志的页面,希望舒布尔顺会出现并提示她点什么。但几秒钟后,她黯然一笑:"舒布尔顺已经不在我身边了……而这一切都是因为我的无礼……"

老师注意到了她的困惑,开始找其他人回答问题。顺便他也羞辱了一下地理知识水平历来很高的维罗妮卡。

"奇怪啊,您能把让自己感觉最亲的东西忘了……显然,电视里播放具有异国情调的国家时,您肯定是寸步不离啊……"

也不能说维罗妮卡感到了羞耻。"我知道这些河流！"她默默地肯定说。"它们就像在我眼前一样！爸爸和妈妈去过很多不同的地方，直到他们来到波罗奇杨卡……就是在那里，我捡到了可爱的舒布尔顺的……聪明的……真的，既聪明，又爱旅行……对了，我怎么把他自制的地图集忘了？！"她的手伸向了公文包。维罗妮卡想起来了，舒布尔顺的地图集总是放在家里她准备功课的桌子上。昨天，就像每晚想念她朋友时一样，她还翻阅过虚拟旅程的页面。她回想起了小家伙想象中非洲的样子，想起了舒布尔顺是用怎样的线条画出了美洲和亚洲的河流。"而那里也有斯维斯洛奇河的页面啊！"她欣喜若狂。于是眼前出现了一些一直延伸到斯维斯洛齐河的线条，还有它们的名字，非常清晰、易懂、亲切……

"尼古拉·亚历山德罗维奇，等等，我知道！"维罗妮卡惊呼道，并开始列举：伏尔马河、季托夫卡河、塔尔卡河、热列津卡河……此外，她还开始讲述这些河流附近有什么村庄，有什么森林，哪里有泉眼，甚至哪里保存下来了沼泽。

不仅老师，所有同学也都聚精会神地听着维罗妮卡的讲述。

"可以看出，你很了解自己的祖国白俄罗斯，并且可能经常与父母一起去祖国各地旅行，"尼古拉·亚历山德罗维奇走到维罗妮卡的课桌前，微笑着伸出手去拿她的日志。"我不仅要为你的学识打一个'十分'，还要为你的父母写下感谢的话……只有当我们了解和珍视我们的祖国时，我们才会打开广阔的世界。而且我们白俄罗斯是有东西值得一看的,值得推荐给外国游客的。同学们,下次课的预习作业就是:准备一个小故事,讲讲你最喜欢的、可以邀请外国朋友前去参观的地方……"

"……去纳罗奇湖!"谢廖扎从最后一张课桌后打断了老师的话。"去年夏天我在那里的营地休过假……"

"好了,谢廖扎,"尼古拉·亚历山德罗维奇举起手,让大家安静下来。"我想很多人都知道,纳罗奇有一个著名的'小野牛'儿童营地。但我想请你们更认真地准备下一课。只是邀请客人去纳罗奇湖或别罗韦日森林,或者其他什么地方,这还不够。好好准备一下,并给他们讲一讲最有趣的东西……"

下课铃响了,同学们陆续离开了教室,而维罗妮卡仍若有所思地坐在课桌后。不,她一定会好好准备下一次地理课,努力找到一些特别有趣的东西。也许她会讲一讲关于白俄罗斯的沼泽或清澈的泉水?毕竟,水是人类最宝贵的东西。

但女孩最关心的是另一件事:"舒布尔顺现在在哪儿?"如果他在身边,在日志里或者哪怕是在家里等维罗妮卡就好了,就可以第一个告诉他自己的地理作业,也许还可以和他商量商量讲什么了……

维罗妮卡最后一个离开了教室,脑子里只有一个念头:"应该去找舒布尔顺!一定要找到他,向他道歉!"

舒布尔顺和他的朋友们

舒布尔顺上岸

一天傍晚,舒布尔顺完全无事可做。这个河船船长百无聊赖:斯维斯洛奇河上安宁而平静,小船也在原地一动不动。小家伙时而看看右岸,时而看看左岸。他又渴望哪怕是靠岸到陆地上待上一天——放下桨,在陆地上走走,在草地上躺躺。而且他早就饿了,一连几天只是靠水充饥。是的,在旅途的最初几天,这样的补充也就够了。"也许,如果有时一滴水都能成为治愈疾病的良药,那这水一定有不寻常的力量。还有人说,有这样的水,能让人死而复生,"想到这里,舒布尔顺不免有些害怕。他把一只爪子放到船舷外,舀了一把水,冲了冲脸,然后又舀了一把……想用清凉的水赶走不好的想法。他又想起了从哪听来的另一句话——也许是维罗妮卡在学校听别人说的:有一种特殊的泉水,如果一个人喝了它,就会像橡树一样健康,但也有一种水会夺走一个人最后的力量。

"不,不要夺走我的力量……"舒布尔顺刚说完这句话,一艘巨轮就向他驶来。周围的河水开始翻腾,波浪摇晃着小船。

原来,他碰上了一只普通的野鸭。它的翅膀像巨大

· 241 ·

的船桨，拍打着水面，爪子不停地蹬着，似乎要把舒布尔顺的小船撞毁。来不及做决定，也来不及逃跑，于是，河流旅行者闭上了眼睛，蜷缩成一小团，谁都看不见他。

鸭子用自己的羽毛把小船和勇敢的船长卷了起来，就像卷起一根绒毛一样。睁开眼睛，舒布尔顺意识到自己已经身处另一个空间。赶走了恐惧，他开始思考如何更好地安顿下来。他庆幸船桨还没有丢掉。鸭子就这样把舒布尔顺和小船带到了岸边，把斯维斯洛奇河水的水珠抖落在草地上。旅行者发现自己在一片草丛中，于是他新的历险就从这里开始了。

小家伙跑到一个干燥的地方，把小船底朝上翻了过来，把桨放在旁边。"让它们晾晒一下，后面还会有更多的考验呢。我还不知道到我的家乡波罗齐杨卡还有多少公里，"舒布尔顺自言自语道。"我先在附近转转，只是可别忘了把小船放哪儿了……"

为了不忘记，我们的旅行者决定在路上做些标记。第一个这样的标记是一片折断的草叶。舒布尔顺每隔九步就做一个标记——折断一个草叶。回头看了看，他高兴地发现，通往藏着小船的岸边的路清清楚楚。他正要继续走，但突然像钉在地上一样僵住了。在大约五步远的小路中间，站着一只蚂蚁。舒布尔顺感觉，蚂蚁正在用它全部的表情威胁他。他甚至有点害

怕，或者害怕也许不是一点……于是我们的旅行者决定主动发起

进攻：

"靠边，陌生的蚂蚁！"舒布尔顺自信地要求道。

但蚂蚁并不急于回应。他从头到脚仔细打量着小家伙。停了好一会儿，当舒布尔顺想要用肩膀撞开蚂蚁时，它才开口说话：

"你从哪儿冒出来的？！还没走一百步，就干了这么多坏事！今年冬天很长，春天来得很晚。草刚开始生长，正在积蓄着力量。而你，这么大胆，你为什么要破坏和践踏它们……你知道这是什么草吗？！"

舒布尔顺想把头缩进肩膀里躲起来……"但我干什么了呀？！这里有这么多这种草！"河船船长心想着，但大声说：

"我感觉，您没必要如此动怒，亲爱的蚂蚁！折断几片小草叶算什么大损失？我这样做也是迫不得已啊……"

听到这句话，蚂蚁开始原地转开了，一会儿向右，一会儿向左，可能是真的生气了。

"嘿，我不知道你的名字……但是你，可能，连一年级都没上完……这是千屈菜。这种草多年来一直在这里大面积生长。这是草本植物之母。而这种美丽的草有多少名字，你一下子都说不出来。有少女之美，还有柳树草、哭泣根、蓝冠毛、

橡树林、野生矢车菊……"

舒布尔顺听得很认真,也很不服气。他怎么没去上学?!……维罗妮卡可是每天都在日志里背着他去学校的。而且大部分,是的,大部分,她的优异成绩都是他本人的功劳。

但是,河流旅行者不敢和他争吵,蚂蚁的表情看起来很生气。因此,受了委屈的舒布尔顺一直听着,从表情上并没有表现出自己不喜欢什么。

"哭泣草会开花,当它绽放出泪——花时,周围将会多么美丽啊!……茎秆将高高耸立。你和我将可以在上面旅行……哭泣草有多少益处啊!它能制成多少药物啊!在我们的蚁丘中,一旦有谁生病,大家立即就会想起哭泣草。"

舒布尔顺听着蚂蚁的话,决定说出全部真相。首先,他说了自己为什么践踏和折断小草,然后,他又说出了自己其他的烦恼。蚂蚁和舒布尔顺和解了,并把不快留在了他们相遇的地方,然后继续往前走去。蚂蚁答应,在穿过草地后,他会帮助舒布尔顺找到他的小船。河流旅行者也答应让蚂蚁布鲁卡季克——舒布尔顺的新相识,也可能是未来好朋友的名字,在船桨上坐一坐……

舒布尔顺和他的朋友们

舒布尔顺进入蚁丘

蚂蚁的小腿儿爬得很快。几分钟后,舒布尔顺不得不跑着追赶自己的向导。他想四处看看,因为每一步都有新发现在等待着旅行者。

右边一片巨大的车前草叶,像一面绿色的镜子。左边一株没有叶子的高大茎秆,伸向天空。转过头,舒布尔顺差点撞上一朵黄色花瓣的花。小家伙站在巨大的花朵前时,蚂蚁已经远离了自己的同伴。如果不是它听到一声尖叫,回头看了看,还不知道会发生什么呢。

是舒布尔顺在喊,喊得连草都开始沙沙作响。喊叫是有理由的,因为一个巨大的动物落到了他感兴趣的黄色花朵上。当然,尽管恐惧,舒布尔顺还是自己做了更正:"不,它可能是一种鸟,因为它有翅膀……"蚂蚁飞快地跑过来保护自己的同伴。它悄悄在他耳边说:"这是蜜蜂。它是来采花蜜的,别害怕……它不会无缘无故碰任何人的……"

当舒布尔顺感觉没有危险时,为了不显得太傻,他问经验更丰富的同伴说:

"它属于哪种鸟?我不记得我和维罗妮卡的功课里有这种

奇怪的飞行生物。"

"这是昆虫……据说,"蚂蚁笑得合不拢嘴,"它来到上帝创造的世界比人类还早。蜜蜂是人类开始从中受益的第一种昆虫。如果每天吃蜜蜂采集的蜂蜜,就可以延年益寿。大家都知道这一点。"

"可我是第一次听说。我有点害怕和这样的怪物相处。它还会用爪子拍你的头!"舒布尔顺还是无法平静下来。

蚂蚁没有回答,而是大笑起来。它向胆小鬼解释说,蜜蜂和谁都不会打架。而是用自己的螯针来抵御陌生人的恶毒攻击,它的螯针又尖又刺。蚂蚁补充说,这样的螯针带来的不都是麻烦,有时也会带来好处。螯针会把一种特殊的毒药带入伤口。有时,它还会帮助受害者治愈这种或那种疾病,但也有相反的情况,蜜蜂蜇一下就能杀死人和野兽……

舒布尔顺哆嗦了一下。小家伙退缩了,低声说:"亲爱的蚂蚁,咱们还是尽量离这里远点吧,别让蜜蜂把我们蜇了。"

凝视着花朵上的蜜蜂,旅行者们悄悄地离开了。蚂蚁为了把平静传递给舒布尔顺,还出了一个谜语:"房子很小,居民无数",并自己回答说,这就是人们说的蜂巢。

两个伙伴还没走远,蚂蚁就开始紧张地四处张望。然后,它停了一会儿,抬起头来。河流旅行者注意到,他的同伴忧心忡忡。

"怎么了,朋友?"舒布尔顺看了一眼蚂蚁的眼睛。

"我自己也解释不清楚。我不懂这门关于天气的科学……"

"也许我能帮上忙?前不久我认识了费诺罗格爷爷,一位物候学家。我告诉你,兄弟,这是一个博学多才、经验丰富的人。他住在古老的杜科拉,而且很多很多年来一直在观察天气。"

"我也听说过这位有名的老人……应该问问他,为什么蚂蚁总能感觉到要下雨。而现在,已经乌云密布,我们必须尽快赶回蚁丘。在路上,我们要把蚂蚁青年们召集起来,并警告它们在恶劣天气里最好待在家里。否则,如果下雨,还会有电闪雷鸣,那麻烦可就大了!别问我怎么知道的。我的父母和我父母的父母以及他们的父母就能预知下雨……只有特殊的原因才会让我们不得不在露天冒雨完成我们蚂蚁的工作……"

舒布尔顺和他的同伴匆匆赶往蚁丘,那里离他们感觉要下雨的地方不远。在路上,他们真的遇到了几只小蚂蚁,它们正在卖力地拖着一根小桦树枝。而其中一只同时在背上还绑了一根松针。"简直就像我的船桨一样,"河船船长心想。但他没有大声说出来。最重要的是跟上蚂蚁,并更快地摆脱可能的危险。听了长者的话,蚂蚁顽童们也开始跟着跑起来。甚至没有问它带着的是谁。

见到蚁丘比见到蜜蜂更让舒布尔顺感到震惊。抬起头,小家伙连这座高大的金字塔的一半楼层都数不过来,而且也顾不上数。蚂蚁推着它的伙伴进了门,让他小心别绊倒,并指给他哪里可以坐下,而自己则径直跑进了另一个房间。几秒钟后,他抱着一抱草叶走了出来。

"现在请你帮帮我,"蚂蚁转身对舒布尔顺说。

他们一起把草叶塞进缝隙里。其他蚂蚁也在附近忙活着,它们用树枝把门顶住——这样的门一楼有很多，还加固了墙壁。

"下雨时，水流会对蚁丘造成很大的破坏，会冲破门窗，把一楼和二楼淹没。一完成准备工作，我们就去三楼或四楼。要避开危险，水可不是闹着玩儿的……"

在勤劳的工人们背后，有人发出了"哈哈"的声音，而且几乎是拉长了音说道：

"蚂——蚁知——道，啥时候下——雨。"

舒布尔顺转头一看，只见一只老蚂蚁站在他们身边。船长的朋友解释说：

"这是我的祖母索菲娅。对了，她名字的意思是智慧，聪明……"

"还有——科——学！……"老蚂蚁插话说。

"她的确懂得很多，见多识广。但现在她失明了，整天坐在蚁丘里。当然，失明并不妨碍她在厨房的炉灶旁做饭。她有帮手，但所有各种美味的烹饪食谱都是我祖母告诉它们的，而且第一次尝试都是她来做。我们干完活儿就去吃早饭。你一定饿了吧？"

舒布尔顺什么也没说，只是心在颤抖，在跳动。关于蚂蚁厨房的甜蜜思绪开始刺激着他的想象力……

老索菲娅的秘密

　　舒布尔顺干活累得筋疲力尽。小家伙非常不想落在蚂蚁们后面。它们跑来跑去，这让船长立刻想起了维罗妮卡，心想："她也跑不过蚂蚁！"它们是如此敏捷和快速的工人。但舒布尔顺也没闲着，他按照索菲娅祖母的提示从走廊的一个草堆中捡了一些短短的草叶，并给他的新朋友送过去。他的朋友熟练地将它们塞入缝隙里。显然，蚁丘非常害怕雨水。

　　舒布尔顺来到蚁丘的时候，天还亮着，但很快就黑了。无论河船船长怎么努力，都什么也看不见。"感觉不久前我上岸的时候天刚亮，而这会儿已经是真正的夜晚了。"小家伙忧伤地想。他真想看看蚁丘。这座建筑似乎是一座奇妙的城堡。小路蜿蜒，像盘山路一样。有些地方进入蚁丘深处的入口是露着的，有些入口则用门封着。舒布尔顺再没来得及仔细观察任何东西。如果他独自一人穿越蚁丘，他就回不来了，这是肯定的。

　　"难道我们只能这样坐在黑暗中吗？"河船船长自己都没注意到把自己的想法大声说了出来。

　　"亲爱的客——人！"老蚂蚁索菲娅用刺耳的声音回应说。"别——担——心，你什么都会看到的。如果你留心听,我可以告诉你一件事。可能,甚至在我给你和我孙子吃晚餐之前……"

舒布尔顺立刻竖起耳朵准备倾听,但索菲娅祖母并不特别着急。可能,她以前在这种情况下真的会保守秘密。小家伙甚至开始担心:如果祖母改变主意,不公开这个秘密怎么办?他和维罗妮卡从来没有秘密,除非女孩以前也欺骗过他。她没那么坏,也没有任何真正的理由。小家伙从没有长时间生过朋友的气……但在这里,在蚁丘,正在发生着另外一件事……

"不——不,根本不是在蚁丘,"祖母再次开始支支吾吾,好像读懂了他的想法。"只是不要害怕,亲——爱的客人!我真的能读懂别人的想法。是我的年龄在帮我……我一生中什么都遇见过了……"现在她的话听得清晰了,声音也不再支支吾吾。"我还要告诉你……千万不要着急……这适用于我们所有的行为。正如智者所言:三思而后行。"

索菲娅祖母叹了口气。在黑暗中,舒布尔顺没有注意到她是如何变得警觉起来,好像是怕有人偷听到她的话。

"我们亲爱的客人,你来蚁丘不是时候,我们不能向你展示我们建了很多年的宫殿的全貌。我们在这里躲避恶劣的天气,躲避野兽和飞鸟……而这一切都要归功于我的亲人们的辛勤劳动——蚁丘的许许多多的居民。蚂蚁们不辞辛劳地日夜劳作……我们不知疲倦地奔跑,难怪人们都说,工作中我们快如闪电……"

蚂蚁祖母沉默起来。然后,她非常小声地说,只有她自己和舒布尔顺能听到:

"但是,如果我们遇到任何困难,如果我们无法完成任何任务,那么魔幻沙粒就会来帮助我们。我们把它放在蚁丘地下室的一个大箱子里。这颗沙粒有着非凡的力量。例如,它可以把我们每只蚂蚁送上遥远的旅程。只要满足两个条件,你就会被赋予它的力量……"

舒布尔顺认真地听着,没有插话。虽然很想马上问,一颗小小的沙粒是怎么做到的呢?而祖母又听懂了小家伙的想法。

"你知道,这一切都在于我们的愿望……这些愿望能飞多远,这些遥远的旅程是如何在我们的梦想和希望中实现的……一颗沙粒会帮我们为它们铺平道路。甚至可能架起通往夜空的桥梁。只要有强烈的愿望……还需要满足两个条件。首先,是要通过考试……"

"这是什么考试?"船长没克制住。他很想告诉祖母他是旅行的超级爱好者。甚至可以推迟回家乡波罗齐杨卡,只要能看到新的国度……

舒布尔顺没有注意到索菲娅祖母又微笑了一下。她也想尽快告诉这个小旅行者一些重要的事情,因为,虽然她早已失明,但她用自己的灵魂、心灵和智慧看到了小家伙身上飞出的光线。他仿佛已经看到了七十七道光芒,仿佛星辰都在他眼中跳跃……

"你,亲爱的客人,别着急。让一切都顺其自然吧。我现在就告诉你条件……你必须亲自完成第一个。你想想,你想去哪里以及想去的原因,想去撒哈拉还是萨哈林?你想感受酷暑还是严寒?……你想遇见谁?遇见什么鸟类和动物?你最喜

· 251 ·

欢在哪条河上航行……当你的脑海中很清晰的时候，你就可以认为你已经完成了第一项任务。第二项任务也很简单。当你看到沙粒时，你必须在它前面通过考试。试题由三个谜语构成……哪些谜语，这我，很遗憾，也不知道。它会自己告诉你的……"

舒布尔顺完全安静了下来。以前，维罗妮卡给他讲关于宇航员的故事的时候，他曾经想去太空，他还想去中国，在那里在一个国家就可以看到一切：草原、沙漠、森林，可以上山，也可以下海。舒布尔顺还想去印度，那里有许多远古的遗迹。如果能体验一下其他感受就更好了，比如，爬上火山或从瀑布一跃而下……但现在，当有机会一次去很多其他国家时，小家伙兴奋不已，思绪万千，不仅考虑该做出什么选择，也要考虑是否准备好做这样的长途旅行。"不，需要拿出决心……这个沙粒在哪呢？！

我要让它把我送到卡拉库姆去……那里有沙漠和水渠，有西瓜和甜瓜……还有石榴和葡萄！……最重要的是，那里日照充足，阳光明媚……而波罗奇杨卡会等着我的……"

"你选择了自己的目标，这很好，"索菲娅祖母又一次读懂了舒布尔顺的想法。"只是还有一个问题……我们把沙粒藏得很隐秘，你只能通过地下室里一个复杂的迷宫才能找到它……不是每个人都力所能及的。"

"我能试试吗？"舒布尔顺果断地问道。

舒布尔顺正在寻找走出迷宫的方法

老索菲娅听到小旅行者的问题后,并不急于回答,尽管她理解他的迫不及待。她还知道的是:对重要事情的耐心和理解有时比做出某种决定的速度更重要。祖母也想把这种简单的智慧赋予这位新来的蚂蚁的客人。

"你,河船船长,虽然很勇敢,但你应该知道,要在权衡一切之后,顺理成章地上路……所以现在不要急……急于求成、杂乱无章是不可能有好结果的。你要肯动脑筋,就一定能找到迷宫,并与魔幻沙粒达成一致……"

舒布尔顺想了想。是的,蚁丘也真的不是维罗妮卡的日志,甚至不是她的书桌……那里一切都很简单明了,那里总是整洁有序。做完了一门功课,就把教科书、笔记本放到一边,把其他书本放在面前。当然,有时那里也经常混淆,但没有这样的黑暗,没有四通八达的各种小路。小家伙明白了,再不会有人给他任何提示了。因此,他只能依靠自己的力量,依靠自己的智慧。否则你哭也好,笑也好,都无济于事……

舒布尔顺仔细地看了看四周。他抬起一只爪子,然后抬起另一只,退到了左侧的墙边。

"为什么不用爪子摸着墙壁走呢,"勇敢的河流旅行者轻声说。"只是要摸着哪面墙呢?我试试贴着左边走。"

他向前走了几步。突然,舒布尔顺接触墙壁的爪子滑了一下，摸空了。小家伙勉强站稳。他小心迈了一步才明白，墙已经拐向了左边。于是他走得更加自信了，各种想法浮现在脑海中。比如，如果能在这个迷宫里看见维罗妮卡就好了，不，根本不是为了救她和把她从黑暗中带出去。舒布尔顺是想向他的城市里的女友证明他的勇敢和无所畏惧，并永远自己寻找出路。

小家伙的脚步迈得更大，也更自信了……然而，舒布尔顺感觉，他在迷宫里的旅程走的是一条奇怪的圆形路线。"怎么办？怎么能确定我走的是否真的是唯一正确的路线呢？而如果……那怎么办……"舒布尔顺做了各种各样的选择。他甚至回忆起有一次和维罗妮卡一起玩儿石头—剪刀—布的时候，也曾陷入过同样的困境。如果你握紧拳头，这意味着你手里有一块石头，如果张开两个手指就是你有剪刀，而手掌向上就是布。石头会让剪刀变钝，但布能盖住石头，而剪刀能剪布。而玩儿游戏的人必须在同一时间展示所有这些技巧。如果你亮出手指，而对手握拳，那你就输了……如果是手掌对拳头（石头），那你就赢了。像往常一样，在舒布尔顺找到窍门之前的很长一段时间里，维罗妮卡一直是赢家。而后……

这时候小家伙明白了，为什么他会想到这个古老的游戏，这个游戏起源于中世纪时的中国，在很多国家都广为人知。要在拳头、手指和手掌之间做出正确的选择，你必须了解这个体系。而且在决定在对手面前伸出什么时，考虑的时间只能在一秒钟内。但，也许，在这里，在蚁丘的迷宫中，没必要着急……

舒布尔顺目不转睛地看着前方。很快，他感觉，光线，或者更确切地说是一些萤火虫，正在从某个地方冲进来。他很想朝一个可能的出口跑过去，但萤火虫时隐时现，于是接下来只能在完全的黑暗中继续走。

"哎呀，要是能在哪儿摸到一个开关并打开灯就好了……"小家伙试图想象他正和维罗妮卡一起在房间里。

突然，前方闪现出一个明亮的，像太阳一样的圆球。光线从球上飞射下来，滑过走廊的整个空间。墙壁都移动开了，现出一条路。舒布尔顺想起了老索菲娅的话：

"……问题就在于我们的愿望……"

"但想出什么样的愿望才能让魔幻沙粒听见我的声音呢？"舒布尔顺心里想着这个问题。

光线已经照在他的小脸上，痒痒的，把温柔、静谧的温暖撒在我们小主人公的皮毛上。然后这条路是向下延伸的，舒布尔顺小心翼翼地走下台阶。他抬起头，看到了一些有趣的灯，和维罗妮卡房间和她整个城市住宅里挂着的那些节能灯完全不同。它们看起来像苹果和梨，闪烁着缤纷的色彩，柔和的光芒亲切地流淌着。

台阶到了尽头。小家伙发现自己站在一个小平台上，面前是一扇巨大的金属门。门边挂着一个铃铛。他的小爪子不由自主地朝它伸了过去……"但必须许个愿……"舒布尔顺想了起来。"要不我预订一次卡拉库姆沙漠之旅？……我从维罗妮卡那里听说过，在她的地图集中也看到过有这样一个大国……"想到这里，河船船长拉了一下挂在铃铛上的铁链。门立刻开了，舒布尔顺走进了一个干净宽敞、光线充足的房间。房间的中间放着一个高高的木箱子，和我们的冒险家想象的一样。小家伙走近了箱子，想把它打开，但这时听到了沙沙声和吱吱声。原来，魔幻沙粒就在箱子里：

"我不知道你叫什么名字，也不知道你是什么种族部落的，"它说。"但你看起来不像蚂蚁，不会是老索菲娅派你来找我的吧？"

"是的，魔幻沙粒，我为打扰你的平静向你道歉。我知道，必须许愿才能来找你……我有一个愿望。"

"我知道你有。你以为只有索菲娅一个人能读懂别人的想法吗？可是，你告诉我，你为什么要选择卡拉库姆……据我所知，对你来说，穿越蚁丘已经是一次很大的冒险了。不是吗？"

舒布尔顺不知道说什么好，但他也明白，保持沉默也是不对的。这里找不到任何提示，而答案根本不需要别人的智慧，它自己就来了：

"我喜欢一切未知和神秘的东西。如果能去那些与我们白俄罗斯不同的国家，一定会非常有趣……遥远的世界总是吸引着我……"

"但为什么去卡拉库姆呢？你对它了解多少？你知道卡拉

库姆海域有鳄鱼,有强烈的风暴吗?"

魔幻沙粒开玩笑一样问了这样一个问题。舒布尔顺想了想,他想起了卡拉库姆所在的土库曼斯坦地图……

"你知道,魔幻沙粒,"他大胆地说,"你搞错了。卡拉库姆没有海,它是一片沙漠。那里的居民总是饱受缺水的考验。而且那里也没有鳄鱼。"

"好,好,"住在箱子里的沙粒和善地同意说。"我是开玩笑的。但你要知道,那里会非常艰难……但我看得出,你是一个勇敢的旅行者。那我们就别浪费时间了,开始猜谜语吧……我说的不会太难,但你还是得好好想想。如果你是一个善于观察的旅行者,如果你曾经历过不同的困境,那你很快就能猜出谜底……第一个谜语:'黑牛刺伤了所有人,而白牛起身扶起每个人。'我说的是什么?"

"显然,秘密在于黑色……也许与黑暗相关?"舒布尔顺开始推理。"而'白的起身',这是什么意思?这个谜语有点前后接不上,前后矛盾……也可能……"

"这可能是黑夜和白天!"我们的英雄船长高兴地惊呼道。

"好,你已经猜出了第一个谜语,"魔幻沙粒马上说。"现在请听第二个:一头牛对着一百个村庄、一百座山峰、一百个湖泊咆哮。你能猜出说的是谁或什么吗?"

"这个对我来说最容易了……谜底是雷。我真的陷入过这样的困境,不希望任何人再有这样的遭遇。大雨倾盆、电闪雷鸣……一样不少。如果不是费诺罗格爷爷,也许我现在就不会站在这里了……"

"那么请听第三个谜语:'狐狸在森林附近奔跑,既追不上它,也找不到踪迹。'"

舒布尔顺想了很久。不过,他立刻感觉说的又是关于自然现象。他开始思考,追不上谁呢?见不到谁的踪迹呢?

"这个谜语不是关于太阳的吧?"舒布尔顺谨慎地断定说。

"好吧,蚁丘的客人,你成功了。你什么都知道……你可以认为,通往卡拉库姆的道路已经为你敞开。几分钟后,你就会发现自己已经身处世界上最炎热的地方。你体验到遥远的土库曼斯坦所有的美丽和生活的复杂……也许,当你在骄阳下无处藏身的沙漠中行走一两天没有水的时候,你就会知道什么是干渴了……而且还会有各种在白俄罗斯这里连做梦都想不到的毒蛇、巨蜥……所以你想想,你愿意去经受这样的考验吗?……"

舒布尔顺紧张了。他的毛发竖了起来,眼睛瞪得溜圆,似乎都快要哭了……"不,我不会放弃我的决定,"河船船长自信地对自己说。

"尊敬的魔幻沙粒,你可能不喜欢,但我还是要告诉你……"他开始说。"每个人都有去发现的权利。即使一切都不会一帆风顺,即使会很艰难,我还是很想穿越沙漠,看看沙漠里的居民。如果幸运,还可以骑骑骆驼!"

"我看得出,你是个真正的旅行者。而且,显然,你不会放弃自己的追求。只有你能帮我解决一个问题。"魔幻沙粒停顿了片刻。"事情是这样的,在去东方卡拉库姆的路上,你可能会有同路人……先听我讲个故事吧。也许我的请求你不会喜欢……"

舒布尔顺和他的朋友们

舒布尔顺了解外来蚂蚁

魔幻沙粒向四面八方散发着光芒,仿佛整个房间都要被阳光充满,熠熠生辉、火花四溅。舒布尔顺甚至缩了一下身子,弯下腰,生怕闪耀的光线会落在他的皮毛上,那样他就会被炽热的火焰所点燃。但他不想说出来,一旦魔幻沙粒把他当成胆小鬼呢,那还派他去探什么险?!还能把什么秘密托付给他呢?!

最后,光线终于稍稍收敛了一点玩儿心。从魔幻沙粒的嘴里开始飞出火花一样的话:

"这个故事由来已久。那时候,我们的蚁丘还没有建成,斯维斯洛奇蚂蚁正在为建蚁丘选择地点,当时波浪将一只船的碎片冲到了岸上……后来我们才知道,这是一艘大船的残骸。看到这些,我们的蚂蚁们非常惊讶。惊讶并不是没有理由:它们发现,一些地方躺着很多死去的蚂蚁。它们和斯维斯洛奇的蚂蚁非常相似。而当河岸的主人们仔细一看,原来这二十只不速之客都还活着。只是,当然,被它们所遭遇的自然灾害折磨得精疲力竭了。太阳一出来,它们就睁开

· 259 ·

了眼睛，开始四处张望。大家都很喜欢这些客人。后来，它们告诉大家，它们参加了一个逆流而上的不寻常的旅行。勇敢的船长在乌克兰把它们带到了船上。他向大家许诺，很快就会回去。在船上，旅行爱好者们为自己安顿了一个角落，并从那里欣赏着岸边的美景。这既可怕又有趣，而有时还是很想回家，但不得不忍着。没有大船，根本回不去乌克兰，几百公里，而且还是水路……

在斯维斯洛奇河畔，外来蚂蚁们受到了热情的接待。它们与主人们一起建造了一个新的大蚁丘。总的来说，他们在这里扎下了根，但旅行者们还是想着回到它们的祖国。他们觉得，乌克兰的天气更温暖，那里的太阳更灿烂，而且它们也思念第聂伯河。

"我们到现在也不知道，怎么帮助这些外来的蚂蚁，"魔幻沙粒悲伤地嘟囔着说。"也许，你，舒布尔顺，能给点什么提示？你可能有很多见闻。毕竟，你和维罗妮卡一起学习功课不是一天两天……"

舒布尔顺沉思起来，首先想的是魔幻沙粒怎么会对他的生活了如指掌。

"是光线帮我的，"魔幻沙粒听到了客人的想法。"它们不仅用阳光的温暖爱抚我们，还能揭开它们所接触的每个人的秘密。"

"是的，魔幻沙粒，我很喜欢地理。我和维罗妮卡一起，或者在没有她的时候，我在地图上旅行，翻阅一页一页的地图集和各种旅行书籍。我感觉，正因如此，我才走遍了其他国家,看到了广阔的海洋和最大的河流。外来蚂蚁的任务并不艰巨。它们可以顺着河流回去。这比他们来白俄罗斯的路要轻松得多。它们应该沿着斯维斯洛奇河到别列津纳河。从别列津纳河出发,水上线路就会把它们带到第聂伯河。首先,大河会带着蚂蚁们的船穿过白俄罗斯,然后,就是乌克兰了……如果它们愿意,还可以沿着第聂伯河到达黑海……"

"所有这些都是一条路吗?"魔幻沙粒澄清道。

"是的,一条路。别列津纳河和第聂伯河都是大河。只是一条别列津纳河就汇聚一百条河流的河水并将其带到第聂伯河。而注入第聂伯河的还有洛赫瓦河、德鲁特河、普里皮亚季河和索日河……"

"那我们就别浪费时间了,舒布尔顺。我们把这些告诉我们亲爱的蚂蚁旅行者们吧。他们会很高兴的!黄色光线会带你去找它们。它们住的不远。当然,它们很勤劳,总是在工作。也许它们已经回家了,静静地坐在半黑暗中,因为思念故乡而感到忧伤……"

"但只是知道路是不够的,还得想办法克服它,"舒布尔顺平静地说。

"我从心底感受得到你的焦虑,我亲爱的,"魔幻沙粒沉思了一会儿。"但我们会帮你的。最重要的是,你的愿望和知识会帮助你。而蚂蚁们,一旦知道有可能回到自己的家乡,就会竭尽全力……"

舒布尔顺听外来蚂蚁的故事

黄色光线正急速向前冲去,从那些最深的缝隙中飞掠而过。舒布尔顺急忙追了上去,有时他甚至在跑,为了能赶上这个明亮而清晰的标的物。

"看来今天的工作已经结束了,"河船船长试图在后面告诉他的向导。他想说,没必要这么着急。反正蚂蚁们哪也不去,奔波一天已经累了,现在都在自己的角落里安静地坐着。舒布尔顺明白,黄色光线不可能听到他的声音:他匆匆往前走着,后面的太阳光点儿在地上飞舞流淌。

但并非如此!黄色光线听到了他的话:

"也许吧,我的朋友……可是蚂蚁的时间总是不够用!他们是如此勤劳,你能做的只有羡慕!事实上,我们的蚁丘能建得如此巨大,外来客人功不可没。顺便说一句,你要知道:世界上大约有一万二千种蚂蚁,而在我们附近的地区——在白俄罗斯、乌克兰和俄罗斯,大约有 300 种……"

舒布尔顺开始更加仔细地打量着黄色光线。不,它并不像最初看起来那么简单,甚至某些方面看起来很像蚂蚁。给人感觉,它马上就要变成一只蚂蚁,说不定飞去哪里。就像伊万王子曾经变成一只蚂蚁,钻到水晶山里并拯救了公主一样。不管怎么说,蚂蚁们的能力还是很强大。在没有人能通过的地方,它们这些神秘角落的侦察兵会钻进那里。大洪水过后,蚂蚁们

舒布尔顺和他的朋友们

拯救了很多人和很多东西,这绝非偶然。据说,在越南,一只蚂蚁克柳奇·肯图藏了一粒米,并与它一起经历了所有的军事考验。舒布尔顺知道许多关于远方异域居民的趣事,但关于沿着第聂伯河到达斯维斯洛奇河的蚂蚁,却什么都没想起来。

黄色光线又转了一圈,然后僵住了,好像有人对它施了魔法。太阳的光点儿飞向不同的方向,最多的是向上,形成了一个巨大的光环。一分钟后,光环开始分散成小光点儿——如此美丽,以至于舒布尔顺忍不住兴奋地惊呼起来:

"这是真正的太阳雨!"

河船船长的周围突然变得豁然开朗。从阳光中浮现出一张桌子,两边带着长椅,每条长椅上坐着最少十只蚂蚁。

"认识一下吧,做个朋友!舒布尔顺将帮助你们征服新的路途,他会提示你们,你们可能已经遗忘了的从前的小路该怎么走!"黄色光线说。他说完就消失了,就像从未来过这里一样。最后,留下了一个火热灿烂的微笑,像是双手撒出的一把一把的太阳光点儿。

舒布尔顺仔细打量着这些外来蚂蚁。它们和斯维斯洛奇的亲戚没有太多的不同。也许正因如此,它们才很容易与白俄罗斯的蚂蚁们找到共同语言。难怪老索菲娅如此称赞它们的努力、勤奋和诚实。然而,尽管蚂蚁们很友好,但它们的眼睛里仍然带着一丝忧伤,脸上流露出淡淡的悲伤。

凝视着他新朋友们的眼睛,也许是未来艰难旅程中的伙伴,舒布尔顺仍不知从何说起。提什么问题不会破坏大家对友谊的渴望呢?第一步应该怎么做?但总是这样沉默着也不行。

· 263 ·

"我亲爱的蚂蚁们，咱们认识一下吧，"河船船长打破了沉默。"我叫舒布尔顺。我喜欢旅行。这不是嘛，我是在旅行中偶然来到这个蚁丘的。关于你们的事我也知道一些。魔幻沙粒告诉我，你们一直都在想着回故乡。我们可以试着一起去找到你们的故乡，当然，如果你们不反对的话……"

这时，舒布尔顺身上的每一根毛都能感觉到，蚂蚁们睁大眼睛看着他，努力窥探着他的想法，想弄明白他心里在想什么。

"好吧，魔幻沙粒的建议对我们来说就是律条，"坐在桌子中间的蚂蚁第一个回应了一句。"如果你真的不骗我们，那我们就愿意跟着你赴汤蹈火。我们在这个蚁丘里已经生活了很久，但我们还记得我们的家园……"

"我们甚至每天晚上都会讲同一个童话故事，"另一只蚂蚁也加入了谈话。"现在我们就要准备回味睡前的童话故事了……"

"很抱歉打破了你们的传统，"舒伯尔顺急忙道歉说。"要不，今天我们一起来听一听这个童话故事吧？聊天我们还有时间……"

"对，对，传统不能打破。没有家乡的童话，我们是不行的……听着这个童话，我们就会想起我们的祖国，这时候谈话就会变得不同，会更严肃和更真实。"

大家都把目光投向了最早与舒布尔顺说话的那只蚂蚁。

"我不知道，我们的客人是否会喜欢这个童话，但对我们来说，只有它才能让我们想起家乡……你也听听吧，舒布

舒布尔顺和他的朋友们

尔顺。"

"……卡缅涅茨①和斯图德尼亚②之间有一条丘马克之路。"

"丘马克是旅行者、经营鱼和盐的商人,"蚂蚁首领向舒布尔顺解释说(舒布尔顺只能这样称呼他)。

"……村子里有两个孤儿——伊万卡和玛丽卡。长大后,他们就结了婚,期待着他们第一个孩子的出生。为了买一块地,盖一间小屋,伊万就和丘马克们一起去克里木贩盐。他们告别时,仙鹤正从他们的头顶飞过,丢给他们一声悲伤的'咕噜——咕噜'。玛丽卡说:'无论你在哪里,只要听到仙鹤的叫声,就记住我在等你……'丘马克们有惊无险地到达了克里木,他们如数买够了盐。结果在返回的途中,鞑靼人从迪阔耶波利耶(荒原)冲出来,许多人遭到了殴打,有些人被俘虏,被锁在大桡战船上。不知过了多少年,战船遭遇了一场可怕的风暴。这时仙鹤开始在俘虏们的头顶发出咕噜咕噜的叫声,伊万③立刻振作起来,他命令桨手与风暴搏斗,拯救战船和自己的生命。他们拼命划船,越过了海上的危险地带。可是,战船被卷到了一个不知名岛屿的浅滩上。伊万卡要求土耳其船主把桨手手上的锁链解开。他说,这样就能把战船拖回水里。而当他们将船推入海浪时,伊万卡大声喊道:'兄弟们,咱们杀了土耳其人吧!我们不要再做奴隶了!'

---

① 卡缅涅茨-波多利斯基是乌克兰西部的一座城市。
② 白俄罗斯的村庄。
③ 伊万卡的大名。

是的,他们获得了自由,但不是每个人都上了岸。结果又失去了自由:再次落入了鞑靼人的手里。他们的头领下令把战船的逃兵眼睛烧瞎,把他们这些肢体残缺和双目失明的人扔在草原上喂野兽。只有伊万一个人活了下来。他饥肠辘辘、遍体鳞伤,就在奄奄一息时,听到了'咕噜——咕噜'的声音,于是又一次不知从哪里来了力量。这时丘马克们正巧经过,他们就带上了伊万卡。

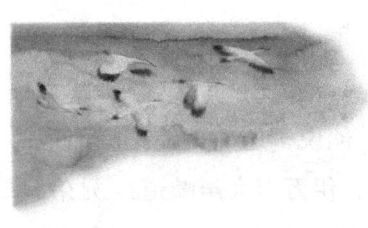

最后,这个受尽了苦头的人和丘马克们终于来到了一个山坡上,在这里,在离一个小泉眼不远的地方,他和玛丽卡曾经一起长大。他认出了泉水的味道。他喝足了泉水解了渴,躺在草地上睡着了。而醒来时听到了一个声音,好像是自己的,只是很年轻:

'你好啊,亲爱的!'那个声音说。'我要和丘马克们去克里木,赚钱买地,盖房子。没准还能找到我父亲,然后我们一

起回来。只可惜妈妈没有等到他……'

于是，伊万用尽全身力气，朝这个声音伸出双手，大声喊道：

'我唯一的儿子！不要去远方，不要去异乡，不要离开你的故土，它是你最亲的地方，没有比它更亲的地方！'"

……蚂蚁首领讲完童话时，现场一片寂静。舒布尔顺看见外来蚂蚁们眼中含着泪水。他也想哭，想对它们说些安慰的话。

舒布尔顺也想到了自己对家乡的向往。也许，有一点他自己也没明白，从舒适的城市住宅里逃离维罗妮卡，为了找到他去大城市之前住的地方。他曾经就是在那里被一个小女孩捡到，然后离开了家乡的河流和森林，被带到了遥远的地方……但这些想法始终无法用语言表达出来。喉咙里一酸，让他想起了蚂蚁和它们艰难的命运。

"你感觉怎么样，亲爱的客人，我们的童话？"蚂蚁首领打破了沉默，对河船船长说。

舒布尔顺看了大家一眼，然后郑重地说：

"我想，我们还会听到你们仙鹤的叫声。我们将一起征服这条漫长的道路。我有个计划——我们将造出一条新的小船，船里每个人都有一席之地。我知道我们旅途的路线。请你们相信我……"

舒布尔顺带领外来蚂蚁去斯维斯洛奇

清晨，河船船长很晚才醒——也许也不算太晚，但肯定是在外来蚂蚁们之后，所以觉得有点尴尬。不过，舒布尔顺未来的同伴们并没有注意到这一点。或者，它们是装作没看见……总之，蚁丘里大家都在准备着集合。当小家伙用拳头揉着黑黑的眼睛，甜甜地打着哈欠的时候，蚂蚁们正在迅速地来回奔跑，收拾着背包。过了一会儿，最年长的那只蚂蚁走到舒布尔顺跟前，兴高采烈地报告说：

"我们已经准备好上路了，船长！我们在等待您的命令，下一步做什么？"

小家伙有点困惑。不，舒布尔顺已经计划好了做什么和如何寻找外来蚂蚁们的家乡。首先，必须到达斯维斯洛奇河岸，在那里做一条小船。坐那个薄木片是无法航行的，不过，木片在困境中救了舒布尔顺，可是坐不下这么多蚂蚁。新船造好后，它们将沿着斯维斯洛奇河前往别列津纳河，而别列津纳河通往第聂伯河。到那里蚂蚁们有些东西就知道了，因为，第聂伯河就通往它们的家乡。总的来说，路线清晰明了。现在是另外的问题。过去，河船船长是独自旅行，只对自己发号施令，无须向任何人报告自己的行动。现在呢，显然一切都不同了。但已经没有退路了。

"好了，朋友们，我们现在就去河边吧，路上我要问你们一件事,但也许你们还需要和主人们道别一下吧?"

年长蚂蚁回头看着自己的同胞们,眼中满是悲伤。给人感觉,它似乎在注视着每只蚂蚁的内心。

"我们昨晚已经和它们告别过了。早上,我见到了老索菲娅,她给我们定了一个重要的盟约:在友好与和谐中生活,记住每一个善待我们的人。索菲娅祝愿我们旅途愉快、能经受住所有的考验。她说,亲爱的船长,她相信你的知识和能力……"

蚂蚁长老停顿了一下,也许它还想说些什么。但舒布尔顺听了索菲亚的赞美,脸红了,用爪子指了指门:

"上路吧,朋友们!……"

从蚁丘出来后,同伴们排成像一根链条一样的队伍朝河边走去。舒布尔顺走在前面。他在思索一件事:如何尽快赶到河边以及去哪里能找到造船所需的材料。很显然,需要一根好树枝,但小船一定要轻。在岸边的草丛中能找到这样的树枝吗?它应该是什么树木或灌木的树枝呢?

外来蚂蚁长老跟在河船船长身后，努力一步不落。这条路外来蚂蚁们还了解一点。它们曾不止一次穿过这条路，在附近收集过各种树枝和碎木片。

突然，舒伯尔顺看了看四周，转向长老问道：

"亲爱的，你知道附近的人们把春天从苹果树和其他树上砍下来的树枝放什么地方吗？这里肯定有果园吧？"

蚂蚁停了一下，看了看四周。

"怎么会不知道？！一到春天，村里的人们就会把被暴风折断的树木堆在这里——人和车都过不去。的确，干枯的树枝非常适合修筑蚁丘。我们能折断或砍断一些，就直接拖到蚁丘里，交给建筑工人们。木头马上就能派上用场：可以用它做橡子，还能铺龙骨。不需要风干……我们尤其珍视苹果和樱桃树枝。好像，没有比它们更结实的木头了。"

这些舒布尔顺自己也知道。他不止一次听维罗妮卡的爸爸说过，他们城里住宅的地板块就是用樱桃木做的。而且，令人吃惊的是，它们甚至比橡木更耐用。也经常用樱桃木做家具，而且这种木材加工起来并不难。它既结实，同时又富有韧性和弹性。

"那我们就用樱桃树枝做我们的小船！"为了让每个人都能听到，舒布尔顺大声地说。

旅行者们并没有如愿很快就找到一大堆灌木。太阳已接近天顶时，寻找树枝的蚂蚁们，才走到真的被堆积如山的东西隔断的路上。舒布尔顺开始仔细研究这里可以选点什么。他的目光注意到了一根一端支到地里的树枝。给他的印象是，与树的

舒布尔顺和他的朋友们

主体部分相比,树枝相当小,但它却支撑着所有树枝的重量。"我们需要的就是这样的一艘坚固的船,"船长心想,但暂时他还没有大声说出什么。他想听听蚂蚁长老的意见,不管怎么说,自己的生活经历还比较少。长老看了看舒布尔顺,笑着先开了口:

"看来,船长,我们看好的是同一根樱桃树枝。那我们就把它锯下来吧?"

"我同意,朋友,"舒布尔顺也露出了满意的笑容。"我还想起来一个谜语:'圆如球,红如血,甜如蜜。'"

"这是樱桃!"蚂蚁长老笑得更灿烂了。

旅途中最好的就是同行者能相互理解,不仅能听到对方的话,还能听到思想。就在河船船长这样思考的时候,蚂蚁们已经放下了背包,拿出了锯子和斧子。长老下达了简短的命令——有的爬到了上面,有的挤在下面。斧子开始"咔咔"作响,砍掉了一切多余的部分。

没过多久,樱桃小树枝已躺在了草垫上。蚂蚁长老命令把树皮也去掉。舒布尔顺走来走去,并教它们怎么把未来小船的船头削尖,需要砍出怎样的凹陷,以便可以隐藏在船里。船长还想到了一个有趣的主意:"为什么不用撕下来的、长条的薄樱桃树皮做船帆呢?桅杆可以用更细的树枝来做……根本不会

· 271 ·

有多余的东西……"不过，小家伙马上就让自己冷静了下来。要想做出好的船帆，光有锯和斧头还是不够的。

但他还是和蚂蚁长老分享了这个想法。毋庸置疑，蚂蚁的背包里什么都有：木钉、麻绳，还有一根马尾编织的绳子。这样，旅行者们的桅杆也就准备好了。

时间在一点一点过去。完成所有工作后，蚂蚁们在船的两侧坐了一两分钟，但休息的时间并不长。长老第一个打破了沉默：

"也许我们该集合了，船长……"

"是的，朋友，我们还有很长的路要走。并且最好是趁着没下雨，天还没黑，现在就上路。还得适应一下操控船只。虽然斯维斯洛奇河是我们要克服的最小的河流，但它的脾气也没那么好。路上我们还得找到船桨。"

蚂蚁们还没等到任何命令，就围在了这条崭新的小船的两边，用强壮的后背把船抬了起来，然后就跟在舒布尔顺和自己长老的身后前行。斯维斯洛奇河就在前面等着这些旅行者们。

舒布尔顺羡慕外来蚂蚁

　　河船船长仔细观察着自己同伴们的表情。舒布尔顺想确保每只蚂蚁都能心情愉快地上路，因为前面的路还很长。如果没有去克服它的心情，如果对自己是否能行存有疑惑，那最好还是不要上路。而且，这可不是在波罗奇杨卡和斯维斯洛奇河边的全家游玩，而是一次真正的旅程。父亲河——第聂伯河正在等待着这些旅行者们，并可能正在为他们准备着一些考验。没有这些，自然，是不可能的。

　　外来蚂蚁们的表情都很专注，舒布尔顺在它们的脸上没有看到任何笑容，但他看到了决心。他想，再也找不到比这更好的同伴了。可以看出，蚂蚁们只关注一件事，那就是如何尽快回家。没办法，正如白俄罗斯人所说，家乡的土地比别人的羽绒床垫更柔软。不管你怎么看，异乡的春天都没有家乡美……

　　舒布尔顺坐在他荣耀的船长座位上。并挥了挥爪子，发出信号："解开系泊绳！离岸……"

　　于是波浪带着船和这个队伍顺流而下，瞬间几乎把它们带到了斯维斯洛河的中央。

　　虽然不能说今天早上斯维斯洛奇的河水特别温暖，但水很平静。微风徐徐吹来，摇动着小船。舒布尔顺回头看了看岸边，有一种难以名状的东西困扰着小家伙。也许，首先，与外来蚂蚁们不同的是，他要离开自己的家乡。在自己的家里，每个角落都会给你帮助。在波罗奇杨卡布满森林的岸边找到家乡的梦想变得更加遥远。而现在一切都很顺利，舒布尔顺有经验和力量，操控河流"班轮"的能力开始显现。自愿帮助外来蚂蚁们是如此的轻松和自信……但如果从另一个角度来看，帮助遭遇不幸者不是一件重要的事吗？

一个大浪溅过船舷，直接冲向舒布尔顺的脚下。"如果我们无法成功通过第聂伯河怎么办？"河船船长给自己提了个问题。但想了想，决定让自己忘掉所有的疑虑。否则，真的无法完成沿着这条共属于三个民族（俄罗斯、乌克兰和白俄罗斯）的大河的旅程。

舒布尔顺凝视着河岸，没有注意到蚂蚁长老爬到了他的身边。

"船长，"他恭敬地对小家伙说，"如果你能讲一讲我们航行的路线，以及我们在回家路上会发现哪些河流，我将不胜感激。"

"别担心，亲爱的朋友，路线我很熟悉。我们将从斯维斯洛奇河进入到别列津纳河。它的河水就会将我们带到你们熟悉而又亲切的第聂伯河。到了那里，也许，就不需要任何提示了。怎么说，也是你们家乡的河流……"

"相信我，年轻的船长，在我们远离故土的自我放逐中度过的这些年里，第聂伯河的形象并没有从我的记忆中消失。我们传奇的第聂伯-斯拉夫蒂奇河畔的每个小岛还记在我的心里。我感觉，我知道它每一个河湾。我还记得坐落在河道两侧所有的城镇和村庄。即使是现在，如果蒙上眼睛，我仍然能看见眼前的第聂伯河的村庄：卡涅夫、切尔卡瑟、克列缅丘克、第聂伯罗捷尔任斯克、第聂伯罗彼得罗夫斯克、扎波罗热、瓦西列夫卡、第聂伯罗鲁德诺耶、尼科波尔、戈尔诺斯塔耶夫卡、第聂普利亚内、赫尔松……"

舒布尔顺着迷地听着老蚂蚁的讲述。在与维罗妮卡一起学习的过程中，小家伙积累了很多地理方面的经验，这些名字他已经不是第一次听到了。他惊叹于它们的优美。他眨着眼睛，赞叹不已。

"您亲眼见过所有这些宝地吗？如此美丽的名字！"

"相信我，亲爱的舒布尔顺，这些村庄的建筑和自然风光都非常美。而它们的名字里也藏着很多秘密。我给你讲讲其中的一个……比如，切尔卡瑟这个名字的由来？它在一种突厥语言中的一种发音是'奇里基希'，还有一种是'恰雷基什'。两种发音和切尔卡瑟都很接近。其实，'奇里基希'是有力量的人，军人。在军队服役的人这样称呼自己，是由鞑靼人或土耳其人和斯拉夫人构成的军人阶层的代表，即那些团结起来与外敌作战的人……各种不同的故事总让我能想起许多第聂伯河沿岸的地方。"

"给我讲一个故事吧，"舒布尔顺请求长老说。

"对不起，船长。我想我们会有时间的，前面的路还很漫长。现在我要去安慰一下我们和睦的队伍，他们正在担心我们选择的路是否正确……"

长老不慌不忙地挪着爪子，走到船中间，舒布尔顺恭敬地看着它的背影。长老沉默的身影也雄辩地证明，在新的长途跋涉中,外来蚂蚁要想生存下去,实现自己的目标,就必须相互协作,听从年长朋友的意见。"怎么能不羡慕呢?"舒布尔顺想,他给自己增添了一分冷静,抛掉了许多忧虑和疑虑。"我需要的只有坚持,也许我还要从蚂蚁们身上学到很多东西……"

舒布尔顺和他的朋友们

舒布尔顺创建河上学校

外来蚂蚁选择的这条船是如此舒适,以至于给船长感觉,就像在他朋友维罗妮卡的房间里一样。一两分钟后,女孩就会把日志翻到需要的页面,这时候小家伙就会从那里溜出去,走到桌子上,翻看她的课本,也可能会去翻翻他最喜欢的地理图册。

舒布尔顺沉浸在自己的遐想中,没注意到外来蚂蚁长老走到了他的面前。

"你好,船长!"长老恭敬地说道。"当我凝视着载着我们船只的波浪时,我为即将回家而欢欣鼓舞。所有的忧虑都被这些波浪击得粉碎,消散在远方的某个地方。尽管有时,当河流稍稍平息下来的时候,还是有各种思绪让我不能平静。你知道,舒布尔顺,我有个大忙要拜托你……"

长老停顿了一下。船长挺直了肩膀,把目光投向了周围。"长老现在会说什么呢?我能回答出这个受人尊重的蚂蚁首领的问题吗?"舒布尔顺紧张了起来。

"我们亲爱的朋友,"长老略带庄重、相当认真、恭恭敬敬地对船长说。"斯维斯洛奇缓缓地将河水带到大河,带到黑海。我们在船上生活得相当平静和舒适,一点都不比在我们喜欢的、曾经客居并和你的同胞们一起工作过的蚁丘里差,我们已经心灵相通……但我们的旅程将持续不止一天。正如你所看到的,我们已经习惯了一直工作。只是躺在船上打发时间,对我们来说是一件非常艰难的事,最让人疲倦的就是这件事……"

长老突然沉默起来,他环顾了一下四周,用一只爪子指了指它的蚂蚁朋友们:

"它们已经厌倦了无所事事,蚂蚁们需要做事。如果我们不是被水挡住,如果我们可以跨过船舷到达岸边,我们就会探寻到很多条小路,并且肯定会在某个地方建一个新的蚁丘。"

舒布尔顺想了想。的确,船太小——树针和树枝再小,也不可能用它们在船上建造一座宫殿,而蚁丘在舒布尔顺的想象中就是一座庞大的宫殿。在船上放一个这样的蚁丘,那船肯定会被掀翻。而且去哪里可以弄这些树针呢?!"不是每个人都有能力建造一座这样的建筑的,"舒布尔顺心想。"它们,蚂蚁们,不仅勤劳,而且聪明、吃苦耐劳,不仅能挑着重担到达某个目标,而且它们一定拥有很多知识吧?否则,我早就在这里为他们办一所学校了,把从维罗妮卡那里听来的东西告诉它们……"

小家伙在长老面前感到有些尴尬,甚至在他透视的目光下感到很难为情。然而,本该是从深思熟虑中产生的新思路,却被一只明亮的太阳兔打断了。它从水中跃上船舷,然后摸了摸舒布尔顺的爪子,让它的皮毛和身体都充满了抚爱般的温暖,船长甚至把小爪子缩在了一起。而太阳兔在船上继续跳着,散落成小火花,用阳光般的笑容一下子触碰到几十片河水的波浪。"这是魔幻沙粒在给我暗示……"舒布尔顺几乎惊叫起来。

当然,这一发现并没有为他寻找问题的答案提供多少帮助，想清楚让蚂蚁们干什么，做什么事。只不过一想起魔幻沙粒，舒布尔顺更加坚定了自己的决心。河船船长大胆地向蚂蚁长老道出了自己的计划：

"旅行期间，我们应该在船上组织一所学校，每天都有不同的课程。我已经知道有一位老师了……"小家伙好奇地看着老蚂蚁的眼睛。船长想把这个负责任的角色交给长老，但他还没来得及说什么，就听到长老回答说：

"我也知道。你把我们的路线规划得如此之好，因此，我不认为哪个地理老师会比你更好，更有经验。"

也许，要是以往，河船船长还会争辩，但现在他只需要和蚂蚁们相向而行。舒布尔顺又一次想起了魔幻沙粒，回想起了自己要帮助被迫流浪的蚂蚁们找到家园的承诺。

"谢谢你，我们亲爱的朋友！"长老又回头看了看自己的旅伴们，然后它爬得离船长室更近了，小声地说："船长，我们先好好商量一下。你自己也知道，一个毛躁的人会做两次同样的事情。虽然我们的学生都是成年蚂蚁，但组织课程，使他们从中受益，并不是一件简单的事。但顾虑也要合乎情理。毕竟，谁不走路，他就不会摔跤……"

船长和长老就如何开办这所不同寻常的河上学校进行了长时间的讨论。教授哪些课程？用什么来代替教科书？家庭作业怎么办？是否要求蚂蚁们做笔记？在哪里做？舒布尔顺想起不久前与费诺罗格爷爷的会面，于是建议在地理课基础上增加气象课程。蚂蚁长老同意在这门课上发布有关晴雨的预报，甚至关于雷电的预报。

舒布尔顺介绍白俄罗斯语

昨晚,船长决定让蚂蚁们了解一下白俄罗斯语。但到了早上,他已经怀疑:它们是否需要。语言——即使是母语,即使是世界上最好的语言,对于客人而言,仍然不像数学那样必不可少。和物理学或天文学相比,它的优势截然不同。但舒布尔顺现在想这么做,仅此而已,没有任何办法。愿望和思想为此而迸发,它们在天国里诞生,以便有朝一日能通过善行在世间显现出来。

从维罗妮卡学校的课程中,舒布尔顺知道,同学们并不太喜欢白俄罗斯语"莫瓦",这曾让他很惊讶。很多词语都让他感觉是那么温暖和亲切、那么温柔和深情,比如:шчырасць(真诚)、надзейнасць(可靠)、мілосць(仁慈、怜悯、慈悲、恩情、恩典)、руплівасць(勤奋、体贴、节俭、смак(品味)、краскі(色彩)、цеплыня(温暖)、улюбёнасць(爱)、

светласць(光明)……有时有些词语的含义舒布尔顺不懂,并且也不可能在听到一个新词时,马上就问维罗妮卡这个词的深层含义。一两个小时后,很多东西就被遗忘了。但过一段时间,这个不懂的词就会从某处又冒出来,突破日常的喧嚣浮现出来。简直就是奇迹:两

舒布尔顺和他的朋友们

三次后，舒布尔顺自己就找到了这个词的意思，正确理解了它的含义。

……蚂蚁们刚一醒来，河船船长就提醒它们说：

"朋友们，你们洗漱完毕、尝过今天的河水，我邀请大家来上一课。也许你们会有意想不到的收获……"

舒布尔顺没再说什么。几分钟过去了。蚂蚁们饶有兴趣地靠近了船头。它们的眼睛疑惑地盯着老师的脸。

"朋友们，"河船船长停了一会儿。说起白俄罗斯语他很激动。连维罗妮卡的同学们，虽然他们生活在白俄罗斯，也不是所有人都懂白俄罗斯语"莫瓦"，更不用说这些外来蚂蚁了。可是现在已经开始说了，而且舒布尔顺如此热爱自己的母语。于是他继续说道："我想给你们上一堂白俄罗斯语课。我知道你们来自另一个遥远的国家，而且你们也有自己的母语。"

河船船长和蚂蚁旅行者长老四目相对。起初他感到很惊慌，但在这个外来蚂蚁的沉默背后，舒布尔顺看到了理解和支持。这给他带来了平静并增添了力量。

"我亲爱的蚂蚁们，白俄罗斯语是如此深情、悦耳，以至于根本无法不去听它的声音，不去理解它的含义，不去用它表达思想。现在我们在河上，周围似乎只有河水，除了水还是水，其他什么都没有。但却有这么多表达"水"的特点的词语，令人惊叹。你们听……"

于是舒布尔顺说出了许多关于水的白俄罗斯词语。它可以是 *празрыстая*（清澈的水）、*халодная*（凉水），也可以是 *цёплая*（温水）、*гарачая*（热水）、*гаючая*（целебная）（药水）、

· 281 ·

пякучая（开水）、хуткая（流水）、ледзяная（冰水）……还有 вясенняя（春天的水）、талая（融化的水）、калючая（李子的水）、сюдзёная（冷水）、крынічная（泉水）……船长自己也想不明白，他这么多的定语和词汇是从哪里来的……

也许，舒布尔顺慢慢也会猜到，这是魔幻沙粒给了他某种支持，尽管不是很多。它日日夜夜地认真追随着船上的生活，而帮助聪明的船长并不难——他曾与维罗妮卡一起上过各种课程，并渴望探索更多的新知识。对于学习和科学来说，没有什么比这更重要的了。

外来蚂蚁们聚精会神地听着河船船长的话，生怕漏掉一个字。

"在母语的言语中产生了，"舒布尔顺继续说，"祖国河流、湖泊和很多地方的名称。不了解它们，听不懂它们之间的关联和与白俄罗斯语的关系，就等于聋子，等于把灵魂和心灵封闭起来生活。斯维斯洛奇、别列津纳、达尔卡、普季奇、波罗奇杨卡、伏尔马、热列津卡、沙奇，这些只是离我们最近的河流，如果走得更远些，环顾四周，还会看到其他更远的地方……而且还不仅仅是河流……白俄罗斯的地名多美啊！你们听，简直就是真正的音乐！……斯卢茨克、斯洛尼姆、斯拉夫哥罗德、萨玛特维奇、斯莫尔贡……或者奥什米亚内、奥斯特洛维茨、耶里佐沃、亚泽尔、扎列西耶、普鲁扎内、波洛茨克、奥尔沙……"

长老从座位上站了起来，请求舒布尔顺允许它打断一两分钟。

"亲爱的舒布尔顺,我们很高兴听你说话,而且白俄罗斯语对我们就像母语……我们听到白俄罗斯草地和田野深情而温暖的名称就是一种享受……你们那里有那么多优美的人名:杨卡、阿列斯、维罗妮卡、马克西姆、阿廖娜……你们有值得骄傲的东西。白俄罗斯语与乌克兰语同宗同源,它总是活在我们的心中。保护和尊重你们的母语吧!有了它,你们将更富有……"

一阵暖风吹过,虽然很急促,但似乎不知从何而来,河水的浪花也随之高涨起来。但舒布尔顺和蚂蚁旅行者长老都没有太在意,温暖和爱降临在他们的心灵深处。

舒布尔顺讲述美洲的发现

从傍晚开始,外来蚂蚁长老和河船船长就计划好了学校课程的主题。其中一只蚂蚁看似不经意的一句话却带来了影响,可能是与家乡见面的期待让它厌倦了,因为它气哼哼地说:

"我们这叫什么航行?!斯维斯洛奇和别列津纳河,又不是哥伦布前往印度的航海!那里既有大海,也有大洋……有我们做梦都想不到的风暴、高高的海浪!"

这些话似乎是说给自己听的,但大家几乎都听到了。可大家都听懂了吗?舒布尔顺一开始还想保持沉默,让这只自作聪明的蚂蚁认为是哥伦布发现了印度,给印度人,这个亚洲大国的居民,带来的喜悦。但船长还是想,错误不纠正可能会造成很大的危害。有人会把这只无知蚂蚁的话当真,你就会看到,大家就都会开始以讹传讹,每个人都会把这个旅行者在地理上的无知当成实事。

看了蚂蚁长老一眼,舒布尔顺清楚地意识到:必须学习地理和历史。长老的目光如此雄辩,让人不容置疑,眼中流露出对族人无知的悲哀。

"朋友们,"第二天早上,河船船长开始上课,"可惜我们现在没有一个能显示整个地球的地球仪。不过,我还是想给你们讲一下关于一个重大地理发现的旅行。曾几何时,欧洲人知道了印度并试图到达那里,哥伦布就曾有这样的愿望。于是,他从西班牙出发,踏上了漫长的旅程。但这种探索将他带到了一个完全不同的世界。这位坚定的,或者可能是过于坚定的旅行者并没有发现印度。正如后来的事实证明,"舒布尔顺善意地看了一眼无知的蚂蚁,"哥伦布踏上的是另一个大陆的土地。乘风破浪的船只将旅行者们带到了一个完全不同的方向:带到了美洲大陆。这就是为什么他们错把当地的居民称为印第安人。直到现在,美洲土著的这个名称也保留了下来。当然,如果我们手头有教科书,就可以弄清楚他们部落的名称。印第安人有如此多的名称,让人感叹这片大陆的居民拥有如此丰富的传统。"

一直认真倾听的无知蚂蚁小声嘟囔说:

"亲爱的船长,你说说这些部落的名称吧。我想记住,就不会再犯错了,"蚂蚁不好意思地低下了头。

"好吧,我说一下我记得的……"

"并且请你解释一下,尊敬的舒布尔顺,为什么你记不住所有部落呢,"蚂蚁长老打断了河船船长的话。

大家都变得警惕起来。舒布尔顺继续讲课,继续分享关于美洲印第安人悲剧的知识——在几个世纪的时间里,曾经的外来客人把他们彻底灭绝,并很快成了美洲的主人。

"科曼奇人、切罗基人、奇卡索人、波尼人……"舒布尔顺开始一一列举。"这些名称有很多含义,都是命运赋予它们的。例如,住在俄克拉何马州的波尼人,这是'人中之人',而切罗基人是第二语言的人。奇卡索人是起义者。每个部落都有自己的传统、习惯和语言。曾几何时他们都是美洲的主人,但是世界各地的外来者随着哥伦布涌向了这里。他们开始使用武器强行夺走印第安人的土地和自由，而最不听话的人则被消灭掉。"

……蚂蚁们静静地坐着，连动都不敢动。只有波浪在拍打着船舷。

"而印第安人的传统，"舒布尔顺继续说道，"是最崇尚和平的。奥吉韦人捕猎、捕捞和采集森林果实，而现在那些幸存下来的人们收集野生稻米和枫树汁。顺便说一句，在与大自然的和谐共处中，印第安人一直是优秀的猎人和战士。在奇利卡瓦人中（现存不超过一千五百人），即便是妇女也知道如何保护自己，而不怕反击敌人。还有冰球，你们知道是谁发明的吗？也是印第安人。'黑脚'是一个部落的名称，他们的男人用弯曲的棍棒打球，与现代的冰球棍非常相似。"

舒布尔顺告诉蚂蚁们，印第安人如何被逼到保留地，让他们远离这个世界。孩子们如何从部落中被带走，禁止他们在新的学校里讲自己的母语；以及他们的歌曲和舞蹈如何被嘲笑和讥讽。

昨天的识文断字者坐在那，显得比草还低，比水还静。而当河船船长，他们现在的老师，在津津有味的讲述中稍作停顿的时候，他又大胆地问道：

"到头来，是哥伦布对印第安人造成了伤害，剥夺了他们的故土，让他们失去了自己的历史，失去了他们在自己的环境中、在亲近的人中间、在同部落人中间的共同生活？"

"这是一个复杂的，并且非常非常难的，甚至是没有答案的问题,"舒布尔顺开始推理说。"如果没有哥伦布或其他人,阿帕奇人和切罗基人不知道还要在他们封闭的世界里生活多少世纪。而且甚至到了我们这个时代,他们的大陆上会不会有汽车和飞机?在欧洲人到来之前,印第安普韦布洛人都不认识马,没驯养过动物,没种植过菜园……"

昨天还被舒布尔顺称为无知者的蚂蚁变得非常严肃。它似乎已经忘记了世界上的一切,只有来自欧洲的外来者是如何对待印第安人的,让它无法平静。

河水的波浪完全平静了下来,小船越来越缓慢地顺流而下。载着外来蚂蚁们返回祖国的小船上方,时而一只甲虫,时而一只蜻蜓或其他昆虫一遍又一遍地飞过,但它们没有时间去倾听这份寂静。应该结束课程并开始工作,在河流旅行中总有干不完的活儿。

"可能,一切问题都在于,亲爱的蚂蚁们,各有各的意图吧。这个世界,尤其是当今世界,是很难用国界来划分的,而且这些边界也并非总是必要的。更重要的,兄弟们,是其他的东西:与整个世界的和谐相处,真诚互助。而且,当然,还要相互尊重。要想远离打架、争吵和辱骂,除此之外,似乎别无他法……"

舒布尔顺飞向星空

被乌云包围得越来越紧的太阳,一点一点朝地平线退去。仿佛有人马上就要把它像灯泡一样关掉,那样天就会完全黑下来。但河船船长知道,随着夜幕的降临,他的旅程还将继续。如果仔细观察,即使在漆黑的夜晚,也会有一条光明的道路。

舒布尔顺的眼睛已经习惯了黑暗,黑暗中渐渐露出遥远的星光。天空中出现了越来越多的星星。小家伙很满意,这一天顺利地过去了,而且蚂蚁旅行者们也都已安然入睡。他决定大胆地梦想一下。为什么是大胆?原因很简单,最近舒布尔顺身上,每天都发生一些匪夷所思的事情。他一想到什么,居然就真的发生了。而这要么是上天给我们旅行者的馈赠,要么就是魔幻沙粒的把戏,但他的想象力之强大,真的非常出人意料。

因此,舒布尔顺并不急于思考某件具体的事情。只要一想,马上就会实现。他决定先制定一个计划,整理一下自己的思路。

船长竖起耳朵,环顾四周,又回头看了看。看来,蚂蚁们还在睡着……他看了看船舷,又看了看水面。河水似乎已经开始平静下来了。河里的波浪不再急于争先恐后地你追我赶。

舒布尔顺的眼睛注意到水面上有一片薄薄的松树皮,薄得似乎只要一阵微风,就能让它从河上飞起,飞向远方。"也许在那个木片上待上半个小时,应该很有意思!"舒布尔顺心想。

……这个想法瞬间就变成了现实。还没等舒布尔顺反应过来,他的爪子已经抓在了被风掀起的木片上。每过一分钟,每刮过一阵风,他的新船,现在已经成了空中之船,都在不断升高。河谷远远地留在了下面,而一切都变得越来越小……河床变成了一条丝带,然后变成了刚能看见的一条细线。

"我要飞向星空啦!"舒布尔顺想要喊出来,但他的声音却迷失在无边的空间里。

而一种奇怪的感觉吞噬了河船船长之前所有的焦虑。他的松木片船升得越高,舒布尔顺在黑暗中就感到越发自由。有时,他感觉自己正在从黑夜坠入白昼。他只得把头转来转去。风停了,从四面八方包围着旅行者的已经不是光线,而是星星本身。舒布尔顺的脑海中涌现出各种想法。他决定向魔幻沙粒发出精神上的请求,尽管他知道只有在万不得已的情况下才能打扰它。但沙粒猜到了舒布尔顺的疑虑,在他说出这些疑虑之前就做出了回应。

"不要害怕,我的朋友,外来蚂蚁们勇敢的救星!"魔幻沙粒的声音从遥远的斯维斯洛奇河上传来。"什么都吓不倒你。智慧和宇宙命运的力量正载着你沿着银河一路前行……"

"这条路通向哪里?"船长问。

"首先，我要给你讲一个传说……银河系，这是一个无限大的空间。它包括太阳系和你现在看到的这些星星……"

"那它是怎么形成的呢？"舒布尔顺忍不住问道，但他立即感觉到自己的催促让魔幻沙粒感到了压力。

"这个传说是古希腊人想出来的。宙斯，是一个神，他决定让自己的私生子赫拉克勒斯长生不老。夜里，他把婴儿交给了他的妻子——女神赫拉，这样他就可以喝到女神可以让人长生不老的乳汁。赫拉醒来，看到喂的不是自己的孩子，就推开了赫拉克勒斯。女神乳房的乳汁向四面八方飞溅。女神乳滴的力量如此之大，当它们与空气结合时，一滴滴乳汁就变成了'母列阔（乳汁）路'（银河）上大大小小的星星……"

"而我知道俄语中的'妈剌阔'（奶）在波兰语中就叫'母列阔'……维罗妮卡和父母一起去过波兰并学会了一些单词，"舒布尔顺兴奋地说。

"而且塞尔维亚人也把'奶'叫'母列阔'……而德国人叫'米尔克'……你看，这样银河的名字和星星的起源你似乎就清楚了……"

舒布尔顺还想问问魔幻沙粒别的事情，但宇宙的微风把他的松木船吹得越来越远……他的眼睛只来得及在无边无际的太空中捕捉到大小截然不同的星星。这次旅行对河船船长来说是如此有趣，以至于他甚至忘记了自己那条荣耀的河流，忘记了那些已经成为他朋友的外来蚂蚁们。如果不是发生了完全意想不到的事情，可能他早就飞遍了大大小小的星星……

与闪电相遇

银河上的道路将舒布尔顺带得越来越远。河船船长被星星迷住了,他有时会发现新路线与从前的河道有相似之处。"嗯,这和第聂伯河有什么区别呢?!"将明亮的星光与河水的波涛进行着比较,他感叹道。只有一个念头困扰着他:"外来蚂蚁们怎么样了?我的船怎么样了?不,应该尽快回去,无论这里的星空有多美!"舒布尔顺理智地思考着,更加仔细地环顾着四周。现在,吸引我们主人公的已经不仅是星空的美丽和璀璨。他在思考回去的路,寻找着那条能帮助他回去的光线。

"难道还得去找魔幻沙粒吗?"舒布尔顺感到很尴尬,困惑地说。

"为什么不呢?"没过多久,船长的帮手就回话了。"帮助你不仅是我的职责,也是对你和外来蚂蚁们的责任。我很喜欢你有愿望去探索新事物,寻找新体验,但我要给你和其他许多人一个建议,就是要权衡自己的实力。"

舒布尔顺还想说点什么为自己辩解,但没来得及。魔幻沙粒抢先开了口,给船长感觉,声音似乎是从银河系之外传来:

"你回头,船长!现在,维尔纳塔伊尔星的光线会帮助你,这是我所知道的所有星星中最明亮的……只是不要丢掉帮助你来到银河系的飞船。这块松树皮木片对你还有用……"

于是魔幻沙粒就消失了……而光线毅然决然地将舒布尔顺连同他的飞船抓了起来并朝着回程飞奔而去。

意识到自己又要回到外来蚂蚁们的身边，船长开始或多或少平静地瞭望着周围并体会着新的感受。"好奇怪的名字，维尔纳塔伊尔，"舒布尔顺心想。"是什么意思呢？它有什么神秘之处呢？维尔纳塔伊尔是白俄罗斯语还是乌克兰语？唉，如果我和维罗妮卡有某种心灵感应的话，我一定会向她打听一下这颗不知名的星星。也会让她知道，我已经忘记我们之间的恩怨。我会问她这个学年是怎么过的，以及她是否在阅读暑假留的作品……"

大大小小的星星在左右眨着眼睛。有时，他满眼都是它们散落的光点，而其他星星细小的光线也会触及维尔纳塔伊尔星光线的行进路线。舒布尔顺没有感觉到它们的触碰，但给他感觉，它们正在一起试图阻止船长和他的松木片飞船向地球的飞奔。

突然，维尔纳塔伊尔星的光线说话了，好像它能读懂别人的想法。

"别担心，舒布尔顺，我可以在几分钟内就完成魔幻沙粒的任务。但这取决于我们的旅程是用什么时间来衡量。几分钟在星际空间里可能就是几宇宙年……而当我们接近覆盖地球的大气层时，风和云就会把你接住。几分钟后，你就会到达河上，见到熟悉的波浪，继续你之前的路线。"

舒布尔顺专心地听着充满智慧而又体贴入微的光线的话。"要是能有这样的一个朋友就好了！"他心想。"可我还不知道他叫什么名字……"

"别着急，舒布尔顺，我能读懂你的想法，"光线又说话了。"在我们宇宙空间里，一切都和你们地球上不一样。这里是另一种速度、引力和现象，而且它们都相互关联。我们比你们这些地球居民懂得更多。这并没有什么坏处。理智的生命会被赋予一种智慧，生活在和平与和谐之中，必要时还会互相帮助……而我叫阿尔卡哈伊尔……我们已经到达了太空边界。接下来你只能与风为伴。还因为在地球的大气层里我已经没有了像在家乡星空里的力量。再见吧，舒布尔顺！……"

船长感觉到，阿尔卡哈伊尔光线真的离他而去了，之前飞船下面强大的支撑已经不复存在。

"再见，维尔纳塔伊尔星的阿尔卡哈伊尔！"舒布尔顺忧伤地想，与这位善良的助手的相处是如此短暂。

但现在舒布尔顺已经顾不上想了。飞行远非易事。飞船左右摇晃着，船长用爪子抓着他小船的船舷飞着。有时，风会把他抛到高处。船长感觉，他的肩膀、背部和整个身体似乎不止一次地撞到了无形的障碍物。

但突然间，天黑了下来，风也停了，或者至少是变弱了。然后，四周响起了隆隆的声音，声音大得让他想捂住耳朵，这不仅让人害怕，也让人痛苦。舒布尔顺回想起，在杜科拉附近的斯维斯洛奇河上，他也遇到过类似的情况。当时下着雨，电闪雷鸣。是的，当时船长吓坏了，这是大自然第一次给他这样的考验。如果不是费诺罗格爷爷明智而合理的正确暗示，谁知道舒布尔顺能否坚持过来呢。

虽然现在的景象，在这暴风雨的最中心，要可怕得多，可舒布尔顺还是振作了起来。雷声越大，船长就越平静。只是不时睁大眼睛，努力地盯着闪电射线的方向。天空火红，乌云带着成千上万、甚至上百万个水桶来回奔腾。种种迹象表明，恶劣的天气和雨水还会持续很久。

"我有足够的力量来承受这一切，"舒布尔顺咬着牙，用湿润而颤抖的声音喃喃自语着。闪电划破长空，越来越近，箭一般射穿云层，云层似乎都被射成了碎片。雨滴变成了闪亮的鹅卵石，好像闪电想用它们铺出一条通向地球的道路，通向第聂伯河……但这条路会帮助舒布尔顺返回吗？闪电划破云层，照得更亮了。舒布尔顺因又一阵响彻云霄的雷鸣声而颤抖了一下，声音如炮声和爆炸声。他打了个寒战，闭上了眼睛……

舒布尔顺遇见彩虹

雨变得小些了。从云端飞落地面的水滴轻盈而透明，而天空中光线匆匆闪耀着光芒。

舒布尔顺稍稍有些惊慌，也许甚至不是稍稍，而是比电闪雷鸣的时候还要厉害。

突然，魔幻沙粒开口说话了。声音相当小，但富有表现力，船长可以听清每一个字。它说："舒布尔顺，别担心，记住你是船长。在那条河流的某个地方，还有你的船，还有把你的支持和帮助当作生活希望的蚂蚁们。你的勇气可以克服一切……而对你的考验还没有结束。最重要的是，不惧怕任何困难！我相信你，船长……"魔幻沙粒还说，一种未知的交通工具将帮助舒布尔顺返回地球，回到河上……船长再就什么也没听到了。眼前的空间弥漫着璀璨的烟火。在一些地方，熟悉的光线成群地聚集在一起，并放射出一束束的火花。

舒布尔顺只顾四处观望。有时，他想把目光停留在某一束光线上，它们的颜色似乎都不一样。光线射出的火花中还夹杂着雨滴，它们飞舞着，跳着令人惊叹的圈舞。

开朗、健谈的雨滴们看到舒布尔顺，异口同声地向他抛出了一连串的问题：

"你从哪儿来？你要去哪儿？你和我们一起吗？你不害怕吗……"

舒布尔顺只是眨着眼睛,根本来不及回答这些调皮鬼的问题。

"嘻——嘻——嘻——哈——哈——哈。"雨滴继续欢呼着。让它们高兴的是,一切都在它们的掌控之下。说着,它们从云中逃了出来。太阳用自己的光线给它们涂上了各种颜色。舒布尔顺开始数:红色、橙色、黄色、绿色、青色、蓝色、紫色……他在想如何用言语来描述这种景象。"不,看来,这比讲完自己的一生都难。"船长心想。但是,很显然,他没有时间描述这些,那些好笑又好玩儿的雨滴也没有时间。它们向旅行者提出了自己的建议:

"如果你热爱旅行,又不怕落到地上,那就跟我们走吧!我们会指引给你一条五彩的道路……"

舒布尔顺点了点头表示同意。而雨滴则按颜色一组一组汇聚起来,成群结队地在他眼前闪过。

"现在我们就准备一艘船,把你送回地球。快走吧!"

雨滴争先恐后地开始忙碌起来。似乎每个雨滴都在为自己选择一个舒适的地方,而且它们还有时间回头看看舒布尔顺,并对船长说:

"旅行者,现在我们会告诉你一个口令,没有这个口令,你就不能上船……记住:每个猎人都想知道野鸡落在哪里!"

淘气鬼们这才和舒布尔顺告别了。而我们的船长却丝毫没有注意到,他是如何踏上了一条五彩缤纷的小路——赤、橙、黄、绿、青、蓝、紫。"这可能就是……"舒布尔顺开始猜测,但他马上就被打断了:

"下午好，陌生人！你从哪里来，你是谁？"声音给船长感觉既温暖又友善。然而，一股莫名的力量让舒布尔顺难以迈出一步。

"您好……对不起，我不认识您，甚至看不见您。"

"先把口令告诉我！"

好在舒布尔顺没有慌，清清楚楚地说：

"每个猎人都想知道野鸡落在哪里！"并且补充说："我叫舒布尔顺……"

"好的。请进，舒布尔顺。我叫彩虹。我们现在算是认识了。你随便坐，别拘束。路虽不漫长，但旅途并不简单。所以雨滴们才会汇在一起……口令呢，它的每个单词对应一种颜色。卡日德伊（每个）— 对应卡拉斯内伊（红色）、奥霍德尼克（猎人）— 奥兰热维伊（橙色）、热拉耶特（想）— 热奥德伊（黄色）、兹那奇（知道）— 兹耶廖内伊（绿色）、戈杰（在哪里）— 戈卢博伊（青色）、希吉特（落着）— 希尼伊（蓝色）、法赞（野鸡）— 菲奥列托维伊（紫色）。

彩虹闪耀着各种颜色。而船长飞来飞去，时而仰面摔倒，时而蹲到后脚跟儿上。小家伙没有看到彩虹每种颜色的斑点都落在了他的皮毛上，而彩虹认真观察着正在发生的一切。

"别怕，舒布尔顺，你就随心所欲地滑翔吧。无论是神奇的红色，还是橙色，和所有其他美丽的颜色都很友好，而且对自己的职责了如指掌。没有谁会伤害你，它们会把你送到你告诉我们的地址……"彩虹突然把自己的彩色弧线折弯了一下……舒布尔顺侧倾了过去，开始沿着彩色小路滑动。这样的滑动对船长来说是很惬意的！

"只是……"彩虹继续说道,"我们都真的很喜欢你。在你猜出三个谜语之前,我们是不会让你走的……谜语很简单。然而……"

"您说吧,彩虹女士,"船长站起身不再开玩笑,说道。

"七彩镰,撑起天……"

"明白了,这是彩虹……"舒布尔顺也笑了起来。"您继续说。""彩色扁担,挂在河边……"

"这说的也是彩虹!……"

"还有最后一个谜语……大门升上天—世界变美观……"

"不可能是别的,只有彩虹!"舒布尔顺高兴地回答说。

"我们为你感到高兴,旅行者舒布尔顺,"心满意足的彩虹说。"你很轻松地就完成了任务。我相信你也会同样轻松地完成其他任务,也许是更艰巨的任务。现在该说再见了!祝你好运,舒布尔顺!"

于是彩色的光线直接落到河面上,船长轻松地上了船。蚂蚁们既高兴又惊讶,紧紧盯着它们信任的朋友舒布尔顺五颜六色的新衣服。

小船出了个洞

无论是外来蚂蚁,还是舒布尔顺自己,在几天的河上旅行中,胆子都变得大了起来,甚至最高的波浪也没有吓倒它们。它们已经渡过了斯维斯洛奇河,经受住了别列津纳河流之旅的考验,所以这个第聂伯河对它们来说也不在话下!旅行者们就是这样,或者基本这样想的。对于蚂蚁们来说,这样的想法很自然。不管怎么说,重见故乡的日子一天天地临近了。如果你看看它们的脸,就会看到喜悦、绽放的笑容。那舒布尔顺为什么如此平静,甚至快乐呢?也许是因为河上学校的课程?也许在暗自的梦想中,他一直都在幻想自己是一名真正的老师吧?

然而,当蚂蚁长老把目光转到船尾的右侧时,就不再有那么多开心和微笑了:

"朋友们,我们出麻烦了!"他大声喊道。

蚂蚁们开始慌乱起来,在小船里到处跑。船长室里的舒布尔顺想看看到底发生了什么事,但什么都没明白,直到长老重复说:

"我们的船上有个洞!需要马上采取措施!"

那可怎么办?!舒布尔顺还是第一次遇到这种情况。他甚至觉得,没有外援肯定是不行的。他不仅想起了魔幻沙粒,还想起了在杜科拉附近的斯维斯洛奇河上曾经救了他的费诺罗格爷爷。然而，想终归是想，当务之急是行动起来，做点什么。舒布尔顺明白，光有决心和勇气现在是不够的，唯一需要的就是做出正确的决定！

蚂蚁长老的经验和智慧有了用武之地。

"所有人都要远离破洞，均匀地分散开，"他命令道，沉默了一两秒钟。看得出，他正在用眼睛寻找着谁。"米哈尔卡，你从右边舀水，拉蒂梅尔卡从左边舀。用什么舀呢？米哈尔卡，拿我的巴克拉加①。拉蒂梅尔卡只能用自己的爪子了。把爪子合起来做成勺子的形状，把水舀出去。我知道这不容易，你只能练习一下了。但现在的情况就是这样，亲爱的……"

下达命令后，长老开始向船长室爬过去。

"别担心，舒布尔顺，"蚂蚁首领把爪子放在船长的肩膀上。"我们会一起想办法的。"

就在这时，天空下起了雨，好像天上的水都涌进了小船里。米哈尔卡和拉蒂梅尔卡几乎都要哭了。无论他们怎么努力，船上的水不但没有减少，反而还越来越多。舒布尔顺黯然看着蚂蚁们的努力，心情变得更加沮丧。

"如果我们先靠岸，等雨停了，修理一下小船，然后再继续赶路呢？"长老对舒布尔顺说。

"可是水流太急了！"

"我们可以试着和波浪谈一谈……"

舒布尔顺同意了聪明的蚂蚁的建议，并选择了一个最近和

---

① 一种小型金属、木制或陶瓷扁平容器，颈部窄而短，通常用于旅行。

最高的浪头。

"波浪女士！"舒布尔顺努力克服着越来越大的雨声。"帮帮我们吧！我们遇到了麻烦。小船里的水马上就要满了，我们都会被淹死……"

"勇敢的旅行者们，我能为你们做些什么？"高高的波浪哗哗作响。

"帮我们靠岸吧！"长老和舒布尔顺异口同声地喊道。

"好吧！我会尽力去做的。但第聂伯河是一条宽阔的河流，所以要有耐心，不会那么快就能靠岸的。"

波浪翻滚得更高，然后又落下来，试图用它强有力的波峰抓住小船。但起初失败了，小船差点翻了。蚂蚁们惊恐地抓住船舷，努力相互搀扶着。而舒布尔顺勇敢地盯着波浪，他相信波浪是想帮助这些旅行者的。

波浪第二次涌来，这次它托起了小船，把它带到了自己的波峰上，大概有十米，也可能有十五米。然后它平静地落了下来。船长感觉，现在会有另一个更大的波浪朝小船打过来，并把小船整个淹没掉。波浪女士安抚着紧张的舒布尔顺：

"别担心……我们这些波浪会彼此协商好的，这是我们的事。重要的是不能乱，以免别的波浪把你们卷走。它不知道你们的麻烦，它只是玩得开心，本来没想给你们带来伤害，结果会把你的船不知道冲到哪里去……"

带着对波浪女士的信任，舒布尔顺全神贯注地盯着船上发生的一切。长老已经设法到了船尾，帮助米哈尔卡和拉蒂梅尔卡舀着水。河船船长也想到船尾去帮助蚂蚁们，但没来得及，波浪女士已经把船和蚂蚁们一起带到了岸边。

　　"勇敢的旅行者们，"波浪对船长和船上的所有蚂蚁说，"希望你们能修好船并继续你们的航程！"

　　舒布尔顺还想问波浪女士，如果需要她，在哪里、怎么才能找到她，但她已经没有了踪影。"唉，还没对她说声'谢谢'呢！"船长心想，然后他所有的思绪就都是如何修理船只了……

舒布尔顺认识了一只蝴蝶

　　河船船长比其他人醒得都早,他首先环顾了周围。舒布尔顺想知道他们离岸边还有多远,想知道波涛载着小船前进的速度有多快。通过河流、波浪的高度和速度,可以猜测出这一天会是什么样子,它会给勇敢的旅行者们带来什么。船长从观察中获得了一定的知识,正要和外来蚂蚁长老分享,突然……舒布尔顺的眼前闪过一道红光。起初,他没明白发生了什么事。

　　他试着睁大眼睛,但没有任何变化。太阳似乎变了颜色,正在接近载着蚂蚁们的船,要把它们征服。船长开始担心。他还想了想,他的船能否经受住新的考验。

　　最近几天,大家都在期待着见到家乡,而现在却发生这样的事!"也许,还是把我们的情况告诉一下魔幻沙粒?"河船船长心想。

　　但这时舒布尔顺的困惑被头顶上传来的一个柔和的声音打断了:

　　"别担心,陌生的旅行者!我不会伤害你的。在斯维斯洛奇河岸上飞来飞去很无聊,我决定看看新的辽阔世界。而且……"声音消失了,代替说话声的是身旁空气中发出的沙沙声。

　　舒布尔顺抬起头,看到一个又大又漂亮的生物的轮廓,它悠闲地扇动着宽大的翅膀,翅膀的前部有一些白色的小斑点。

舒布尔顺率先打破了沉默:

"让我们认识一下吧。我和蚂蚁们正在长途跋涉返回家乡,回到它们的家园。而我,舒布尔顺,是来帮助它们的。"

"我叫小苎麻赤蛱蝶,但我的亲戚们说我还有另一个名字,只是我忘了……可总的来说……"美丽的蝴蝶翅膀扇动得更快了。舒布尔顺感觉它在哭泣。

船长仔细看了看,的确,小苎麻赤蛱蝶的眼睛里滴下了大颗大颗的泪珠。发生了什么事?如此美丽的蝴蝶会遭遇什么不幸呢?也许是因为忘了以前的名字?可还没等船长回答这些问题,蝴蝶几乎是含着泪又开口说话了:

"我的生命已经所剩无几了,而周围还这么多有趣的、新的和不熟悉的东西。"

"我理解你,亲爱的。从维罗妮卡的课堂上,我记得蝴蝶的寿命很短。有的是一两个星期,有的是一两个月的时间。我知道你们当中的某只蝴蝶会先产下一个幼虫—卵。三四天后,它就变成了毛毛虫。再过五天,或者稍稍多一点,毛毛虫就变成了蛹。在新的状态下生活一个星期后,美丽的蝴蝶才会出现在世界上。对吧,亲爱的?"

蝴蝶认真地听着舒布尔顺的话。虽然眼泪还没干,但从它缓慢拍打翅膀的动作来看,这只美丽的蝴蝶稍稍平静了一点。

"我的一生就这样结束了……飞啊,飞啊,不停地工作,当我回顾一生的时候，似乎根本没有活过……所以我才离开了河岸，离开了村里的花园和花坛，那里有很多我最喜欢的紫菀……"

舒布尔顺凝视着小苎麻赤蛱蝶翅膀闪闪发光的颜色和色调，将爪子向两侧摊开，似乎想说："别人的麻烦都不难解决……"但他明白，无论是消除，还是赶走这只美丽蝴蝶的忧伤，都是不可能的。每一个字都可能刺痛它的心，因此，必须特别想一想该说什么，怎样才能让它释怀。

"你飞到河边来真好。这里有这么多水，也许，曾经这也是眼泪，是你眼里的眼泪所无法比拟的……"舒布尔顺试图开句玩笑，并立即补充说："我知道你的亲戚们也是真正的旅行者，它们有时会飞行一千公里。所以，要不你也试试？"

蝴蝶已经平静下来了。它竖起耳朵，紧盯着河船船长，好像在思考着什么。

"我给你讲一个故事吧，"舒布尔顺继续说道。"给你讲一个关于一种美丽花朵的古老传说。关于紫菀……"

一提起最喜欢的花，蝴蝶的注意力马上就被吸引住了。曾几何时，蝴蝶每一个新的一天都是从与紫菀会面和在紫菀中寻找花蜜开始的。这个传说讲述的是一个久远的过去……一个印第安人（他来自奥奈达部落）爱上了一个女孩，但她心中是无比的高傲。女孩说："你从天上摘下一颗星星，我才会成为你的意中人。"虽然大家都嘲笑他的决定，但这个年轻人还是准备了弓箭，夜里出发去寻找星星。他射中了一颗最美丽的星星。由于他箭法精准，星星像镜子一样散落成几百颗小星星。

上帝看到他这样为所欲为,很生气,就把年轻人变成了一朵小花。同时,用一场风暴和飓风恐吓了这个恋爱中的小伙子的部落成员。甚至没人记得那个女孩去了哪里,一切都因她而起。当风平浪静、拨云见日的时候,印第安人们眼前出现了一朵新的美丽花朵——紫菀。人们给了它一个名字叫"星星"。现在,紫菀正在向天空中就像它的姐妹们一样的星星发出火红的信号。

小苎麻赤蛱蝶听得很专心。它的翅膀僵住了,不再颤动。美丽的蝴蝶用爪子抓着船舷。而舒布尔顺讲完了故事,还感觉故事太短,意犹未尽。

然后他想了起来:

"在有些地方,蝴蝶能活很长时间,在北极会多达两年!"

"好吧,我飞到那里去,"蝴蝶低声回答说,并坚决地拍打着翅膀。"我想看看其他的广阔天地!……也许我会到达北极……是的,真想……"

"祝你旅途愉快……"舒布尔顺停顿了一下,立即补充说:"瓦涅萨…………对,我想起了你的名字,瓦涅萨……"

很难说新来的旅行者是否听到了这句话。瓦涅萨,小苎麻赤蛱蝶前面还有很长的路要走,还有很多新的相逢和新的发现。

舒布尔顺为斯维斯洛奇河担忧

　　航行日志上的每一天和所发生的事件，对河船船长而言已经汇成一个整体。舒布尔顺没有数过日子，也没想过现在是白天还是黑夜。最重要的是日出。它用自己的光线带来清晨，驱散雾气，在恶劣的天气中赶走乌云。清晨过后便是忙碌的一天，忙碌让他忘记了时间的流逝。

　　不过，这并不是说船长完全没有时间的概念。对他来说，用多少时间所渡过的河段，就是计数的节点。例如，沿着水路从一个定居点到另一个定居点，船长就会为自己标注一下，这段路程花了半天时间。舒布尔顺发现了很多转弯和桥梁，看到了河岸上哪里长着森林，哪里草丛茂盛，哪里有灌木丛和柳树。但小船上并不是什么都能看到。有时，波浪就像一堵墙，挡住远眺的视野。

　　然而，就算这种时候，舒布尔顺也会抓住机会看到更多的东西。而现在，当蚂蚁们眯着眼睛准备进入梦乡的时候，船长还在目不转睛地凝视着宽阔的河面。有时感觉，同一河段的河水颜色和色调也不一样。在维罗妮卡曾经在他面前翻阅过的地理课本和其他书籍中，水总是青色或蓝色的。在海洋和河流的图片上，水的颜色和色调并没有太明显的不同，而舒布尔顺之前也从未想过河水会不会是另一种颜色。

　　在一个转弯处，过了一座桥，斯维斯洛奇河接收了一个

"小妹妹"，桥面上一条宽宽的柏油马路横跨两岸。舒布尔顺使劲儿地回忆着，但还是没能想起来这条小河叫什么名字。"不，看来，维罗妮卡桌子上的地图册里没有这条小河，"船长心想。"就算有，那么在页面上也许只是一条没有名称的细线而已。"

船已经靠近了河口。舒布尔顺感到遗憾的是，这条河在他的记忆中没有名字。唉，要是旅行者们能有机会看一眼维罗妮卡桌子上的地图册就好了！这条河其实是有名字的，叫季托夫卡。虽然它很小，但也有自己的历史与地理，只是我们这位勇敢的旅行者和家乡大自然的捍卫者不知道而已。

……从前，这里曾住过一个勤俭的主人——磨坊主季特。他在河边有一个水磨坊。他与村里和镇上的居民都很要好，村镇合并成了一个居民点。他也是河流的朋友，水曾是磨坊主工作中可靠的助手。因此，季特精心建起了自己的堤坝，以免小河阻塞，妨碍水流。河水为此欢欣鼓舞，它高兴是因为能让人们受益，能用自己的能量让磨坊的机器运转起来。人们送来谷物，信任磨坊主那双强悍的双手。他们收到面粉，再把它带回家。而主妇们就和面、烤出面包和薄饼，做出各种美味佳肴。

现在，磨坊已经变成了废墟。毁坏的堤坝、生锈的机器……慢慢地被人们称为季托夫卡河的河水也变了样。河水的颜色和色调中增添了各种色彩，这都是溪流从田野和城市带来的。除了化肥，还有各种城市垃圾。在季托夫卡附近，一个新来村民建起了农场，他并不在意农场的清洁，不在意各种各样垃圾会流进河里。

……舒布尔顺也看到了斯维斯洛奇河现在变成了什么样子，河水中肮脏的颜色随处可见。起初，船长还以为这只是从河底泛起的各种沉淀物，湍急的河水会把这些沉淀物冲散，使河水变得洁净。然而，如此强大的斯维斯洛奇河也显然无能为力，而季托夫卡更是无法战胜这些肮脏的东西。

"唉，为什么人们这么不喜欢这条河呢?!"河船船长忍不住大声说道。"他们是怎么想的，他们将把怎样的一条河留给自己的子孙后代呢？!"

波浪把船摇晃得越来越厉害。舒布尔顺看着周围，一朵美丽的黄睡莲像一缕阳光一样闪耀着。她是泥土和枯叶中唯一的一朵花。而在睡莲的旁边，有一湖清澈的湖水，如一面镜子。蓝蓝的湖面，透明的湖水。原来并非一切都失去了，舒布尔顺很高兴。"只是如何向人们解释，河流的清洁与美丽取决于他们呢？"河船船长又大声说了出来。他还向自己许下一个诺言，一旦完成了魔幻沙粒的任务，把外来蚂蚁们送回家乡，他就会回到这里来。那时候他就会在这里大显身手。他一定会在河里种出很多黄色和白色的睡莲，与它们一起让洁净和美丽将回归斯维斯洛奇和季托夫卡。无论是在河岸上，还是河水中，没有它们肯定不行。这一点你们也不会反对。

阿列斯·卡尔柳克维奇中篇小说选

旅行者们蹚过别列津纳河

舒布尔顺从内心深处感觉，他正从自己的家乡经过，但他还是驾驶着这条小船，沿着他曾经为拯救外来蚂蚁而设计出来的路线前行。是的，波罗奇杨卡河已经留在了身后，但现在没有办法去寻找它了。主要的目标就在前方：需要到达外来蚂蚁们的家乡。

"唉，我要是有一个指南针就好了，"舒布尔顺心想，"我就能准确地确定波罗奇杨卡和家乡很多地方在哪里和哪个方向了，我就能看到世界的四面八方了——南方和北方，东方和西方。

"你在想什么，船长？"蚂蚁长老打断了舒布尔顺的思绪。"我猜你在想接下来的路线？"

"一下子就被你看透了……我感觉，指南针对我们来说并不是多余的……虽然暂时一切也没有多可怕。而且没有指南针也很清楚，斯维斯洛奇河是注入别列津纳河的。只是指南针会提示我们，我们现在在哪里，在什么方位。"

……是的，勇敢的旅行者们的船从斯维斯洛奇河进入了别列津纳河，就在斯维斯洛奇村附近。如果船长和蚂蚁们能有机会在这里停一下，靠一下岸，他们一定会看到一个美丽而富有各种名胜的角落。在河边的一座小山上，有一座古老的城堡。然而，见证它昔日辉煌的，如今只剩下了一片废墟和残垣断壁。这里曾发生过多少事啊！洒过多少祖先的鲜血！

　　舒布尔顺甚至没有去猜测船正在经过哪些地方。主要是，小船遇到了一个大浪。难怪从前别列津纳河被称作斯阔雷（快）。不过，这并不是船长自己发现的，这条河流他所不知道的名称是长老告诉他的……他还是早年在第聂伯河边居住的时候记住的这个故事。别列赞和别列津纳都来源于一个古老的词汇，这个词在不同的语言中都表示"快速"的意思。舒布尔顺还想争辩一下：对他来说，这个名称源于别廖扎（白桦）一词似乎更好理解。白俄罗斯的土地上有多少白桦啊！可是长老抢先说道：

　　"你看，在斯维斯洛奇河流入别列津纳河的地方耸立着多美的橡树啊。它们很高，树冠很大。而桦树不知为什么见不到……别列津纳河里有很多不同的鱼，不亚于我们家乡的第聂伯河。鲈鱼、鲷鱼、圆鳍雅罗鱼、圆腹雅罗鱼、拟鲤、梅花鲈、江鳕……还有红鳕鱼、粗鳞鳊，也可以见到鲅鱼。"

　　"有些鱼我连听都没听说过。"舒布尔顺很惊讶。

　　外来蚂蚁长老满意地笑了笑，能炫耀一下自己的知识还是很快乐的。他还向船长介绍了生长在别列津纳河里重达两普特①的鲇鱼。也许他还会想起别的什么，但舒布尔顺打断了长老的话：

　　"我看着别列津纳河的波浪，思绪又回到了我和维罗妮卡一起上学的学校。从学校的那些课程中，我还记得白俄罗斯的

---

　　① 重量单位。一普特等于十六公斤。

斯维斯洛奇河和别列津纳河都各有两条。因此,我还有些担心,我们的路选得是否正确……"

"我正想安慰你呢,舒布尔顺。虽然是你自己选择的路线。许多年前,我们曾去旅行过一次,最终以我们船只的失事而告终。我们就是从第聂伯河逆流而上的。先是通过别列津纳河,然后是沿着斯维斯洛奇河……我们的别列津纳河和斯维斯洛奇河都流入第聂伯河,它们将河水带入黑海。至于他们的名字……"

"是的,我已经在回忆它们在地理图册里细细的线条了。在格罗德诺州也有两条名为别列津纳和斯维斯洛奇的河流。它们的河水通过涅曼河流入波罗的海。白俄罗斯的河流数不胜数。维罗妮卡说,白俄罗斯有两万多条河流……所以河流的名字经常重复。"

波浪开始越来越频繁地拍打着船舷。别列津纳河不是斯维斯洛奇河,它是一条更喧闹的河流。它的滚滚河水让舒布尔顺和整个团队更加不安。和这样的河流你无法友善相处,在这里,你必须竖起耳朵仔细听,否则用不了多久就会遇到水怪。如果波浪淹没了小船,水怪就会跳出水面大喊:"我有嘴,但没谁可吃!"这是他的口头禅。而且,上帝保佑,他还会把你拉下水!你怎么能逃出无底的深渊,如果深渊只为它而开?它们在冬天也不会结冰:只要水怪呼一口气,冰就会融化。

蚂蚁对河狸的管理能力感到惊讶

　　与外来蚂蚁同行，清晨早起已经成了一个好传统。天边的光线一滑过河面，长老和河船船长就立刻擦擦眼睛。他们通常是，如果长老立即去查看他仍在甜蜜梦乡里的同伴，那舒布尔顺则靠在船舷上，看着河流的波浪。当然，对船长来说，最主要的还是接下来的旅程将会怎样，是会带来安宁，还是会造成威胁。

　　这天早上，一切都和往常一样。但舒布尔顺还是警惕地朝着岸边左顾右盼，别列津纳河毕竟不是斯维斯洛奇河。有时，这位勇敢的船长感觉，马上就要起风了，巨浪就要掀起，船就会像木屑一样飞离水面。但只要太阳的光线开始照耀，太阳的光斑在如镜的河面上开始跳跃，阴郁的思绪就会走开。这时，舒布尔顺就会微笑着回头看看船的甲板，确定哪些蚂蚁已经开始睁开眼睛。然而今天，河流一直吸引着他的注意力，让他无法移开自己的目光。给他感觉，似乎马上就会有什么事发生……

　　温暖的和风给他的皮毛搔着痒，很舒服。舒布尔顺看了看天空，这时，他的眼睛发现河面上一个大大的光斑。船长以为那是光线聚集在一起，在举行一场真正的光斑盛宴，但仔细一看，才发现船正驶向一个无边的黄色睡莲王国。

　　"好美啊！"舒布尔顺不禁赞叹道。

而在这美景的背后隐藏着什么，舒布尔顺没有去猜测。旅行者们可能会永远留在黄色的睡莲之中，这对小船来说就是毁灭。睡莲，密密麻麻地占据了大片的河面，使整个河面都见不

到大自然的光芒。太阳光只是照射在它们的花瓣上，根本就没想穿过这些花瓣。而浮萍一直在帮着睡莲，用沼泽色的地毯覆盖着如镜的水面。一切都表明，沼泽正在侵蚀着流动的河水。但旅行者们很幸运：风大了起来，几分钟内，水流就带着蚂蚁们离开了这片危险的美景。但惊险并没有结束……

船被带进了一个河湾。看来，曾有一条大河的旧河床或其中的一部分从这里穿过。给人的印象是，这艘船似乎不是来到了别列津纳河的怀抱，而是任性的美国密苏里河，甚至是密西西比河。舒布尔顺用爪子紧紧抓住船舷，回头看了一眼，看看蚂蚁长老是否已经醒了，可他还在睡着。船长甚至有点生气，他的好参谋和老朋友正在破坏传统。"你这是要一觉睡到天亮啊，"舒布尔顺心想。他还想再说点什么，但船摇动得如此之剧烈，所有的想法都消失了。这样的摇晃，醒来的应该不仅是长老了……

船来到了一座大坝前。很明显，大坝的建筑师和建造者都是河狸。但无论是在城市生活之前的波罗奇杨卡河畔，还是在斯维斯洛奇河边，在他从维罗妮卡那里逃出来后开始流浪时，

舒布尔顺以前从未见过这些动物。

"抱歉，我亲爱的朋友，"长老的声音从身后传过来，"不知为什么，我今天睡得比平时长。但我们现在在哪里？不是来到了河狸这里吧？你看，岸上准备好了一整仓库的白杨树。也许是昨天锯的，今天就会建起一座新的堤坝。"

舒布尔顺忘了生气，认真地听着这只生活经验丰富的蚂蚁的话。

"我们的蚁丘通常是建在河边，那里有很多辛勤的河狸。很少有谁能与它们的管理能力相媲美。"

"尊敬的长老，我一直认为，在劳动这件事上没有谁能与你们相提并论，"舒布尔顺打断了自己的朋友。

长老眯起眼睛笑了笑：

"我给你讲个寓言故事吧……我感觉，这很重要。永远不要忘记这个故事。

"三只蚂蚁在一个在阳光下睡觉的人的鼻子上相遇了。按照每个蚁丘的行为准则，他们亲切地互相问候，然后就开始交谈。'在世上活到现在，就没见过如此吝啬的土地，'第一只蚂蚁说。他又补充说：'我一整天都没有找到一粒粮食。''没错，'第二只蚂蚁表示赞同。'我也走遍了所有的山丘，研究了所有的低地，但我也什么都没找到。我感觉，这松软摇晃的土地上什么也长不出来。'但随后第三只蚂蚁说：'我的兄弟们，我们正站在这只无所不能、体型巨大的至高无上的蚂蚁鼻子上。它的身体是如此庞大，以至于我们一眼都看不到头。它的影子是如此巨大，以至于我们一辈子都绕不过去。而它的声音

舒布尔顺和他的朋友们

· 315 ·

如此响亮，以至于我们的听觉都无法承受……'这话一出，另外两只蚂蚁相视一笑。但就在这时，那人动了动，在睡梦中举起手，揉了揉鼻子，把三只小蚂蚁都捏死了。"

"好有趣的故事啊，"过了一会儿舒布尔顺回答道。"但你想以此说什么呢？"

船长没有等来回答。长老给了舒布尔顺一个机会，让他自己对这个故事反思一下……接下来的事以令人难以置信的速度发展着。船从一个高高的波浪跌到另一个波浪上。他只想着一件事，就是不能让船翻了。这时，透过清澈的河水，舒布尔顺看到了一座真正的水下大山正向他们的船靠近。

"不要惊慌，这是一只河狸，"蚂蚁长老解释道。"它未必能看见我们。"

的确，与小小的舒布尔顺相比，这只巨大的动物也有自己的事。昨天，河狸一直工作到深夜。他把粗大的白杨树树枝拖到了河湾边上，在河边筑起了一道篱笆，再用柳条捆绑住，某些地方还用黏土进行了加固。而现在，它在离河岸不远处、隐藏在河底的夜晚小屋里休息了几个小时后，急着去检查一下。它还要把一块大石头拖到堤坝上，用它压住堆起的堤坝。

河狸刚一游过去，波浪就平静了下来，船的航行变得平稳而安静。

"你知道，人们经常争论河狸的用处，"舒布尔顺的一只蚂蚁朋友对他说。"说他会锯树,而且还是这方面的行家。但河狸建造的水坝淹没了河边的田地,水从河岸里涌出,并淹没了人们种植并准备用来盖房子的森林。河狸的这种建筑经常会阻塞道路,但河狸的劳动也带来了很多好处。堤坝会减少水土流失,提高周围的整体水位,这对于小的河流尤其重要,为其他森林和河流居民的生活创造有利条件。如果在这里待上一两天,肯定会遇到很多生物。昆虫在水坝上和附近的河湾中产卵,而鱼则以它们的幼虫为食,麝鼠、水獭、水貂、水鸟都喜欢在堤坝上安家。"

舒布尔顺认真听着长老的话,生怕漏掉一个字。他也很关心河狸管理带来的好处,或者相反—河狸对环境的破坏程度。如何处理这个问题,如何,用什么尺度来衡量这一切?

"到这些河狸构筑堤坝的地方,"长老继续说,"驼鹿和驯鹿会来饮水和进食。"

"总而言之,河狸的善良和乐于助人只会让人羡慕,"舒布尔顺断言说。

"而且管理能力也一样,"蚂蚁长老想要一眼扫遍整个河湾,虽然他知道这是不可能的。

还会见到这些天才的河狸建筑师建造的更大的堤坝。有的长达 1200 米。要想了解这样的建筑,可能需要单独的一次旅行。但是河狸引起了舒布尔顺极大的兴趣,他决定不再推迟这样的旅程。

旅行者们到达第聂伯河

舒布尔顺的旅行路线所经过的河流,对小旅行者来说,都是真正的磨炼。我们的小主人公从一个舒适的城市住宅逃到斯维斯洛奇河之后,就一直走在探索和经受考验的路上。是的,有许多事情舒布尔顺都不了解……

这个下到水里的勇敢的旅行者,起初并没想过,也无法想象自己的路会变成什么样子。只要一个波浪让船稍微改变一点方向,舒布尔顺可能就到了佩雷斯帕河或涅米加河,风可能就把他的船吹到了洛希察①或斯列皮扬卡②。在这样的事件发展中有趣的事就会很少,舒布尔顺就会留在斯维斯洛奇河的某条支流里,留在从城市街道汇集到这里的泥浆里。对他来说,最幸福的事就是下雨,因为雨水会给这些小河带来洁净和清新。

幸运的是,斯维斯洛奇河的波浪一直在帮助他走完这条艰难的路线。过了斯维斯洛奇河,就到了别列津纳河。河船船长每天只顾四处张望,这次旅行让他发现了很多新事物。

舒布尔顺内心深处感觉,前方还有更宽阔的河流在等着他,波浪还会更高。果真如此。进入强大的第聂伯河是在傍晚。一两个小时后,太阳可能就会在地平线上消失,谁知道勇敢的旅行者们会不会在夜色中迷失方向呢。舒布尔顺不止一次

---

① 是明斯克列宁区的一个住宅区,由10个居民区组成,它位于明斯克的南部。
② 是明斯克游击队区的一个住宅小区,位于以前明斯克东北部郊区。

在斯维斯洛奇河和别列津纳河上遇到任性而随意的波浪,他明白,在水上,很多事情不取决于自己的愿望。水的力量是如此强大,你必须适应它,与它成为朋友,无论如何不能和它作对。这并不意味着你必须放弃自己的选择,你只需要权衡自己的力量并思考是否有足够的力量去走完某段路途。

别列津纳河的波浪刚把小船推到一个新的河面上,舒布尔顺马上就感受到了强大的第聂伯河的力量。更准确地说,不是推,而是轻轻地放进去的,好像从一个肩膀移到另一个肩膀上。这是别列津纳河的一个任性的波浪做的。如果不是最后它和船长说了几句话,舒布尔顺也不会知道这么多。

"船长,你就要离开别列津纳河了,"波浪低声说,"很快,我们第聂伯河的朋友们就会把你揽入它们的翅膀下。不要害怕,它们不会给你带来任何麻烦。要冷静,不要担心。"

"我不怕,"舒布尔顺不好意思地说。他和这个波浪在别列津纳河上航行了这么久,但这样的谈话还是第一次。是的,就在不久前,一个湍急的波浪救了船长和一船人的命,舒布尔顺甚至都没有好好感谢它。也许命运还会让他与这位一直被他称为波浪女士的救命恩人再次相遇,但再见已经是在第聂伯河上了……

"但我还是有点担心,"舒布尔顺承认。"第聂伯河可是一条大河……"

"相信我,船长,"波浪低声说。"虽然第聂伯河是一条大而浩瀚的河流,但它与别列津纳河、斯维斯洛奇河和其他小河流做的事是一样的……水并不是为自己服务的,它是一个勤奋的工人和帮手。你也见过别列津纳河有多少鱼，可没有水，它们怎么生活？……别列津纳河里的鱼和你心爱的斯维斯洛奇河里一样多，而第聂伯河里更多。水为发电站的机器和设备提供动力。那些矗立在水上、河流上的电站被称为水电站。河流用自己的肩膀擎着船舶和船只、帮助人们出行和运输重物。可以说，人的生命离不开动脉、离不开血管，地球也离不开水路，离不开永远奔腾不息的河流。第聂伯河也是一个旅行者，一个大大的、热心的和敏感的旅行者。相信我，亲爱的船长，它将是你可靠的同伴和助手。我要和你告别了……"

波浪围绕着舒布尔顺的小船转了一圈，小船甚至被抛了起来。船长还没来得及说什么，他的船就被新的浪头卷起，越来越快地向前推进。

"这是第聂伯河在迎接我们，"舒布尔顺说。"对外来蚂蚁们来说，这就是它们家乡的河流，看来，我不久就要和它们说再见了……"

小家伙的眼睛闪着光，眼里充满了忧伤。当然，这忧伤是明朗的、善良的。"蚂蚁总要返回家园，"舒布尔顺想着，便开始搜寻一个可以小睡一会儿、休息几个小时的地方。船走得很平稳，不必担心航线是否正确。而明天，随着黎明的到来，他，船长，将不断开启新的，并且是迄今为止还未知的第聂伯河的遥远旅途。

第聂伯河畔好客的厨师

这一天早上,舒布尔顺没有急于醒来,一个甜蜜的梦把他带回了城市住宅里。从厨房飘进卧室的奇怪香味让河船船长的鼻子痒痒的。维罗妮卡的妈妈(今天是星期天,是休息日,不着急去任何地方,许多家务活周六已经做完了)正在准备早餐。不用去厨房,舒布尔顺就可以猜出菜单会是什么。燃气灶下的烤箱里正烘烤着鸡蛋奶油圆面包。从昨天傍晚开始,维罗妮卡就一直在为这道菜用擦菜板磨土豆。荞麦馅儿的香肠已经准备好上桌了。维罗妮卡的外婆住在农村,和舒布尔顺一位朋友的姨妈一起经营着一个大农场。有时,那里宰杀野猪的时候,城里就会有新鲜的肉吃。这时就会熏烤荞麦香肠,做好后放进冰箱。星期天或某个节日,就会煎一下摆上餐桌……

不,这样的气味让人无法入眠,舒伯顺也受不了。他醒了,环顾了一眼四周,发现这些美食只是他梦到的,但气味似乎并没有消失。真是个惊人的奇迹!

蚂蚁们已经醒了。不仅是长老,还有它的整个团队。它们警觉地窃窃私语着,一个接一个地走到长老面前。到底发生了什么事?好像……"亲爱的朋友,"长老对船长说,"情况非同寻常。我敏感的兄弟们闻到了岸边传来的气味,而且不只是房子或院子里的气味。附近一定有人正在庆祝节日,也许整个村庄都在为婚礼或其他盛宴准备着美味佳肴。我们猜想,那里一定有很多很棒的厨师。我们很久没回家了,想至少看一眼家乡菜肴的愿望已经无法抑制了……

长老的声音和全部的神情中都充满了忧伤,舒布尔顺意识到他必须停下来,这种愿望不能不得到支持。现在失去的一两个小时,还会找回来的,而蚂蚁们的好心情将有助于这一点……

我们只是想看看,闻闻。那里可能在煮着带肉和萨拉的库列什粥,而煎锅里正在煎着土豆片、烤着煎饼和薄饼……

蚂蚁长老的话语中透着那么多的温情,如此的恳求,舒布尔顺当然无法拒绝,何况他自己也想了解一下第聂伯河居民的美食。舒布尔顺仔细看了看最近一直伴随着流浪者们的、已经很熟悉了的波浪的波峰,并向它寻求了帮助。

"你们在说什么?!"波浪欢快地回应道。"我自己也想去岸上看看。朋友们早就告诉我说,城里的人们正在那里举办美食节。几乎来自乌克兰各地的客人都汇聚在这里。但我在河上还有很多事要做,我把你们送到岸边,一小时后再来接你们。只是,如果可以的话,给我也带点好吃的。我很想品尝一下,因为气味太香了,感觉那里正在举行世上从未见过的盛宴!"

波浪立即兑现了承诺。长老这才命令蚂蚁们,让它们不要分开,并在一个小时内回到河上来。蚂蚁们排成一串朝宽阔的草地走去,那里排着很多宽敞的帐篷,燃烧着篝火,还停着很多带移动厨房的汽车。而主要的位置是很多桌子,上面摆满了盛着已经做好了的菜的盘子、托盘、平底锅、罐子。还有一个舞台。那里特别热闹。舒布尔顺害怕被蚂蚁们落下,只停留了几秒钟，听到了几句优美的歌声：

我的屋顶飞过一只布谷。

落在红梅花上开始咕咕。

"哎呀，布谷，你在咕咕什么呀，

难道你听懂了我说的话？"

"哎，舒布尔顺，你要是知道每道菜背后的历史，就会觉得这些气味会完全不同了。多少世纪以来，人们一直在收集这方面的经验……"

"但我不这么认为。在每个地方，人们做饭用的都是那一方土地里长的东西和那里生活的动物，"船长表达了自己的想法。

"是的，还有生活方式，甚至战争，更不用说经营上的特点，都会打上自己的印记。还有自然条件和当地的气候也会带来很多改变。"

"但并不是所有的食物都符合人们的口味，"蚂蚁长老说。"在我们第聂伯河地区，俄式炉子长期以来一直都是主妇们的助手，她们用它煮、焖和煎烤食物。哎呀，舒布尔顺，主妇们能做出多少美味的肉丸、鱼丸、葱香煎饼、肉卷、土豆馅饼啊……还有自制的香肠！"

……但光靠说是吃不饱饭的。不管蚂蚁长老如何赞美这些气味，舒布尔顺已经想至少品尝一点什么了。他心里只想着这个。

就在船长和长老东张西望，试图深入研究乌克兰人的饮食历史时，蚂蚁们进行了一次真正的侦察。其中一只蚂蚁回到长老身边,告诉他自己去了哪里,看到了什么。原来,在草地的外围,一棵老松树那里,有一个蚁丘。蚁丘里的居民非常受人尊重,所以蚁丘用栖木围了起来。甚至还挂了一块牌子,上面写着"蚂蚁应受到爱护"。因此,这座受人尊敬的宫殿的主人们就邀请了旅行者们到它们那做客,而且承诺,食物不会比烹饪节上的差……

结果也正是如此。事实证明,当地蚂蚁的厨艺并不比人类差。它们把这顿饭安排得天衣无缝。舒布尔顺和长老在宴会上被奉为上宾,尝遍了美味佳肴!首先,主人向他们推荐了第一道菜——红菜汤、卷心菜、泡菜,然后它们又端来了带馅儿的甜点心、肉卷、荞麦馅香肠、库列什粥。餐桌上还摆放着甜甜圈和面疙瘩。

吃饱喝足后,蚂蚁长老对每道菜都做了点评。

"你看,我的朋友。这些面疙瘩多好吃啊!做起来也很简单。把面团放入沸水中就完了。重要的是,女主人要计算好时间,不能煮过头。顺便说一下,匈牙利、斯洛伐克、捷克和波兰也有类似的菜肴,也有面疙瘩,也许只是叫法不同。还有车臣人、巴尔干人、印古什人,这些民族生活在高加索地区……离我们并不远……特别是再加上我们的旅行经验……是不是,亲爱的舒布尔顺?"

但舒布尔顺最喜欢的还是饺子。桌子上有好几种,美味儿的面饼儿里可以包不同的肉馅儿、蔬菜馅儿、蘑菇馅儿、奶酪、水果,当然还有各种果酱……

不过,节日归节日,该上路还得上路。蚂蚁们对盛情款待既感到幸福,又心满意足,在上船的路上相互讲述的只有他们品尝到的美味。

舒布尔顺和长老正在为明天制订计划,在计算他们沿河能走多少路。他们望着天空,想着天气是否会有利于他们的旅程,因为最重要的是尽快回家……

蚂蚁们踏上家乡的河岸

  在从斯维斯洛奇河到别列津纳河,再到第聂伯河的长途跋涉途中,舒布尔顺和以往一样,黎明十时分就醒来,环视河面。他在目光所及之处寻找着河岸上的特殊地貌。有时,河边会出现一个高高的土丘,这时船长就会后悔,后悔在与维罗妮卡学习期间没有时间好好学习历史。是的,他知道有这样一门科学,叫考古学,这门科学有助于解读过去,有助于提示、揭开关于古代墓葬记忆的页面,但他以前并没有真正深入研究过这些。

  河边时而耸立的体态匀称的松林也令人赏心悦目。有一天,舒布尔顺看到河岸上有一大片橡树林。他想起了维罗妮卡曾经带着一把橡子回家时的喜悦。她讲了很多关于橡树、橡树的伟岸、力量和作用,以及橡树的年龄等情况。后来她说,例如,黑山的一棵橄榄树的寿命并不亚于我们白俄罗斯的橡树,它的树龄达到了两千年……那时舒布尔顺开始有点为我们的橡树感到屈辱,但后来转念一想,世界之所以如此有趣,就是因为它是如此的多样化。不同国家生长着不同的树木。他甚至想,有一天他一定会欣赏到这棵奇妙而神秘的橄榄树……

  这个早晨和以往一样。舒布尔顺一遍又一遍地看着自己,试图在如镜的水面上看到自己的倒影。船长还没有习惯自己的新装束—染成不同颜色的皮毛。这是彩虹拉杜什卡跟它开了个玩笑！以前舒布尔顺只有一种颜色，在河水的映衬下并不显眼。然后一天啊！他突然变得五颜六色，很醒目？从远处看很显眼。只是这样的变化会给我们的船长带来好运吗？

舒布尔顺把目光从河面上移开，回过头看看蚂蚁长老是否醒了。不仅他醒了，而且他所有的蚂蚁同伴们也都醒了。

"出什么事了？"船长没顾上问好。

"早上好，亲爱的朋友，"蚂蚁长老毫不犹豫地回答说。"虽然还没有发生，但我们有一种预感，今天不会是寻常的一天。从昨天晚上，我们就开始注意到我们以前生活中记得的一些地方。也许你也看到了我们在黑暗中路过的那个土丘了吧……"

"是的，长老，我看到了……我还因自己对它的一无所知而遗憾来着呢。"

"这样的土丘在你们的土地上也有很多，但这个很特别。那里埋葬的不只是一个从前的富豪和他的宝藏。在地下的、像用被子一直覆盖着的墓穴里，长眠的是大公和他曾经勇敢捍卫祖国、抵抗敌人侵犯的近卫部队……它不只是一个成为祖国标志的土丘。昨天，我们还看到了一个风力磨坊，通常被称为风磨。这些东西已经很难找到了，而我们的风磨还立在那里，还在张着翅膀邀请着风来为磨坊服务。而且，也许，已经两百年，甚至可能是三百年来，它一直在为农民们服务，把谷物变成面粉。

蚂蚁长老沉默了。舒布尔顺的心情也让他不知说什么好，只有内心在默默地传达着在这一刻最想分享的东西。在长老说着他自己的事、说着关于与故乡的久别重逢时，舒布尔顺却想起了波罗奇杨卡，想起了斯维斯洛奇河边的很多地方。"我多么理解外来蚂蚁们啊！……祖国是滋养我们每个人的一切。它是我们的支撑，是我们的土壤。你可以走遍世界各地，获得无数的旅途印象。但需要将它们与某些东西进行比较，你必须明白将它们带给谁，为了什么，以什么名义分享它们……"

长老又开口了：

"昨晚，我们久久不能入睡。当我们天没亮就醒来时，我们就开始为见到我们蚁丘曾经坐落的地方做准备。对我们来说，它就像一个大城市。我们当然不能错过……一些蚂蚁坐到了船舷两旁利于观察的地方，而有四只蚂蚁静静地坐在中间，正试图捕捉到家乡的气味。这可不是一门简单的科学，它需要特殊的技能。我们当中还有伙伴想听听家乡的声音……"

也许长老还想再补充些什么，但一只蚂蚁跑到它身边，并开始低声说着什么。长老没有回答，只是点了点头。有一两分钟，他凝视着第聂伯河的波浪，然后再次转向了舒布尔顺。

"我们的团队成员都知道，离这里不远，坐船差不多十到十五分钟，就坐落着我们的老蚁丘。回到家园长久的夙愿就要实现了。我们希望，舒布尔顺，你能把船靠在正确的地方……我们非常感谢你，亲爱的朋友！"

接下来的几分钟转瞬即逝。舒布尔顺凭着船长的航行经验，试图以最短的距离将船靠到岸边，蚂蚁们也在尽力帮他判断着风向。

就这样，不知不觉中，已经到了岸边。幸运的是，河岸很低。一个波浪把载着蚂蚁们的小船直接就带到了黄沙上。

"你们确定你们的蚁丘就在附近吗？"舒布尔顺问长老。

"我看见那边有两只陌生的蚂蚁，它们在收集被河水冲出来的沙粒。我们问问它们……"

当地的蚂蚁很惊讶，它们说蚁丘就在稍远处高高的河岸上，就在那棵老松树旁边。令人惊讶的是，这棵老松树就孤零零地矗立在巨大的橡树群中，还说不同年代的乡亲们都在讲述着关于那些在旅途中失踪的同伴们的传说……

而舒布尔顺只有悲伤地望着同伴们的身影，他们排成一串上了岸。大家真诚地向船长道别，祝他好运。而蚂蚁长老是最后一个和舒布尔顺握手的，他说：

"你要知道，亲爱的朋友，在第聂伯河畔，有一个永远欢迎你的家。你为我们做了那么多……是你可靠的船把我们带回了家乡……"

其实，舒布尔顺也一样为回家的蚂蚁们感到高兴。高兴的是，尽管遇到了重重困难，但还是完成了魔幻沙粒的任务。

阿列斯·卡尔柳克维奇中篇小说选

舒布尔顺失去了船

舒布尔顺抖掉了身上的水珠。他抬起爪子，抽动着双腿，舒舒服服地伸了一个懒腰，心情稍有好转。几分钟前还困扰着这位船长的恐惧消失了。是的，在过去的几个小时里，他经历了比以往更多的事情。这样的考验在他的冒险经历中从未有过。

把外来蚂蚁们留在雄伟壮观的第聂伯河岸上，舒布尔顺独自一人继续旅程。孤独让他感到既忧伤又焦虑。首先是决定接下来去哪里。他的祖国，他的家乡波罗奇杨卡早已留在了身后。曾几何时，他是多么想回到那里！

自从答应了魔幻沙粒帮助外来蚂蚁，他一直专注于这个目标。但现在，这个目标已经实现了。接下来该怎么办？当周围只有水的时候该怎么办？而这只此时已经成为家的船，已经需要更多的关注。有些东西早就该修理了，有些地方也该修补和加固了。

"那么，也许……"舒布尔顺刚要说，突然响起了风声。第聂伯河的波涛涌起，不时淹没着船和勇敢的船长。舒布尔顺紧紧抓住船底，先是扯过一块黄桦树叶，在寒冷的夏夜，它比最温暖的毯子还要好。但树叶很快就浸满了水，承受着不断打来的波浪，船长的皮毛也变得沉重起来。舒布尔顺开始发抖，牙齿咬得咯咯作响，就像一只啄木鸟在树皮上敲击着莫尔斯电码。

但舒布尔顺不能这么轻易放弃。曾经乘船沿着第聂伯河一路前行，把一整队蚂蚁从异乡带出来，现在难道就这样死在雨里？他，这位河船船长，曾从容地战胜了斯维斯洛奇河上的暴雨。那现在呢？

舒布尔顺果断甩开树叶，他用爪子摸到一个大杯子，开始从船上舀水。他浑身发热，已经感觉不到波浪不断拍打在身上……舒布尔顺与恶劣的自然环境搏斗了一个多小时。快到早晨的时候，当太阳开始冲破云层时，雨停了，第聂伯河也安静了下来。河水的波浪几乎把小船冲到了岸边，离陆地只剩下了几米的距离。船长把桨固定在桨架上，开始快速划行。

不久，小船就顶在了沙滩上，舒布尔顺疲惫地叹了口气。突然，一层新的波浪打在了他和他的小船上，力量如此之大，舒布尔顺被卷起并抛到一块距离河岸线几米远的平整的大石头上。落地的感觉不是很舒服——撞到了石头上，舒布尔顺紧闭着眼睛。他在那躺了可能差不多一个小时才醒过来。直到这时，他才意识到，是一只当地渔民的小船把一个新的浪头推向了他的船，渔民在夜雨后正急着出去捕鱼。没办法，他，舒布尔顺的船，哪能比得过渔夫的船……

落在石头上的疲劳感和痛感一点一点过去了，让舒布尔顺高兴的是他还活着。他想尽快看看他的船怎么样了？他可靠的好伙伴还完好无损吗？

舒布尔顺正在思考新的路线

河船船长忧伤地望着河面。当然,第聂伯河给他留下的印象非常深刻。宽阔的河水让他感觉,这样的河流比他家乡的波罗奇杨卡河和斯维斯洛奇河更像浩瀚的海洋。舒布尔顺望着湍急的流水,心想:河水的波浪会有平静的时候吗?还是它们注定要生活在大大小小的忙碌之中呢?

舒布尔顺感到有些沮丧,因为只剩下了孤身一人。昨天还是欢乐的,外来蚂蚁们认出了自己的家园,脸上洋溢着幸福的笑容。当这只热情好客的船靠近河边时,它们曾战战兢兢。而舒布尔顺也特别担心,生怕靠岸过程中会遇到什么愚蠢的波浪。幸运的是,感谢上帝,结果一切都很完美。

船长环顾四周,意识到新的事件和新的冒险正在前方等待着他。而且,展望不久的将来,舒布尔顺心想,很多东西都取决于他自己的愿望。

"那么,也许我该回到斯维斯洛奇河?"我们的旅行者开始大声地说着。"嚯,早上就这么热,简直喘不过气。肯定是马上就要下雨了,甚至是雷雨冰雹……"

维罗妮卡浮现在脑海中。"她为什么不找我?难道她一点也没遗憾过,我从她的日志里逃走了?"舒布尔顺甚至想哭,于是他开始可怜自己。但时间不长,因为他知道如果向坏情绪低头,就意味着让自己懈怠,白白浪费力气。思考一下新的旅程不是更好吗……维罗妮卡学校里的暑期实践应该已经过去了，可能她现在正准备或者已经和父母一起去度假了。

"如果我们在异国他乡的海边相遇，会是怎样情景呢？就是那种突然之间的不期而遇。"舒布尔顺甚至陶醉地眯起了眼睛。当他睁开眼睛时，第聂伯河的河水给他感觉已经变成了紫色。低矮波浪的波峰正闪着光，在有些地方，它们被深红色、红紫色的线条分割开来。

"也许在那场邂逅中会是这样，"河船船长心想。"我的船会靠岸，紫色的波浪将把它带到黄色的沙滩上。而维罗妮卡正在那里晒着太阳，忘掉课堂，忘掉学校，忘掉日复一日地打开日志和背诵功课，也忘掉了我……"

有一件事困扰着舒布尔顺：他在哪个国家能找到维罗妮卡呢？最重要的是要知道去哪里，然后才能思考路线。

之前，在舒适的城市住宅里，他听到过："下次度假我们去巴厘岛吧！"维罗妮卡的爸爸表达过这样的愿望。舒布尔顺知道，他的职业是程序员，去过世界很多地方。他应该知道哪里度假最有趣。

……舒布尔顺努力地回忆着，试图记起一些关于这个岛屿的情况。"美丽"这个词牢牢地印在旅行者的脑海中。他大致知道了方向——它位于印度洋和太平洋之间，南面是印度洋，北面是太平洋，海和岛屿同名——都叫巴厘。他的思绪也飘向了其他广阔的地方。舒布尔顺努力地想象着，他会遇到什么样的自然环境。那里有山吗？这个未知的岛屿在我们的旅行者眼前拔地而起，成了这个星球上最有趣的角落。他感觉，这个岛屿就在附近的某个地方。只要沿着第聂伯河再走一两公里……而等待他舒布尔顺的，将是与一个美丽岛屿的邂逅，也许还有与维罗妮卡和她父母……